조선후기 통신사 필담창화집 번역총서 37

韓館唱和 一·二·三

한관창화 일·이·삼

조선후기 통신사 필담창화집 번역총서 37

韓館唱和 一·二·三

한관창화 일·이·삼

강지희 역주

보고사
BOGOSA

이 역서는 2008년도 정부재원(교육과학기술부 학술연구조성사업비)으로 한국연구재단의 지원을 받아 연구되었음(KRF-2008-322-A00073)

차례

일러두기

1. 통신사 필담창화집 번역총서는 제1차 사행(1607)부터 제12차 사행(1811)까지, 시대순으로 편집하였다.

2. 각권은 번역문, 원문, 영인자료(우철)의 순서로 편집하였다.

3. 300페이지 내외의 분량을 한 권으로 편집하였으며, 분량이 적은 필담창화집은 두 권을 합해서 편집하고, 방대한 분량의 필담창화집은 권을 나누어 편집하였다.

4. 번역문에서 일본 인명과 지명은 한국 한자음 그대로 표기하고, 처음 나오는 부분의 각주에 일본어 발음을 표기하였다. 그러나 번역자의 견해에 따라 본문에서 일본어 발음대로 표기를 한 경우도 있다.

5. 번역문에서 책명은 『 』, 작품명은 「 」로 표기하였다.

6. 원문은 표점 입력하였는데, 번역자의 의견에 따라 표기하는 것을 원칙으로 하였지만, 가능하면 한국고전번역원에서 정한 지침을 권장하였다. 이 경우에는 인명, 지명, 국명 같은 고유명사에 밑줄을 그어 독자들이 읽기 쉽게 하였다.

7. 각권은 1차 번역자의 이름으로 출판되었는데, 최종연구성과물에 책임연구원과 공동연구원의 이름이 반드시 들어가야 한다는 한국연구재단의 원칙에 따라 최종 교열책임자의 이름으로 출판되는 책도 있다.

8. 제1차 통신사부터 제12차 통신사에 이르기까지 필담 창화의 특성이 달라지므로, 각 시기 필담 창화의 특성을 밝힌 논문을 대표적인 필담창화집 뒤에 편집하였다.

한관창화(韓館唱和)

1. 개요

『한관창화(韓館唱和)』는 1764년 갑신사행 당시 2월 말~3월 초에 걸쳐 일본측 문사와 조선측 문사간에 나눈 필담과 창수시를 모아 편찬한 것이다. 3권 3책으로 구성되어 있고, 일본 국립 공문서관(日本國立公文書館)에 소장되어 있다. 갑신사행은 이에하루(家治)의 습직을 축하하고 조·일(朝日)간의 교린관계를 확인하는 데에 그 목적이 있었다.

통신사 일행은 1763년 8월 3일 서울을 출발하여 1764년 2월 16일 에도(江戸)에 도착하였다. 숙소는 아사쿠사(淺草)의 히가시혼간지(東本願寺)였고 이들은 3월 7일 쇼군(將軍)의 답서와 별폭을 받아가지고 3월 11일 에도를 떠나 귀로에 올랐다.

조선 사신 일행을 접견한 일본측 문사는 국자좨주 임신언(林信言)과 그의 아들인 비서감(秘書監) 임신애(林信愛)였다. 그들과 필담하고 창수한 조선측 인사는 정사(正使) 조엄(趙曮), 부사(副使) 이인배(李仁培), 종사관(從事官) 김상익(金相翊)을 비롯하여 제술관(製述官) 남옥(南玉), 서기(書記) 성대중(成大中)·원중거(元重擧)·김인겸(金仁謙), 사자관(寫字官) 홍성원(洪聖源)·이언우(李彦佑), 화원(畫員) 김유성(金有聲), 양의(良醫) 이좌국(李佐國) 등이었다. 임신언은 이들과 창화한 필담들을 모아 1764년 3월 하순에『한관창화』3권을 편집 간행하였다.

2. 저자사항

『한관창화』는 '국자좨주 임신언의 장서(藏書)'라고 되어 있다. 임신언은 임나산(林羅山, 하야시 라잔)의 현손(玄孫)으로 당시 나이 44세였다. 1748년 무진사행 때 임신언은 비서감(秘書監)으로 조선 사신들을 접견하였는데, 갑신사행 때도 국자좨주의 직임을 띠고서 접견하였으니 조선통신사절단을 두 번이나 접견한 셈이다. 임신언의 아들 임신애도 갑신년 사행에서 비서감의 직함을 띠고 조선 사신들을 만났는데, 이때 그의 나이 21세였다. 이들 부자(父子)는 조선 사신 일행과 2월 21~22일, 2월 25일, 3월 2~4일에 나눈 필담을 3권으로 엮고, 각각 서문(序文)과 후서(後序)를 지어 덧붙였다.

하야시(林) 가문의 명성은 이미 조선에도 널리 알려져 있었다. 에도시대 초기의 주자학자로서 유명한 임나산으로 시작하여 그의 아들 임아봉(林鵝峯, 하야시 가호), 3대 임신독(林信篤, 하야시 노부아쓰), 4대 임신충(林信充, 하야시 류우코오), 5대 임신언, 6대 임신애에 이르기까지, 이들은 모두 막부의 관료가 되어 조선통신사 응대와 외교문서 작성, 역사서 편찬 등에 관여하였다. 이러한 집안 내력에 관하여 임신언은 필담을 통해,

"저의 고조(高祖)인 나산이 국초(國初)에 가업을 일으키고 문서의 직임을 맡은 이래로 아봉(鵝峯)·봉강(鳳岡)·쾌당(快堂) 부자(父子)가 대대로 서로 이어서, 귀국의 사신이 오기만 하면 반드시 훌륭한 말씀을 받

들었고 외람되게도 버림을 받지 않았습니다. 저도 그분들이 남기신 사업을 이어받아 또한 전임(前任)을 따르게 되었습니다. 아들인 신애(信愛)도 이미 집안일을 주관하고 있는데, 따로 명함이 있으니 공들께서 반드시 알아주셨으면 합니다."

라고 소개하였다. 자신의 가문과 직임에 대한 자부심이 드러나는 대목이다. 이에 정사(正使)인 조엄은

"그대의 고조인 나산공으로부터 족하에 이르기까지 5대가 연이어 국사(國史)를 관장하니, 그 일이 이미 이웃나라에까지 소문이 나서 전후의 통신사 일행은 그때마다 칭찬하는 일이 많았습니다. 지금 맑은 위의(威儀)를 대하니 대대로 그 아름다운 일을 성취했음을 확실히 알겠습니다."

라면서 찬사로 화답하였다.

3. 구성 및 내용

『한관창화』는 권1, 권2, 권3의 총 3책 236면으로 되어 있다. 여기에는 양국 인사들이 나눈 필담과 창수시 201수, 일본측 문사들의 부탁으로 조선측 문사들이 쓴 찬(贊) 7편 등이 실려 있다.

권1에는 임신언이 쓴 「한관창화서(韓館唱和序)」와 그의 아들 임신애가 쓴 「한관창화후서(韓館唱和後序)」, 그리고 70수의 창화시와 필담이 실려 있다. 시는 칠언율시(七言律詩)가 54수, 칠언절구(七言絶句)가 16수이다. 필담에 참여한 사람을 보면, 일본측 인사로는 임신언, 임신애, 임신언의

서기 송본위미(松本爲美, 마츠모토 타메요시), 임신애의 서기 구보태형(久保泰亨, 구보 타이코오)이 있고, 조선측 인사로는 삼사(三使)인 조엄·이인배·김상익, 제술관 남옥, 서기 성대중·원중거·김인겸이다. 임신언과 임신애 부자가 본원사에 가서 처음 삼사(三使)를 만난 것은 2월 25일의 일이다. 그에 앞서 22일에도 본원사에 갔지만 정사인 조엄이 탈이 나서 세 명의 사신을 만나보진 못하였고, 대신 제술관 및 서기 3인과 필담을 나누고 시를 창수하였음을 알 수 있다. 2월 25일의 만남에서 임신언과 임신애는 미리 세 사신에게 줄 시를 지어서 가지고 갔고, 이를 받은 조선의 세 사신은 3월 10일에 그에 대한 화답시를 보냈다.

시를 기록해 놓은 순서는 반드시 시간 순으로 되어 있지는 않고, 시를 창수한 당사자의 신분에 따라 순차적으로 배열해 놓았다. 구성을 보면 임신언이 세 명의 사신과 창수한 시, 임신애가 세 명의 사신과 창수한 시, 임신언이 제술관 및 세 명의 서기와 창수한 시, 임신애가 제술관 및 세 명의 서기와 창수한 시, 송본위미가 제술관 및 세 명의 서기와 창수한 시, 구보태형이 제술관 및 세 명의 서기와 창수한 시 등이 차례로 실려 있다.

내용을 보면 이들은 저마다 명함을 제시하며 자기소개를 하고, 서로를 만난 반가움과 기쁨을 표현하고 있다. 특히 조선 문사들은 대대로 일본에서 문형(文衡)을 담당하였던 하야시(林) 가문의 후손들을 만나보게 된 것을 기쁘게 생각하고 있으며, 일본의 국자좨주인 임신언은 1748년(무진년) 조선통신사를 접견한 데 이어 1764년에도 조선 사신들을 맞이하게 된 것을 행운으로 여기고 있다. 임신언은 무진년 사행 때 정사였던 홍계희(洪啓禧), 부사였던 남태기(南泰耆), 종사관이었던 조명채(曹命采)의 안부를 물으며 친근감을 표시하였다. 성대중의 경우 그의 증조부였던 성완(成琬)이 1682년 임술사행 당시 제술관으로 일본에 온 적이 있고, 조부인 성몽량(成夢良)은 1719년 기해사행 당시 서기로 일본에 왔는데, 이런 사실을 성대중이 직접 소개하자, 임신언은 두 사람의 선조들이 우호를 맺고 계속해서 그 후손들까지 인연을 맺게 된 것에 대해 매우 기뻐하였다. 이들은 창수시를 통해 먼 여행길에 따른 노고를 위로하고, 상대방의 학문과 시재(詩才)를 칭찬하며, 양국의 우의가 변함없이 이어져 오고 있음을 축하하였다. 임신언은 또한 이 자리에서 제술관과 세 서기에게 장자방(張子房)의 초상, 부사산(富士山) 그림에 대한 찬(贊)을 써 줄 것과 회진후(會津侯)의 '조양각(朝陽閣)'에 기문(記文)을 지어줄 것을 청하기도 하였다.

권2에는 3월 2일 임신언·임신애·쾌주서기 산안장(山岸藏)·비서서기 구보태형(久保泰亨)이 한관(韓館)을 찾아와 제술관 남옥과 세 명의 서기와 더불어 나눈 필담과 창수시가 실려 있다. 그리고 이에 앞서 2월 21일 한관에서 조선측 사자관(寫字官)인 홍성원(洪聖源)·이언우(李彦佑)와 화원(畫員) 김유성(金有聲), 양의(良醫) 이좌국(李佐國) 등을 만나 주고받은 필담과 창수시도 실려 있다. 시는 총 89수인데 이 중 칠언율시가 16수, 칠언절구가 63수, 오언율시(五言律詩)가 10수이다.

앞서 2월 22일 임신언·임신애 부자는 한관을 찾아와서 제술관과 세 명의 서기를 만나 필담을 나누었는데, 3월 2일에 다시 와서 두 번째의 필담과 창수가 이루어지게 되었다. 필담의 내용을 보면 임나산의 명성에 대해 조선측 사신들이 잘 알고 있던 정황과 처음 서로 만났을 때의 감회를 이야기하고, 또한 그간의 안부 등을 묻고 있다. 또한 임신언의 부탁으로 남옥과 세 서기가 쓴 화찬(畫讚)과 각기(閣記)에 대한 겸사와 감사의 인사 등이 오갔다. 그 외에도 조선측 문사들이 쾌주와 비서에게 현재 살고 있는 집에 대하여, 거느리고 있는 문하생들에 대하여 질문하였고, 비서는 사신과 제술관 및 서기 등이 입은 관복의 명칭이나 조선 임금의 이름, 절기에 따른 풍속 등을 물었다. 일본측 문사들은 시를 주고 필담으로 석별의 뜻을 전했으며, 조선측에서는 그 보답으로 건과(乾果)와 밀과(蜜果)를 선물로 주었다. 이때 창수한 시들에서도 역시 상대의 학문과 재주에 대한 찬사와 양국의 우호가 견고한 점, 곧 이별이 다가오기에 서글퍼지는 마음 등을 드러냈다.

2월 21일에는 사자관 홍성원·이언우와 화원 김유성, 양의 이좌국과의 필담이 이루어졌다. 임신언은 사자관들이 쓴 몇 장의 글을 받고 칭찬하며 감사의 뜻으로 시를 주었다. 사자관들은 임신언의 문장이 이백(李白)과 한유(韓愈), 구양수(歐陽脩)와 유종원(柳宗元)을 능가하기를 축원하면서 그에게 조선의 붓과 먹을 선물하였다. 화원 김유성도 그림 몇 폭을 임신언에게 선물하였고, 이에 대한 답례로 시와 부채, 먹을 선물받았다. 기선장(騎船將)으로 왔던 변박(卞璞)도 즉석에서 소나무·대나무·매화를 그려 임신언에게 선물하였고 임신언은 이에 대해 시로써 사례하였다. 임신애 또한 조선의 사자관·화원·양의들과 시를 주고받으며 그들의 재주와 풍모에 찬사를 보냈다.

권3에는 시 42수와 찬(贊) 7편이 수록되어 있다. 조선의 사신들은 임씨 부자에게 종이·붓·먹·잣·둥근 부채·화문석·비단 부채 등을 선물하였는데 이에 대해 임신언은 한 수의 시로 감사의 뜻을 전하였고, 임신애는 선물 하나하나를 소재로 한 영물시 7수를 지어서 건넸다. 에도를 떠날 날이 다가오자 임신언과 임신애는 세 사신과 제술관, 세 서기를 전별하는 시와 서(序)를 지어주었고 이에 조선의 사신들도 화운시를 지어 보냈다. 특히 임신애는 조선의 삼사와 제술관 남옥에게 귀국을 전송하는 서(序)를 써서 주었는데, 그 중 남옥에게 준 글이 가장 길면서도 존모(尊慕)의 심정과 이별의 아쉬움이 가장 절절하게 드러나 있는 점은 주목할 만하다. 임신언 또한 남옥이 회진후의 조양각에 기문을 써 준 것에 대해 납촉(蠟燭) 백 자루와 월주지(越州紙) 열 첩으로 감사의 뜻을 표하였다.

그 뒤에는 3월 3~4일에 객관에서 나누었던 필담의 내용이 들어 있다. 3월 3일에는 임씨 부자가 조선의 당상역관과 필담을 나누었는데, 무진년(1748)에 왔던 상상관(上上官)들의 안부를 묻고 답하는 내용이다. 3월 4일의 필담에는 임신애와 조선측 정사반인(正使伴人)으로 온 화산재(花山齋) 조동관(趙東觀), 군관(軍官) 유달원(柳達源)이 등장한다. 이들은 서로 소개를 주고받은 후 조선인의 의관, 일본의 인재등용법 등에 대하여 질문하고 답하였다.

이어서 찬어(贊語) 7편이 수록되어 있는데, 1748년 무진사행 당시 제술관이었던 박경행(朴敬行)이 임신언을 위해 본원사(本願寺)에 제(題)한 글, 남옥이 매화 그림과 장자방(張子房)의 진영(眞影), 왕휘지(王徽之)의 그림에 쓴 찬어, 세 명의 서기가 왕휘지의 그림에 쓴 찬어로 되어 있다. 조선 사신들이 떠난 후 3월 15일에 임씨 부자는 어전(御前)으로 불려가 조선통신사를 접견한 수고에 대해 노고를 위로받고 치하의 뜻으로 시복(時服)을 하사받았는데, 3권 말미에는 그에 대해 임씨 부자가 서로를 축하하며 기쁘고 감사한 마음을 담은 시 10수가 실려 있다.

4. 의의와 가치

통신사행은 총 12차에 걸쳐 이루어졌는데, 1763년 8월에 떠나 1764년 7월에 복명(復命)하기까지 11개월이 걸렸던 제11차 사행은 조선후기 통신사행의 대미를 장식한 사행이었다고 할 수 있다. 조선에서는 1763년을 기준으로 하여 '계미사행'이라 불렸고, 일본에서는 1764년을 기준으로 하여 '갑신사행'이라고 불렸다. 제12차 사행은 대마도까지 가는 것에 그쳤으므로 실제 에도(江戸)까지 다녀온 것으로는 제11차 사행이 마지막이었고, 문화교류의 질량적 측면에 있어서도 이때가 가장 풍성하였다. 양국 문사간의 시문 창화는 역대 사행 중 가장 활발하게 이루어져 조선에서만 8종의 사행록이 찬술되었고, 일본에서는 수십 종의 필담창화집이 간행되었다.

『한관창화』 역시 이때 간행된 필담창화집으로 200여 수의 시와 다양한 필담이 수록되어 있다. 조선에서 찬술된 사행록이 조선측 사행원(使行員)의 시각에서 본 통신사행의 전체적 면모라면, 일본에서 간행된 필담창화집은 통신사행을 맞이하는 일본 문사의 입장에서 기록된 것이므로 양국 문사들 간에 서로를 바라보는 시각의 차이를 비교해서 읽을 수 있다. 가령 남옥 같은 이는 서얼 출신임에도 그 문재(文才)가 뛰어났기 때문에 갑신사행 당시 제술관에 임명되어 사행에 참여하게 되었고, 일본에 가서도 그 재주를 마음껏 발휘하여 문사들뿐만 일반인들과도 시를 수창하였던 바, 그가 그곳에서 지은 시는 2,000여 수나 되었다. 때로는 일본인들의 요구에 부응하느라 새벽닭이 울 때까지 꼬박 밤을 새는 일도 잦았고, 요구가 한꺼번에 폭주할 때는 누가 무엇을 바쳤는지 다 기억할 수 없을 정도였다고 한다. 그는 이런 상황에 다음과 같이

솔직하게 토로하였다.

> 문사(文辭)를 하는 자는 기예 중에서도 도(道)에 가까운 자들이다. 그런
> 데 지금 그들로 하여금 오랑캐에게 수응(酬應)해서 지식을 자랑하고 재주
> 를 뽐내게 하니 저 화원, 의원이나 활 쏘고 말 달리는 자와 무엇이 다르겠
> 는가. 설사 그 수응한 것이 모두 가히 전할 만한 것이라고 해도 오히려
> 족히 말할 것이 못 되거늘, 하물며 백에 하나도 음미할 만한 말이 없는
> 것을 가지고 지극히 형편없는 운에 화답하여 지극히 추악한 오랑캐에게
> 아첨하는 것이야 더 말할 것이 있겠는가. 혹은 잠깐 사이에 10편을 쓰고
> 혹은 하루에도 종이 100장을 넘기까지 하니, 비록 자건(子建)이나 자안(子
> 安) 같은 민첩한 솜씨라고 해도 어찌 다 일일이 글로 이룰 수 있겠는가.
> 저들 풍속에다 우리의 추악함을 드러내서 영원히 비웃음을 전하게 하니,
> 나라를 빛나게 하고자 한 것이 도리어 나라를 욕되게 한 셈이 되고, 재주를
> 과시하고자 한 것이 도리어 재주를 더럽히는 것이 된 셈이다.[1]

그는 문사에 대한 강한 자부심이 있었지만, 잠깐 사이에 10편을 쓰
고 하루에 종이 100장을 쓰는 수응을 고된 노역으로 여기고, 이것이
결국에는 나라를 욕되게 하는 것이라고 비판하였다. 특히 "백에 하나
도 음미할 만한 말이 없는 것을 가지고 지극히 형편없는 운에 화답하
여 지극히 추악한 오랑캐에게 아첨한다."고 하여, 일본 문사의 시에
대해 혹평을 했을 뿐 아니라 거기에 일일이 화답해야 하는 상황에 대
해 자괴감을 느끼고 있는 것이다. 또한 관백의 회답서를 사사로이 얻
어 보고는 마음에 안 드는 자구(字句)가 있어 수역을 시켜 수정하도록

---

1 남옥 저, 김보경 역, 『붓끝으로 부사산 바람을 가르다(日觀記)』, 소명출판, 2006, 611쪽.

요구한 일이 있었는데, 며칠 뒤 "자구는 모두 말씀하신 대로 따라서 고쳤습니다."라는 수역의 회답서를 받고도,

> 그러나 초본과 윤색이 저들 손에서 나왔으니 글자 뜻의 높고 낮음을 또 능히 정밀하게 분변해낼 수 있는지는 과연 알 수가 없는 일이다.[2]

라고 하여 일본인의 문재(文才)에 대해 신뢰하지 못하는 모습을 보이고 있다.

한편 『한관창화』 권3을 보면 임신애가 남옥의 귀국을 전송하며 쓴 서(序)가 있는데, 임신애는 남옥의 풍모와 시재, 학업에 대해 한결같이 군자로 높이며 깊은 동지애를 느꼈음을 말하고 있다. 임신애의 첫인상에 대해 남옥은 "퍽 수려했으나 경박하였다."[3]고 표현한 것에 반해, 임신애는 남옥을 다음과 같이 묘사하였다.

> 제술관 남군은 유아(儒雅)하고 온문(溫文)함이 성대하고 웅장하여, 고금을 분석 종합하고 법도에 익숙하니 군자라고 할 만합니다. 그래서 저는 "도가 같지 않으면 서로 도모하지 못한다."는 말을 지금에서야 비로소 믿게 되었습니다. 그대와 저는 비록 다른 나라 사람이지만 학업이 같고 도가 같으니 한 동포로 옛 친구와 다름없습니다. 빈관에 계실 때에 혹 나아가 시를 창수하기도 하고, 혹 시를 지어 주심에 필설(筆舌)로 일을 서술함이 매우 은근하여 그 정을 다하였으니 이로 인하여 그 풍범(風範)을 익숙히 알게 되었습니다. 재주는 직임을 맡아 잘 처리하고 문장은

---

2 위와 같은 책, 437쪽.
3 위와 같은 책, 419쪽.

국풍을 논하고 덕을 노래할 수 있으니 남군의 훌륭함을 반드시 요직에
추천한 자가 있을 것입니다. … 중략 …

　제가 매양 유풍을 듣고 갈망한 날이 오래였는데 지금 남군의 얼굴을
마주하여 보았습니다. 게다가 나라를 떠나 만 리 이역에 사신으로 와서
특별히 나라의 빛을 드러내셨으니 진실로 사람들이 하기 어려운 것입니
다. 지혜로운 자는 그대의 도량을 칭찬하고, 근간이 있는 자는 그대의
재주를 장대히 여기고, 덕이 있는 자는 그대의 법도를 찬미하고, 통달한
자는 그대의 지식을 귀감으로 삼으니 남군의 명예가 장차 후세에 밝게
드러날 것입니다. 그리고 경술(經術)을 터득하였고 예의를 이루었으니,
또한 불후하게 전해질 성대한 일이 아니겠습니까.

위의 글을 읽어보면 남옥에 대한 칭찬 일색이다. 뿐만 아니라 그와
학업이 같고 도를 같이한다는 사실에서 동포애와 자긍심을 느끼고 있
음을 알 수 있다. 임신애는 또한 조선 사신들이 돌아간 뒤 어전(御前)
에서 시복(時服)을 하사받고 축하하는 시에서 "먼 손님 원래 중역(重譯)
으로 이르렀으니, 미신(微臣)은 또 기뻐하며 은혜 받들고 돌아갔네. 사
이(四夷)가 조회 온 태평한 날이니, 응당 당시의 서치편(瑞稚篇)을 읊으
리라."고 하여 일본을 군자(君子)의 나라, 조선을 사이(四夷)에 빗대며
일본이 문명국이라는 자부심을 은근히 드러냈다.

　이처럼 조선 사신과 그들을 접견하는 일본의 문사 사이에는 상대방
을 바라보는 저마다의 입장이 있어서, 사행록과 필담창화집을 함께
읽으면 그 시각의 차이를 분명하게 감지하게 된다. 조엄의 『해사일기
(海槎日記)』에도 『한관창화』와 동일한 필담이 일부 실려 있는데, 글자
의 출입이 있어 비교해 보면 흥미로운 점이 있다. 『한관창화』는 일본
문사들이 조선 사신들을 대했던 표면과 이면을 동시에 보여주기 때문

에, 조선통신사를 통한 문화 교류의 실상을 전체적으로 조망하는 데 있어 입체적인 시각을 제공한다는 측면에서 그 의미와 가치를 찾을 수 있을 것이다.

한관창화 권1

韓館唱和 卷之一

한관창화 권1

국자좨주(國子祭酒) 임신언(林信言) 장서(藏書)

한관창화서(韓館唱和序)

삼한의 사신이 우리나라에 내빙(來聘)한 것은 오래된 일이다. 관영 (寬永) 이래로 우리 집안은 나라의 사명(辭命)¹을 담당하였고 또한 삼사 (三使)와 제술관·삼서기(三書記)를 만나 접대하는 것도 으레 해왔던 일 이다. 이번 2월부터 3월까지 창화(唱和)한 필담이 적지 않아, 이에 편 집하여 집에 보관해 두려 한다. 대개 이 편집한 책이 지극히 정밀하고 깊이가 있는 것은 아니지만, 그들과 우리의 정(情)을 진술함에 있어서 는 국가의 성대함을 다 표현했다 하겠으니 볼 만한 것이 꼭 없지는 않을 것이다. 이것을 서(序)로 삼는다.

보력(寶曆) 갑신(甲申) 모춘(暮春) 하순
국자좨주(國子祭酒) 임신언(林信言) 자공(子恭) 쓰다.

---

1 사명(辭命) : 사령(辭令). 응대하는 말. 인신하여 말이나 글의 범칭.

한관창화후서(韓館唱和後序)

보력(寶曆) 14년 갑신 2월, 조선국왕 이금(李昑)[2]이 우리 대군(大君)의 신정(新政)을 축하하고, 정사(正使)인 통정대부(通政大夫) 이조참의(吏曹參議) 지제교(知製敎) 조엄(趙曮), 부사(副使)인 통훈대부(通訓大夫) 행홍문관전한(行弘文館典翰) 지제교겸경연시독관(知製敎兼經筵侍讀官) 춘추관편수관(春秋館編修官) 이인배(李仁培), 종사관(從事官)인 통훈대부(通訓大夫) 행홍문관교리(行弘文館校理) 지제교겸경연시독관(知製敎兼經筵侍讀官) 춘추관기주관(春秋館記注官) 김상익(金相翊) 등 삼백여 명이 폐물(幣物)을 받들고 예를 행하였으니 '선린(善隣)'이라 할 만하다. 잔치를 베풀 때에는 휘장 안에 청신(淸新)한 금옥(金玉)의 소리가 넉넉하게 울려 퍼졌으며, 객관에 가면 관반(館伴)[3]이 준비한 음식에 산해진미가 모두 충분하였다.

우리들 또한 전례대로 거기에 참여하여, 공무(公務)의 여가에 객관으로 가서 세 사신과 만나 이야기를 나누었다. 또 학사인 결성태수(結城太守) 남옥과 서기인 은계찰방(銀溪察訪) 성대중·장흥고 봉사(長興庫奉事) 원중거·성균진사(成均進士) 김인겸 등과 함께 종일토록 시를 주고받았으며, 밤에는 등불을 켜놓고 계속하며 글과 말로 기쁨을 다 쏟아놓았는데, 일찍이 역관을 통해 서로 말하지 않았는데도 이에 능히 시부(詩賦)에 뜻을 드러내고 생각을 문서(文書)에 담았으니, 참으로 이른바 문장성세(文章盛世)의 일대 쾌사(快事)라 할 것이다.

또한 우리 부자(父子)가 명을 받아 사자관(寫字官) 임치첨사(臨淄僉使)

2 이금(李昑) : 조선의 제21대 임금 영조(英祖)의 휘(諱).
3 관반(館伴) : 외국 사신의 영접·접대의 임무를 관장하도록 임시로 임명한 관직.

홍성원(洪聖源)·상호군(上護軍) 이언우(李彦祐) 등으로 하여금 글자를 쓰게 하였고, 또 화원(畫員)인 문성첨사(文城僉使) 김유성(金有聲)·선물(船物) 변박(卞璞) 등에게 그림을 그리게 하였다. 그때 다른 사람은 그 자리에 들이지 못하도록 금하였는데, 사인(士人) 화산자(花山子)·군관(軍官) 유달원(柳達源)이라는 자들이 와서 필담을 청하였다. 나는 멀리서 온 사람을 법규로 구속할 수는 없다고 여겨, 즉석에서 끌어들여 함께 앉았다. 그들은 매우 기뻐하며 화사(畫史)의 붓을 가져다가 글을 주고받기를 마치 흥에 겨운 사람처럼 하였으며, 후일을 기약하고 갔다. 3월 3일에 우리 부자에게 밀명(密命)을 내려 상상관(上上官) 세 사람과 나눈 필담을 보고하게 하였다. 이때 세 명의 사신이 소동(小童) 몇 사람을 보내어 상사일(上巳日)의 이바지 음식을 주었는데, 이는 사신이 온 이래로 한 번도 있지 않던 일이었으니 그들의 떠나고 싶어하는 마음을 알 만했다. 사신들이 귀국한 후에 그 문장과 필담을 모아서 기록하고 '한관창화(韓館唱和)'라고 이름하였다. 이 기회에 그 대략을 기록해 놓는 바이다.

보력(寶曆) 갑신(甲申) 3월
조산대부(朝散大夫) 비서감겸경연강관(秘書監兼經筵講官)
임신애(林信愛) 자절(子節) 쓰다.

한관창화 권지일

보력(寶曆) 14년 갑신년(1764) 2월 25일, 대학두(大學頭) 임신언(林信言, 하야시 노부히코)·도서두(圖書頭) 임신애(林信愛, 하야시 노부요시)가 천초(淺

草, 아사쿠사)의 본원사(本願寺, 혼간지)에 가서 처음 삼관사(三官使)를 만나 필담을 하였고, 훗날 시를 부쳤다. 이에 앞서 22일에 남 학사·성 찰방·원 봉사·김 진사와 몇 장(章)을 주고받았다.

대학두(大學頭)
명함

저의 성은 임(林)이고 이름은 신언(信言)입니다. 자는 사아(士雅)이고 또 다른 자는 자공(子恭)이며, 호는 봉곡(鳳谷), 별호는 송풍정(松風亭)입니다. 임나산(林羅山)의 현손(玄孫)이고 홍문학사(弘文學士) 아봉(鵝峯)의 증손이며, 국자좨주 신독(信篤)의 손자이고 아버지는 바로 국자좨주 신충(信充)입니다. 신축년(辛丑年)에 태어났습니다. 대대로 국사(國史)를 관장하였는데 지금은 외람되게도 조산대부(朝散大夫) 국자좨주를 맡고 있습니다. 무진년(1748)에 귀국(貴國)의 사신을 접견하였는데, 그 자리에서 '비서감(秘書監)'으로 불렸던 사람이 접니다. 지금 제공(諸公)들과 교제하며 다시 이런 성대한 때를 만나니, 이 같은 행운이 또 어디 있겠습니까?

도서두(圖書頭)
명함

저의 성은 임(林)이고 이름은 신애(信愛)이며, 자는 자절(子節), 호는 용담(龍潭), 별호는 차군정(此君亭)입니다. 임나산(林羅山)의 6세손이고 홍문학사 아봉(鵝峯)의 현손이며, 국자좨주 신독(信篤)의 증손, 국자좨주 신충(信充)의 손자이고, 지금 좨주인 신언(信言)의 적자(適子)입니다. 갑자년(甲子年, 1744)에 태어났습니다. 경진년(1760)에 경연강관(經筵講官)으로 뽑혔고, 임오년(1762) 겨울에 관작을 받아 조산대부(朝散大夫)에 서임(敍任)되고 비서감(秘書監)을 맡게 되었습니다. 지금 나이는 21세입니다. 처음 귀국의 통신사를 접견하여 성세(盛世)의 의전(儀典)을 만나게 되었으니, 어떤 행운이 이보다 더하겠습니까?

삼사(三使)와의 필담

좨주(祭酒)

저의 고조(高祖)인 나산(羅山)이 국초(國初)에 가업을 일으키고 문서(文書)의 직임을 맡은 이래로 아봉(鵝峯)·봉강(鳳岡)·쾌당(快堂) 부자(父子)가 대대로 서로 이어서, 귀국의 사신이 오기만 하면 반드시 훌륭한 말씀을 받들었고 외람되게도 버림을 받지 않았습니다. 제가 무엇이라고, 그분들이 남기신 사업을 이어받았고 또한 전임(前任)을 따르게 되었습니다. 아들인 신애(信愛)도 이미 집안일을 주관하고 있는데, 따로 명함이 있으니 공들께서 반드시 알아주셨으면 합니다.

정사(正使)

그대의 고조(高祖)인 나산공(羅山公)으로부터 족하에 이르기까지 5대가 연이어 국사(國史)를 관장하니, 그 일이 이미 이웃나라에까지 소문이 나서 전후의 통신사 일행은 그때마다 칭찬하는 일이 많았습니다.

지금 맑은 위의(威儀)를 대하니 대대로 그 아름다운 일을 성취했음을 확실히 알겠습니다. 이미 몸을 굽혀 문후(問候)해 주시고 또 글을 써서 보여주시기까지 하니, 보살펴 주시는 마음에 깊이 감사드립니다. 제 자신 재주가 없는데도 외람되이 상사(上使)를 맡았으니 여기저기 길을 다니면서 감히 그 수고로움을 말하겠습니까? 귀도(貴都)에 도착한 것만으로도 공사(公私)에 다행한 일이지요.

부사(副使)

저는 부사(副使)로 왔습니다. 성명은 이미 다 알고 계실 듯하니 여기에서 다시 말씀드리지 않겠습니다. 그런데 일찍이 선배들의 사행 기록 가운데서 나산·아봉 이후의 명망 있는 문벌(門閥)을 알고 높이 받들었는데 오늘 다행히 맑은 위의(威儀)를 대하게 되었습니다. 양국 간의 우호를 이어나가고 또 난옥(蘭玉) 같은 자손을 옆에서 뵐 수 있으니 기뻐서 뛸 듯한 마음을 감당하지 못하겠습니다.

종사관(從事官)

저희 나라 사람으로 귀국(貴國)에 온 자는 반드시 임씨(林氏)가 대대로 문형(文衡)을 담당하고 그 명성이 대단히 드러났음을 말하곤 합니다. 지금 다행스럽게도 자리를 함께하고 게다가 훌륭한 자손을 보게 되니 실로 평소의 소원을 이뤘다 하겠습니다. 제 나이는 마흔넷이고, 이번 사행에서 종사관으로 왔습니다.

좨주(祭酒)

무진년 방문 때에는 담와(澹窩)·죽리(竹裏)·난곡(蘭谷)[4] 세 분을 접견하였는데, 그분들에게서 받은 토산물과 화답시들은 상자에 넣어서 귀하게 보관을 하고 있지요. 때때로 꺼내서 보고 있노라면 마치 그분들을 보는 것 같습니다. 감히 여쭙건대 세 분은 안녕하십니까?

정사(正使)

담와·난곡은 지금도 여전히 무탈하구요, 남죽리는 작년에 이미 연관(捐館)[5]하였습니다.

정사(正使)

주옥같은 시편들을 완상하면서 저도 모르게 흠모하고 감탄하였습니다. 손님께서 이 사신의 일이 끝나는 날을 기다려 주시면 마땅히 화답해 올리겠습니다.

부사(副使)

주옥같은 시편들을 주시니 깊은 정이 담긴 성대한 마음에 더욱 감사드립니다. 완상하기를 그치지 않고 있는데, 다만 지금은 사신의 명을 다 완수하지 못했기 때문에 의리상 창수하기가 어렵습니다. 마땅히 돌아갈 때 화답해 드리겠습니다.

---

4 담와(澹窩)·죽리(竹裏)·난곡(蘭谷) : 1748년 통신사에 정사·부사·종사관으로 왔던 홍계희(洪啓禧)·남태기(南泰耆)·조명채(曹命采)를 가리킨다.
5 연관(捐館) : 거처하던 집을 버림. 죽음의 완곡한 표현.

종사관(從事官)

이미 왕림해 주시고 또 주옥같은 시편들까지 주시니 참으로 깊이 감사드립니다. 본래는 즉석에서 화답을 드리려 하였으나 사신의 일이 아직 끝나지 않았기 때문에 의리상 창수하기가 어렵습니다. 우선 후일을 기다려 주시면 매우 다행이겠습니다.

비서(秘書)

세 분께 아룁니다. 만 리나 민 곳까지 오시고 해를 넘기도록 오랫동안 계시니, 수고와 피로가 어찌 한이 있겠습니까? 온화하고 고상한 풍치와 아름답고도 재기발랄한 모습을 뵈니, 이른바 '파도에 몸을 맡겨도 감히 사사로운 마음으로 하지 않는다.'는 것이 아닐는지요. 삼가 경하드립니다.

정사(正使)

존대인(尊大人)의 내방(來訪)을 받고 또 족하의 방문을 받으니 정말 너무나 감격스럽습니다. 저의 재주는 변변치 못한데 임무가 막중하니, 이곳으로 오는 길을 근심할 겨를도 없었습니다.

부사(副使)

일찍이 저희 나라에 있을 때 고귀하신 가문의 누대(累代)에 걸친 성대함을 이미 들었는데, 젊은 나이에 비서감(秘書監)의 직임에 뽑히셨으니 뛸 듯이 기뻐 축하하고자 하는 지극한 마음을 더욱 이기지 못하겠습니다. 이렇게 정중한 방문까지 해주셨으니 진실로 깊이 감사드립니다.

비서(秘書)

과하게 칭찬하고 격려해 주시니 참으로 부끄럽고도 감사합니다.

종사관(從事官)

저의 성명은 또한 들어서 알고 계시리라 생각되어 여기에 다시 쓰지는 않겠습니다. 금년에 마흔넷이고 경오년(1750)에 벼슬길에 올랐으며 기묘년(1759)에 문과에 급제했습니다. 이번 사행에서는 종사관으로 왔습니다. 귀하의 맑은 위의(威儀)를 접하게 되어 매우 다행스럽습니다.

학사(學士) 삼서기(三書記)의 명함

저의 성은 남(南)이고 이름은 옥(玉), 자는 시온(時韞), 호는 추월정(秋月亭)이며 의령(宜寧) 사람입니다. 이번에 제술관으로 사신행차를 따라 왔습니다. 임인생(壬寅生, 1722)생입니다. 계유년(1753)의 전시(殿試)에서 병과(丙科)에 급제했습니다. 일찍이 결성태수(結城太守)에 임명되었고 지금은 승문원(承文院)에서 교검(校檢)의 직임을 맡고 있습니다.

저의 성은 성(成)이고 이름은 대중(大中), 자는 사집(士執), 호는 용연(龍淵)이며 창녕(昌寧) 사람입니다. 임자생(壬子生, 1732)입니다. 계유년(1753)에 사마시(司馬試)에 합격하였고 병자년(1756)에 대책(對策)으로 급제했습니다. 일찍이 은계독우(銀溪督郵)를 거쳐 이번에 정사(正使)의 서기로 왔습니다.

저의 성은 원(元)이고 이름은 중거(重擧), 자는 자재(子才), 호는 현천 (玄川)이며 부사(副使)의 서기로 왔습니다. 기해년(1719)에 태어나 금년 에 마흔 여섯입니다. 경오년(1750)에 사마시에 급제하고 처음 관직에 나아가 장흥랑(長興郞)에 임명되었습니다. 일찍이 무진년(1748)에 여러 문사들의 말을 통하여 높으신 명성을 들은 적이 많았습니다. 오늘 지 우(芝宇)[6]를 받들게 되니 얼마나 다행스러운지요.

저의 성은 김(金)이고 이름은 인겸(仁謙), 자는 사안(士安), 호는 퇴석 (退石)입니다. 성균진사(成均進士)로서 이번에 종사관의 서기가 되어 왔 습니다. 다행히 맑은 향기를 받들게 되었으니 기쁘고 다행한 마음 어 찌 다할 수 있겠습니까?

학사 삼서기(三書記)와 나눈 필담

좨주(祭酒)

저의 고조 나산이 국초에 봉직한 이후로 아봉·봉강·쾌당이 가업을 이어서 국사(國史)를 관장하였고 그 대대로 일을 한 것이 10대에 이르 렀습니다. 지금 다행히 은혜로운 명을 받고 성대한 때를 만났는데, 더 욱 기쁜 것은 아취 있는 자리에서 특별히 글을 주고받게 되었다는 사 실입니다. 제군들은 실로 하늘이 보낸 사신들이니, 어떤 행운이 이와 같겠습니까?

---

6 지우(芝宇) : 상대방을 높여 그의 얼굴을 이르는 말.

남옥(南玉)

나산공(羅山公)의 문장은 그 뛰어난 자취가 사행록 전체에 모두 실려 있어서 지금까지도 혁혁하게 사람들의 이목(耳目)에 남아 있습니다. 그리고 이어서 봉강과 쾌당이 모두 그 아름다움을 좇아 대대로 봉지(鳳池)의 일을 담당하였습니다. 저희 나라에서 사신 행렬이 오면 그때마다 평수상봉(萍水相逢)의 탄식[7]이 있었으니 익히 들어서 안 지는 오래되었습니다. 족하께서는 또 무진년의 연석(筵席)에서 선대부(先大夫)를 따라 한쪽 구석에 앉아 손님을 맞이하는 예를 행하셨지요. 매번 담와 홍공과 사객(詞客) 제군들을 통해서 족하의 의표(儀表)와 풍채(風采)를 볼 수 있었는데, 지금 운 좋게도 직접 왕림해 주셨고 또한 현윤(賢胤)[8]이 있어 귀문(貴門)[9]을 모시고 보좌하니, 실로 저희 나라 인사(人士)들과는 여러 대에 걸친 세교(世交)가 있는 것입니다. 너무나 뛸 듯이 기뻐서 참으로 어제 만난 것 같습니다.

김인겸(金仁謙)

저는 나이가 58세입니다. 덕이 있는 귀댁 가문에서 대대로 사륜(絲綸)[10]·문장(文章)·경학(經學)·관면(冠冕) 등 도성(都城)의 업을 담당하고 있음을 익히 들어서 한번 가르침을 받고자 하였지만, 만 리의 바다에 가로막혀 어쩌지 못하고 뜻을 이룰 길이 없었습니다. 지금 다행히 천리마에 붙어

---

7 평수상봉(萍水相逢)의 탄식 : 물 위에 떠다니는 부평초처럼 우연히 만나 곧 헤어짐을 아쉬워하는 것을 뜻한다.
8 현윤(賢胤) : 덕행과 재능이 있는 자손. 남의 아들에 대한 높임말.
9 귀문(貴門) : 상대방을 높여, 그의 가문을 이르는 말.
10 사륜(絲綸) : 임금의 조서.

와서 좌하(座下)를 접견하게 되니 옛사람이 이른바, '명성을 듣는 것보다 얼굴을 보는 것이 낫다.'는 것이로군요. 영광과 행운이 지극합니다.

성대중(成大中)

저희 집안은 대대로 사신 행차를 따라온 일이 있어서, 일찍이 증조부이신 취허공(翠虛公)[11] · 조부이신 소헌공(嘯軒公)[12]의 동사집(東槎集) 가운데서 높으신 세덕(世德)을 익혀 들은 것이 오래되었습니다. 오늘 성대한 위의(威儀)를 친히 대하니, 위로와 다행함이 얼마나 지극한지요.

좨주(祭酒)

예전에 취허 · 소헌 두 분이 저희 선조들과 우호를 맺은 것이 오래되었다는 걸 들었는데, 족하께서 바로 그 후손이시군요. 지금 또 맑은 위의를 받들게 되었으니, 실로 집안끼리 통하는 우호인지라 하늘이 인연을 빌려주는 것이 구차스럽지 않은가 봅니다. 대단히 기쁩니다.

남옥(南玉) 등

이미 몸소 찾아와 주시고 더욱이 경운(瓊韻)[13]까지 주시니 감격과 기쁨이 교차합니다. 게다가 시어의 정취가 맑고 심원하며 펼쳐진 뜻이 매우 고상하니, 감탄스럽기도 하고 부끄럽기도 하여 어떻게 사례해야 할 지 모르겠습니다. 빨리 이 자리에서 손뼉을 치며 화답하고 싶지만 아름다운 대화를 방해하여 고생스럽게 왕림해 주신 뜻을 저버릴까 두

---

11 취허공(翠虛公) : 성완(成琬)을 가리킴. 1682년 임술 사행 당시 제술관으로 일본에 갔음.
12 소헌공(嘯軒公) : 성몽량(成夢良)을 가리킴. 1719년 기해 사행 당시 서기로 일본에 갔음.
13 경운(瓊韻) : 남의 시문을 높여 이르는 말.

렵습니다. 만 리의 교제를 함에 함께하는 날들이 아쉽기만 하니, 시에 화답하는 예는 오히려 가볍고 잘 읽고서 얘기를 나누는 것이 중합니다. 보내주신 운을 천천히 따라가면서 우선 한 번의 기쁨을 다하고자 하는데, 어떻게 생각하실지 모르겠습니다.

좨주·비서

외람되이 거친 시를 받들어 올렸는데 칭찬이 지나치시니 너무 부끄러워서 땀이 납니다. 짧은 시를 주고받는 것이 어찌 아름다운 대화에 방해가 되겠습니까? 훌륭한 시로 답해주실 것을 아끼지 않으신다면, 한번 던져주심을 다행으로 여기겠습니다.

남옥(南玉)

삼가 깊은 뜻을 받아들이겠습니다.

성대중(成大中)

여러 대에 걸친 우호는 한 나라 안에서도 오히려 어려운 법인데 하물며 이역(異域)의 사람에 있어서이겠습니까? 저희 집과 귀댁은 진실로 작은 인연이 아닙니다. 보내주신 시는 사의(辭意)가 정중(鄭重)하고 구법(句法)이 청원(淸圓)하니 참으로 고상하고 멋이 있다 하겠습니다. 시문을 주고받은 뜻은 매우 깊은 것이니, 감히 뒤따라 화답하여 성대한 가르침에 우러러 보답하지 않을 수 있겠습니까?

좨주(祭酒)

이것은 장자방(張子房)의 초상과 부사산(富士山)의 그림인데, 찬어(贊

語)를 써 주시기를 청합니다. 매화 그림에는 이미 박군이 찬을 쓴 것이 있지만, 지금 또 찬사(贊辭)를 더 써 주시면 다행이고 다행이겠습니다.

좨주(祭酒)

회진후(會津侯)[14]인 지빈(芝濱, 시바하마)의 별장에는 '조양각(朝陽閣)'이라고 하는 것이 있는데 정원 안에 십이경(十二景)을 갖고 있습니다. 감히 그 기문(記文)을 청합니다. 승낙해 주신다면 마땅히 그 그림을 드리겠습니다.

남옥(南玉)

화찬(畫讚)과 각기(閣記)를 써 달라 하시니 부탁하신 말씀을 저버리기 어려워, 삼가 졸렬하지만 억지로라도 지어드리지요. 그림을 보여주시면 마땅히 틈나는 대로 해보겠습니다.

좨주(祭酒)

화찬과 각기를 곧 이 자리에서 허락받으니 너무나 감사하고 감사합니다. 그림 세 장은 지금 드리고, 조양각의 그림은 내일 조강(朝岡, 아사오카) 모씨(某氏)에게 맡겨서 보내드리겠습니다.

남옥(南玉)

일찍이 들으니 문하에 선비들이 많아서 60~70명에 이른다고 하더군요. 훌륭한 선비들이 많아서 성대한 교육의 즐거움이 있으시겠습니

---

14 회진후(會津侯) : 아이즈(會津)는 후쿠시마(福島)현에 있는 지명.

다. 지금 문하에는 몇 사람이나 있는지요? 비서감 외에 자제분은 또 얼마나 두셨습니까?

좨주(祭酒)

지금 문하에 있는 사람은 70~80명이고, 제후국에서 벼슬을 하고 있는 자들은 일일이 꼽을 수가 없습니다. 자식 놈은 신애(信愛) 하나뿐입니다.

좨주(祭酒)

무진년 회합 때에는 구헌(矩軒) 박군과 제암(濟菴)·취설(醉雪)·해고(海皐) 세 분 서기를 몇 번이나 만나보았고 창화한 것도 적지 않습니다. 게다가 유별시(留別詩) 몇 수까지 더 써주셔서 지금까지도 읊조리기를 그치지 않습니다. 그런데 오늘 또 다행히 제언(諸彦)들과 회합을 갖게 되었군요. 모르겠습니다만 지난번에 오셨던 네 분께서는 안녕하십니까?

남옥(南玉)

박구헌은 지금 제가 했었던 결성태수(結城太守)가 되었고, 제암은 그 후에 독우태수(督郵太守)를 지냈습니다. 취설도 독우태수를 지냈는데 지금은 노쇠하였지요. 해고는 그 후에 과거에 급제해서 지금은 보령 태수(保寧太守)를 맡고 있지요. 모두들 다행히도 별 탈 없습니다. 이 네 분 모두 족하의 높으신 명성을 많이 말씀하셨고, 저희들도 그것을 익히 들었습니다.

비서(秘書)

우리나라에 해송(海松)이란 것이 있는데요, 잎은 다섯 개가 납니다.

그 열매는 귀방(貴邦)의 잣과 같은데 아마도 같은 식물인 듯합니다. 잣은 잎의 모양이 어떻습니까?

원중거(元重擧)

저희 나라 잣 잎은 어떤 건 다섯 개이고, 어떤 건 서너 개입니다. 이삭이 있고 열매가 있습니다. 동해 가에 잎이 다섯 개인 소나무가 있는데, 산승(山僧)들은 이것을 가리켜 잎을 먹으면 몸이 가벼워지는 것이라 합니다만, 또한 정말로 그러한 것인지는 모르겠습니다. 다만 소나무 열매는 작고 잣나무 열매는 크니 똑같은 식물은 아닌 듯합니다.

남옥(南玉)

세 분 대인(大人)과 족하가 서로 접견하는 것은 본디 오래된 전례입니다. 저희들이 오늘 만나 뵌 것은 그 후에 하는 것이 마땅하겠으나 정사(正使) 대인께서 마침 조섭해야 할 징후가 있으셔서 잠시 영접할 수 없게 되었습니다. 일간 차도가 있으시면 다시 마땅히 보답이 있을 것입니다. 그때 저희들도 맑은 위의를 다시 대할 수 있을 겁니다.

좨주 · 비서(祭酒秘書)

정사 조공(趙公)의 미미한 탈은 머지않아 분명 나을 것이니 그때 뵙도록 하겠습니다. 저희들이 세 분 사신을 만나는 날 군들께서도 그 자리에 배석하실 테니, 맑은 위의를 접견하고 전례와 같이 할 수 있다면 더욱 다행한 일이겠지요.

김인겸(金仁謙)

제가 뱃병이 좀 있는데 오랫동안 바람 부는 마루에 앉아 있었더니 묵은 병이 더 심해지네요. 날이 이미 저물었으니 훗날 또 만나 뵙기를 더욱 기다리겠습니다. 이만 물러가겠습니다.

좨주·비서(祭酒秘書)

말씀을 따르겠습니다. 훗날 또 와서 천천히 즐거움을 다하도록 하지요.

남옥(南玉) 등

저희들은 세 분 대인을 따라 동쪽으로 왔으니, 어명을 받고 도성을 나온 것이 벌써 7개월이 지났고 해가 또 바뀌었습니다. 집과 고국에 대한 그리움을 참으로 억누르기 어려운데 복명(復命)이 지체되고 있어 더욱 당황이 되고 근심스럽습니다. 진실로 하루를 지내는 것이 일 년처럼 느껴집니다. 족하께서는 국가의 사명(辭命)을 담당하고 계시니, 혹시 이 갈급한 상황을 이해해 주셔서 돌아가는 일정을 빨리 서두를 수 있도록 해 주신다면 이처럼 다행한 일이 또 어디 있겠습니까? 언제 서쪽으로 돌아갈 수 있을지 알지 못하니, 그 기일을 자세히 알려주시기를 바랍니다. 이에 주선을 하여 빨리 출발할 수 있는 발판을 마련해 주셨으면 하는 것이 정말로 바라는 바입니다.

좨주(祭酒)

시간은 갖옷을 베옷으로 갈아입을 만큼 흘렀고 길은 산과 바다로 막혀 있으니, 제군들이 지닌 나그네로서의 심회가 무료하리라는 것은 이미 너무나 잘 알고 있습니다. 그러나 사신의 일이란 한결같이 집정자의 임무이기 때문에 저희들이 간여하고 알 수 있는 바가 아닙니다.

남옥(南玉)

집정자의 임무라는 것은 참으로 잘 알고 있습니다만, 국서(國書)에 회답하는 일 같은 것은 족하의 임무입니다. 또한 어찌 집정하는 방법에 있어서 주선할 길이 없겠습니까? 특별히 염두에 두셔서 서둘러 일을 도모해 주시기 바랍니다.

좨주(祭酒)

나라의 사명을 초안해서 만드는 것은 제가 본래 맡고 있는 일입니다만, 회답하고 돌아가는 날짜를 정하는 것은 집정자들이 의논할 바라서 저는 진실로 알지 못합니다. 이미 말씀하신 바를 잘 들었으니 저희들 힘이 닿는 한 어찌 감히 최선을 다하지 않겠습니까?

좨주·비서(祭酒秘書)

오늘의 회합은 실로 천년의 특별한 만남입니다. 밤을 기약하여 기쁨을 계속 이어나가는 것이 마땅하겠지만 공무로 분주한데다가 날도 이미 저물었으니, 여기에서 작별을 고하고자 합니다. 다른 날 또 와서 남은 회포를 다 풀도록 해야겠습니다.

남옥(南玉) 등

훌륭한 명성은 오랫동안 이미 크게 울려 퍼졌는데 오늘 다행히도 우연한 만남을 갖게 되니, 기쁘기도 하고 감사하기도 합니다. 다만 한스럽게도 날은 짧고 문밖엔 자취가 끊어졌으며 연고마저 없으니, 담장이 있는 곳까지만 몸소 배웅을 할 수밖에 없습니다. 혹 다시 찾아와 주신다면 다하지 못한 기쁨을 이어나갈 수 있을 것이니, 오직 그것만을 간절히 바랍니다. 차후에는 또한 아드님도 보여주셨으면 합니다. 공께서는 어떻게 생각하시는지요.

좌주의 서기 송본위미(松本爲美, 마츠모토 타메요시)

사신들이 왔으므로 일찍이 네 분 현자(賢者)를 만나 뵙기를 갈망했는데, 지금 임 좌주의 서기로서 지미(芝眉)를 받들게 되니 참으로 대단히 영광스럽습니다. 저의 성은 송본(松本, 마츠모토)이고 이름은 위미(爲美, 타메요시)입니다. 자는 자유(子由)이고 호는 서호(西湖)이며 육오(陸奧, 무츠) 사람입니다. 임 좌주의 문인이며 회진후(會津侯)의 유신(儒臣)입니다.

비서감 서기 구보태형(久保泰亨, 쿠보 타이코오)

추위와 더위가 때때로 바뀌고 산과 바다에 길이 험한데, 하늘이 두 나라를 도와서 배와 수레에 아무 탈이 없고 여러분의 기거동작이 맑고 편안하시니, 경하(敬賀)드립니다. 지난번에 통신사가 동쪽으로 온다는 소식을 듣고, 삼가 높은 풍모를 받들고자 날마다 간절히 우러러 생각하였습니다. 지금 비서감 서기가 되어 다행히 아름다운 모습을 접견하게 되니 봉황을 보고자 했던 소원이 이에 이루어졌습니다. 기뻐서 뛰고 싶은 마음 어찌 감당할 수 있겠습니까? 저의 성은 구보(久保, 쿠보)이고 이름은 태형(泰亨, 타이코오), 자는 중통(仲通), 호는 충재(盅齋)이며 찬기(讚岐, 사누끼) 사람입니다. 임 좌주의 문인으로 평창(昌平, 쇼오헤이) 국학(國學)에서 교육을 받고 있습니다.

남옥(南玉) 등

쫴주의 문하에 이름난 선비들이 많다는 것을 풍문으로 들었는데, 지금 다행히 임공(林公) 부자(父子)를 접견하고 아울러 두 분의 맑은 위의를 받들게 되니 참으로 대단히 위로가 되고 행복합니다. 저희들의 이름자는 이미 임공께 알려드렸으니 여기서 다시 언급하지 않겠습니다.

남옥(南玉)

두 분께서 이미 정신없이 바쁜 공무(公務)가 없으셔서 거듭 거듭 관소를 방문해 주신다면 못다한 기쁨을 이어갈 수 있을 것입니다. 한스러운 것은 앉은 자리가 멀어서 회포를 다 쏟아놓을 수 없는 것이니, 애오라지 여기서 삼가 질문을 드립니다.

두 서기(書記)

이렇게 깊이 마음 써 주시니 감사하고 감사합니다. 다시 만나는 날은 내일이 좋겠습니다. 태형은 마땅히 이틀 후에 오겠습니다. 오직 우리 두 사람만 이처럼 끝나지 않은 인연이 있으니 하늘이 내리신 복이 참으로 많습니다.

조선국 정사 통정대부 제곡 조공께 삼가 드리다
謹贈朝鮮國正使通政大夫濟谷趙公

국자좨주(國子祭酒) 임신언(林信言)

국서 받들고 사신 오니 영광이 넉넉한데	奉書官使有餘榮
교제함에 이제 빙례가 이루어졌네	交際方今聘禮成

한국은 문이 빛나 천년 동안 성대하였고　韓國文華千載盛
일본은 무가 갖추어져 십대의 조정이 환했지　日東武備十朝明
한나라의 의관 아름다움을 일찍이 알았고　曾知漢代衣冠美
당나라의 검과 패옥소리 이미 들었네　已聽唐家劍珮聲
예물은 양국에 걸맞게 두터워야 하고　玉帛應稱兩邦厚
훌륭한 재주로는 높은 명성 드러내리　宏才偉氣發高名

조선국 부사 통훈대부 회계 이공께 삼가 드리다
謹贈朝鮮國副使通訓大夫迴溪李公

임신언(林信言)

사신의 깃발 이제 바다의 파도 건너와　使旌方今凌海波
손님 맞는 자리에서 다시 녹명가[15]를 짓는다　賓筵更賦鹿鳴歌
부상의 나라에 영웅호걸 적음이 너무 부끄럽고　已慚桑域豪雄少
기자의 나라에 준걸이 많음은 일찍이 들었다오　曾識箕邦俊傑多
일기도[16]의 달이 밝아 옥절이 빛나고　岐島月明輝玉節
광릉의 물결은 사신의 배 따르는데　廣陵潮勢逐星槎
만 리 험한 길의 괴로움 말하지 말라　休言萬里雲山苦
성대한 예의 완성하려는 그 마음 어떻겠는가　全盛禮成心似何

---

15 녹명가(鹿鳴歌): '녹명'은 『시경』「소아(小雅)」의 편명으로, 군신과 빈객을 연향하는 시.
16 일기도(壹岐島): 규슈[九州] 미쓰우라[松浦]반도 북서쪽에 있는 섬. 조선통신사가 에도에 가는 길에 거쳐서 갔던 곳이다.

조선국 종사관 통훈대부 현암 김공께 삼가 드리다
謹贈朝鮮國從事官通訓大夫弦菴金公

임신언(林信言)

사신 수레 옛날의 풍모를 잃지 않았으니	使車不失舊時風
신의와 우정 맺는 것 어찌 헛된 일이랴	講信交情豈可空
삼한의 아름다운 문물을 나란히 우러렀는데	齊仰韓邦文物美
이제는 일본의 융성한 무위를 칭찬하네	今稱日域武威隆
이미 한강 성 안에서 걸출함을 보았고	已看漢水城中傑
일찍이 춘추관 안에서 실력을 발휘했지	曾發春秋館裡功
천년 동안 기쁨으로 접견하며 빙례를 닦으니	千載接歡修聘禮
의용과 제도가 무궁함에 이르렀도다	儀容制度至無窮

3월 10일 밤 세 사신이 화답한 시가 천초(淺草)의 본원사(本願寺)로 부터 왔다. 인하여 아래에 그것을 기록한다.

임 좨주의 시에 받들어 화운하다
奉和林祭酒韻

통신정사(通信正使) 조엄(趙曮)

난대[17]에서 사관 맡아 일찍부터 영광이었는데	蘭臺掌史早稱榮
봉소[18]의 물결이 더욱 노성하구나	鳳沼波瀾更老成

---

17 난대(蘭臺) : 한(漢)나라 때 궁궐 안에 있었던 장서실(藏書室). 후한(後漢) 때 반고(班固)가 난대 영사(蘭臺令史)가 되어 칙명으로 「광무본기(光武本紀)」와 여러 전기(傳記)를 엮은 데서, 사관(史官)을 가리키는 말로 쓰인다.

대대로 잠영[19]이 대궐에서 고귀하였고   奕世簪纓天閣貴

대가의 문채는 일본에서 환히 빛났네   大家文采日邦明

황화[20]의 자리에서 항상 우호를 전하고   皇華筵上常傳好

옥수[21]는 조정에서 오래도록 명성을 이어가네   寶樹庭前久繼聲

삼백편의 시를 다 외우지도 못했으니   三百周詩曾未誦

필상에서 사신이란 이름이 참으로 부끄럽다   筆床多愧使乎名

임 좨주의 시에 받들어 화운하다
奉和林祭酒韻

통신부사(通信副使) 이인배(李仁培)

봄물은 넘실넘실 저녁 물결 일으키는데   春水溶溶起夕波

푸른 풀에 동풍 부니 이별가를 떠올리네   東風綠草動驪歌

연못은 해에 빛나고 물고기는 가늘게 숨쉬며   沼光耀日魚吹細

꽃향기 풍겨오고 제비는 지지배배   花氣薰人燕語多

오대의 문유들이 좌해에서 추앙받으니   五世文儒推左海

백 년 동안 아름다운 글로 사신 기록 남겼네   百年華藻記東槎

부평초처럼 우연히 만나 헤어지는 자리라   浮萍一合離筵接

새로운 수심 요동치니 저 기러기 어찌하랴   撩動新愁奈雁何

---

18 봉소(鳳沼) : 봉황지(鳳凰池). 대궐 안의 못. 곁에 중서성(中書省)이 있었던 데서, 인신
   하여 중서성 또는 재상의 직위를 가리킨다.
19 잠영(簪纓) : 관리의 관에 꽂는 비녀와 갓끈. 현귀(顯貴)함의 비유.
20 황화(皇華) : 『시경』「소아(小雅)」의 편명인 '황황자화(皇皇者華)'의 약칭. 임금이 사신
   을 보낼 때 부른 노래. 인신하여, 사신 가는 일 또는 사신으로 가는 사람을 지칭한다.
21 옥수(玉樹) : '아름다운 나무'라는 뜻으로 훌륭한 자제(子弟)를 비유한다.

임 좨주의 시에 삼가 차운하다
謹次林祭酒韻

통신종사(通信從事) 김상익(金相翊)

높은 이름 안 지 오래라 풍모를 대하니 기쁜데	久識高名喜接風
봉황이 새끼를 데리고 맑은 하늘에서 내려왔네	將雛一鳳下晴空
고산의 매와 학²² 집안의 명성 멀리까지 이르고	孤山梅鶴家聲遠
분수²³에서 시서로 가업을 삼아 융성했도다	汾水詩書世業隆
꽃비 속에 생황과 비파 연주되는 첫 자리지만	笙瑟初筵花雨內
바다 구름 속 의상은 옛 모임 그대로일세	衣裳舊會海雲中
미미한 재주로 외람되이 사신의 일 맡아	微才猥忝乘槎役
한 해 다 가고 은하수 찾는 길²⁴ 이제야 끝났네	經歲尋河路始窮

조선국 정사 통정대부 제곡 조공 각하께 받들어 부치다 3수
奉寄朝鮮國正使通政大夫濟谷趙公閤下 三首

비서감(祕書監) 임신애(林信愛)

긴 구름 막막하게 해문에 이어졌는데	長雲漠漠海門通
기자의 유풍은 예나 지금이나 같도다	箕子流風今古同

---

22 매와 학 : 처사 임포(林逋)가 매화를 아내로 삼고 학을 자식으로 삼았다는 데서 유래하여, 인품의 청고(淸高)함을 나타낸다.
23 분수(汾水) : 산서성(山西省) 서남쪽에 위치한 강인데 수(隋)나라 말기에 왕통(王通)이 그 지역에서 방현령(房玄齡), 위징(魏徵), 이정(李靖), 정원(程元), 두위(竇威) 등 천여 명의 제자를 가르쳤으므로, 많은 제자에게 학문을 가르치는 것을 뜻한다.
24 은하수 찾는 길 : 장건(張騫)이 은하수의 근원을 찾아갔던 일. 사신의 행차를 빗대어 한 말.

땅이 중국에 접해 있으니 빼어난 선비 많고　　地接中州多雋士
하늘은 원교[25]와 이어져 선궁[26]과 같구나　　天連員嶠似仙宮
주나라 때의 전적이라 글에는 흠이 없고　　周時典籍文無恙
한나라 때의 의관이라 명성이 헛되지 않네　　漢代衣冠名不空
기쁘구나 이 산하 천리 밖에서　　喜是山河千里外
양국이 정으로 화답하니 흥이 어찌 다하랴　　兩情相和興何窮

또 짓다
又

아름다운 수레[27] 숲처럼 대한을 나오니　　華蓋如林出大韓
태양 아래 오색구름 끝에서 깃발이 번쩍인다　　旌閃日下五雲端
허리에 찬 검의 기운 하늘 끝에서 요동치고　　腰間劍氣天邊動
시 속의 빛나는 구슬 손바닥 위에 차갑네　　賦裡明珠掌上寒
돌아가는 말이 소슬한 바람을 근심할 뿐　　歸馬但愁風瑟瑟
사신의 배가 넘실대는 물을 어찌 싫어하리오　　乘槎豈厭水漫漫
시단에서 서로 만나 사귄 정이 두터우니　　詞場相遇交情厚
만 리의 여로에서 어찌 행로난을 논하겠는가　　萬里何論行路難

---

25 원교(員嶠) : 전설에서, 발해(渤海) 동쪽에 있다는 다섯 개의 신선 산 중의 하나.
26 선궁(仙宮) : 상제(上帝)의 궁전.
27 아름다운 수레 : '화개(華蓋)'는 귀족이 타는 수레의 범칭.

또 짓다
又

황화의 노래 한 곡이 새로 지어지니	皇華一曲入新題
사자가 동쪽으로 오매 길을 잃지 않았네	使者東來道不迷
옥백은 하늘 멀리 해와 달처럼 걸려 있고	玉帛天遙懸日月
붉은 깃발[28] 바람에 싸여 무지개처럼 움직이네	朱旗風繞動虹霓
두 나라의 교린이 두터움을 알고자 한다면	欲知兩國隣交厚
천년의 교화 나란함이 그 증거가 되리	賴是千年教化齊
이부의 관명이 아름다운 칭찬을 전하니	吏部官名傳美譽
문장이 지금 어찌 창려[29]에 부끄러우랴	文章今豈愧昌黎

조선국 부사 통훈대부 회계 이공 각하께 받들어 부치다 3수
奉寄朝鮮國副使通訓大夫迴溪李公閣下 三首

임신애(林信愛)

만 리의 부상에서 해가 떠오르니	萬里扶桑日出天
누선이 멀리 해동의 끝으로 내려왔네	樓船遙下海東邊
나는 듯한 신선의 기운 구름에 어려 움직이고	翩翩仙氣占雲動
찬란한 나라의 영광이 자리에 임해 드높구나	爛爛國華臨座懸
모시옷 드리며 마음 논하니 이자[30]가 생각나는데	獻紵抒情懷李子

---

28 붉은 깃발 : 대개는 전쟁의 깃발을 가리키나 여기서는 사신의 깃발을 말한다.

29 창려(昌黎) : 중당(中唐)의 유학자(儒學者)이자 시인, 문장가인 한유(韓愈)를 가리킨다. 자는 퇴지(退之), 시호는 문공(文公). 하남성 창려(昌黎)에서 태어났으므로 '창려 선생'이라고도 한다.

뗏목 타고 온 사신은 장건³¹인 듯하네　　　　乘槎奉使擬張騫
유풍으로 천 년 전 일을 아직도 알고 있는지　　　遺風尙識千年事
주서의 홍범편을 기억하고 있구나　　　　　　　記得周書洪範篇

또 짓다
又

높은 수레 옹위한 깃발에 기상 더욱 호방하니　　軒車擁節氣愈豪
산 넘고 물 건너온 수고로움 말하지 않네　　　無道山河跋涉勞
웅검은 천년토록 북두성처럼 빛나고　　　　　雄劍千年輝北斗
사문은 만고토록 동조에 있구나　　　　　　　斯文萬古在東曹
주나라의 오랜 제도 아직도 전하고　　　　　　猶傳制度周家舊
한나라의 높은 글재주 함께 알고 있네　　　　共識詞才漢代高
허리에 찬 두 개의 인끈 자랑한다고 들었는데　曾聽腰間誇兩綬
특히나 봉황의 털³² 지녔음을 이제야 보네　　　今看殊有鳳皇毛

---

30 이자(李子) : 퇴계(退溪) 이황(李滉)을 가리키는 듯하다. 조선 후기 실학자 성호(星湖) 이익(李瀷)은 퇴계의 사적을 수집·분류하여 『이자수어(李子粹語)』를 편찬하였다.

31 장건(張騫) : ?~114. 한 무제(漢武帝) 건원(建元) 2년(BC 139)에 대월지(大月氏)에 사신으로 가게 되어 수행원 일백 여 명을 거느리고 장안(長安)을 떠났으나 흉노(匈奴)에 잡혀 소기의 목적을 달성하지 못하고 몇 차례의 탈주 끝에 대월지를 거쳐 원삭 3년(BC 126)에 간신히 귀국했다. 장건의 견문은 한 무제의 서역 경영에 많은 도움을 주었다.

32 봉황의 털 : 드물거나 얻기 어려운 인재 또는 사물.

또 짓다
又

우의를 맺는 풍류 오래 전에 왔던 사람인 듯	傾盖風流如舊來
게다가 나란히 의자에 앉아 웅재를 보이는구나	況依並榻見雄才
고관이라 위의가 성대할 줄은 원래 알았지만	尊官元識威儀盛
문웅이라 상국의 인재로 추켜세우네	文雄相推上國材
채색 붓 다시 빌려 구름과 안개 일어나니	彩毫更假雲煙起
아름다운 시구 달그림자 따라와 펼쳐지겠지	佳句應隨月影開
묻노니 그대도 마음의 사귐 간절하신지	請君欲問心交切
흥에 겨워 재촉하는 시계소리도 상관치 않는구려	乘興不關鐘漏催

조선국 종사관 통훈대부 현암 김공 각하께 받들어 부치다 3수
奉寄朝鮮國從事官通訓大夫弦菴金公閤下 三首

임신애(林信愛)

대국의 사신 아침에 한수의 물가에서 이별하고	大使朝辭漢水濱
비단 돛이 저녁 무렵 해동의 나루에 이르렀네	錦帆暮至海東津
역에서 길 떠나는 말을 보고 누구냐 물었는데	驛中征馬誰相問
객관에서 맑은 차 마시며 이에 친해졌네	館裡淸茶此共親
담소 나누며 동지인 것에 문득 기뻐하니	談話忽歡同志者
마음으로 사귐에 이향 사람인 것 어찌 한스러우랴	心交豈恨異鄕人
두 나라 여전히 문장의 성대함을 보여주니	二邦猶見文章盛
교리의 유능한 명성에 절로 신묘함이 있구나	校理能名自有神

또 짓다
又

휘호가 바다의 파도 능가하는 것 알고자 하니 　欲識揮毫凌海嶠

춘추관 안에서 이미 풍모를 드날렸었지 　春秋館裡業風飄

사신의 수레 아득히 삼한의 길 내려와 　乘軺遠下三韓通

줄지어 선 배 멀리 만 리 파도에 떠 왔구나 　列艦遙浮萬里潮

신상의 공명으론 박망후[33]라 높일 만하고 　身上功名推博望

심중의 영기로는 표요[34]에 비기네 　心中英氣擬嫖姚

씩씩한 마음에 경륜의 생각 있어 　雄寸爲有經綸思

자줏빛 하늘에서 온 봉황을 홀연히 맞이했네 　忽訝鳳皇降紫霄

또 짓다
又

이별 후에 만 리 하늘과 바다 멀기만 한데 　別來萬里海天長

바다 한편에서 공연히 미인을 추억하네 　空憶佳人水一方

김씨[35]는 천추에 그 관대 성대하리니 　金氏千秋冠帶盛

---

33 박망후(博望侯) : 장건(張騫)의 봉호(封號)로, 그가 황하의 근원지를 밝히려고 뗏목을
타고 가다가 하늘 궁전에 이르러 견우(牽牛)와 직녀(織女)를 만나고 왔다는 이야기가 장
화(張華)의 『박물지(博物志)』에 실려 있다.

34 표요(嫖姚) : 표요교위(嫖姚校尉)의 약칭으로, 한 무제(漢武帝) 때 기련산(祈連山) 일
대에서 흉노를 정벌한 명장 곽거병(霍去病)을 가리킨다. 곽거병이 병으로 죽자 무제는
그의 죽음을 슬퍼하여 장안(長安)에서 무릉(茂陵)에 이르는 넓은 지역에 그의 무덤을 축
조하였다.

영공이 삼일 간 머문 자리에 향기가 남았네[36]	令公三日席邊香
떠나는 배는 강릉의 길에서 바람이 전송하고	去舟風送江陵路
사신이 돌아가는 곳 은하수는 더욱 빛나리	歸使星搖河漢章
해후도 잠시 이별한 후엔	邂逅暫時分手後
봄 구름 몇 군데서 행장을 비출는지	春雲幾處照行裝

3월 10일 밤 삼사(三使)의 화답시가 천초(淺草)의 본원사(本願寺)로부터 왔다. 이에 그것을 아래에 기록한다.

임 비서의 시에 받들어 화운하다
奉和林秘書韻

통신정사(通信正使) 조엄(趙曮)

반악[37]의 가풍은 오래된 우호와 통하고	潘岳家風舊好通
봉추의 새 노래는 녹가[38]와 같구나	鳳雛新曲鹿歌同
경을 전하여 대대로 운향각[39]을 관장하고	傳經世掌芸香閣

---

35 김씨(金氏) : 종사관 김상익(金相翊)을 가리킴.

36 영공이……남았네 : '영공'은 상서령(尙書令)에 대한 존칭. 순욱(荀彧)이 한말(漢末)에 상서령을 지낸 적이 있는데, 사람들이 그를 순 영군(荀令君)이라 불렀다. 그는 특이한 향기를 가져서, 남의 집에 가서 앉아 있으면 3일이 지나도 그 향기가 없어지지 않았다는 기록이 『태평어람(太平御覽)』에 보인다. 이후 '영군향(令君香)'은 대개 고아한 인사(人士)의 풍모를 가리키는 말로 쓰인다.

37 반악(潘岳) : 247~300. 진(晉)의 문인. '반악가풍(潘岳家風)'은 '반양지호(潘楊之好)'의 고사를 말한다. 반악의 아버지와 양중무(楊仲武)의 조부가 친교가 있었으며 반악의 아내 양경(楊經)은 양중무의 고모였으므로, 반악과 양중무는 더욱 친밀하였다고 한다.

38 녹가(鹿歌) : 『시경(詩經)』「소아(小雅)」의 '녹명(鹿鳴)'편을 가리킴. 군신과 빈객을 연향하는 시.

예를 알아 새벽에 국자감으로 가네　　　　　　　　聞禮晨趨國子宮

골짜기에서 나온 새소리 붓과 합해지고　　　　　　出谷禽聲毫舌合

정원을 두른 꽃 그림자에 절[40]은 텅 비었네　　　繞園花影篆烟空

없는 재주로 사신의 일에 낀 것 부끄럽지만　　　不才愧忝乘槎役

부상의 장관은 다 보기를 바란다오　　　　　　　　祗幸扶桑壯觀窮

임 비서의 시에 삼가 차운하다

謹次林秘書韻

통신부사(通信副使) 이인배(李仁培)

대대로 뛰어난 명성 남두성 하늘에 울리니　　　　　奕世英聲南斗天

젊은 나이에 사조[41]로 봉황지 곁에 있구나　　　紗年詞藻鳳池邊

도성의 화류마[42] 높은 구름 위를 거니는데　　　驊騮九陌高雲步

삼경에 책벌레는 짧은 촛대에 매달리네　　　　　　魚蠹三更短燭懸

바다를 헤치니 파도는 참으로 드넓고　　　　　　　浸海波濤方浩蕩

바람을 밀치니 날개 치며 날아오를 듯하다　　　　排風羽翮欲騰騫

천자의 도읍에서 인연 따라 일면식 얻게 되니　　　寰中一面隨緣得

아름다운 숲에서 소아편 읊으며 정이 깊어가네　　嘉樹情深小雅篇

---

39 운향각(芸香閣) : 비서성(秘書省)의 별칭.

40 절 : 원문의 '전연(篆烟)'은 선향(線香)의 가는 연기이다. '선향'은 실과 같이 가늘고
길게 만든 향인데, 주로 불전(佛前)에서 피운다. 여기서는 절의 대유(代喩)로 쓰였다.

41 사조(詞藻) : 시문의 수식. 시문을 수식하기 위하여 쓴 전고나 공교하고 아름다운 말.
시부(詩賦)를 가리키는 말로도 쓰인다.

42 화류마(驊騮馬) : 주 목왕(周穆王)이 탔다는 팔준마(八駿馬)의 하나.

임 비서의 시에 삼가 차운하다
謹次林秘書韻

종사관(從事官) 김상익(金相翊)

붕정만리[43]에 물과 구름 길게 펼쳐졌는데	鵬程萬里水雲長
옥절[44]은 아득히 북방에서 왔도다	玉節悠悠自北方
자라 등의 산하엔 안개와 달이 아름답고	鰲背山河煙月好
임씨 가문의 부자[45] 그 이름 향기롭구나	林門喬梓姓名香
십년 동안 부상의 나라에서 맹약 닦았고	十年桑域修盟信
여섯 대에 걸쳐 운대[46]에서 문장을 맡았네	六世芸臺典獻章
내일이면 강성에서 손 흔들고 떠나리니	來日江城分手去
부용봉의 빛이 돌아가는 행장에 가득하겠지	芙蓉峰色滿歸裝

조선국 제술관 추월 남군에게 주다
贈朝鮮國製述官秋月南君

국자좨주(國子祭酒) 임신언(林信言)

한국의 명공이 일동에 이르니	韓國名公到日東
만나서 창화하매 그 흥이 어찌 헛된 것이랴	相逢唱和興何空

---

43 붕정만리(鵬程萬里) : 『장자(莊子)』「소요유(逍遙遊)」편에 나오는 말로, 붕새를 타고 만 리를 나는 것을 뜻하는 것으로 전도(前途)가 원대함을 비유한 말이다.

44 옥절(玉節) : 옥으로 만든 부신(符信).

45 부자(父子) : 원문의 '교재(喬梓)'는 아버지와 아들을 비유한다. 백금(伯禽)과 강숙(康叔)이 상자(商子)에게 도를 물었을 때, 교목(喬木)은 우뚝 서 있으므로 부도(父道)에, 재목(梓木)은 엎드려 있으므로 자도(子道)에 비유해서 설명했다는 고사가 있다.

46 운대(芸臺) : 책을 간직하는 곳. 또는 도서에 관한 일을 맡은 관아. 비서성(祕書省)을 말함.

달마다 날마다 능히 학업을 닦더니 能修隨月競辰業

곧 형설지공[47]을 이루게 되었구나 即作囊螢映雪功

시를 지으면 장장마다 본래부터 뛰어난 듯 賦就章章本超絶

읊조리면 구구마다 최고의 영웅호걸 吟來句句最豪雄

금년에 가진 아름다운 만남 얼마나 다행인지 今年何幸得佳會

원대함이 끝없는 학사의 풍모일세 遠大無窮學士風

석상에서 좨주인 봉곡 임공께 받들어 화답하다
席上奉酬祭酒鳳谷林公

남옥(南玉)

서호의 집안 대대로 하늘 동쪽에서 으뜸이니 西湖家世冠天東

붉은 휘장[48] 높이 열린 곳 자리가 비지 않았네 絳帳高開席不空

시와 예는 이정[49]에서 대대로 가업을 잇고 詩禮鯉庭承奕業

문장은 봉지에서 선대의 공을 이었네 文章鳳沼繼前功

근궁[50]에 드리운 인끈 지금도 영예롭고 芹宮韝印今榮典

천록각[51]에서 책을 엮음은 예로부터 으뜸이었지 祿閣編書古向雄

---

47 형설지공(螢雪之功) : 집이 가난했던 진(晉)의 차윤(車胤)은 반딧불을 비단주머니에 담아, 손강(孫康)은 창 밖에 쌓인 눈빛에 책을 비추어 어렵게 공부했던 일을 가리킨다.

48 붉은 휘장 : 스승의 문하. 또는 강론하는 자리. 후한(後漢)의 큰 선비 마융(馬融)이 고당(高堂)에 앉아 붉은 휘장을 드리우고, 그 앞에 학도를 앉혀놓고 가르친 고사에서 유래한다.

49 이정(鯉庭) : 아들이 아버지의 가르침을 받는 장소. 공자의 아들 이(鯉)가 뜰을 지나갈 때, 공자가 그를 불러 시(詩)와 예(禮)를 배워야 한다고 훈계한 고사에서 유래한다.

50 근궁(芹宮) : 학궁(學宮), 성균관의 딴 이름.

51 천록각(天祿閣) : 한(漢)나라 때의 각명(閣名)으로, 훗날 황가(皇家)의 책을 보관해 놓

모인 자리에서 녹명가 부르니 친한 사이인 듯   歌鹿筵中如宿好
산하가 풍마우[52]처럼 멀리 떨어져 있지 않네   山河不隔馬牛風

앞의 운에 재차 화운하여 제술관 학사 남군에게 받들어 부치다
再和前韻 奉寄製述官學士南君

임신언(林信言)

문학으로 오랫동안 부상 동쪽에서 소문났으니   文學久聞桑域東
기자의 나라 전적의 공업이 어찌 헛된 것이랴   箕邦典籍業何空
옛날에 일찍이 형창의 괴로움 알았는데   昔年曾識螢窓苦
오늘날 백호관[53]에 공 있다 특별히 칭해지네   今日偏稱虎觀功
팔두재 지닌 진왕[54] 같으니 민첩함을 알겠고   八斗陳王知敏捷
시 백편으로는 이씨[55]와 같은 영웅일세   百篇李氏共英雄
시단에서의 성취 주옥을 흩뿌린 듯하니   騷筵詩就揮珠玉
개원 천보[56] 때의 풍모를 다시 보누나   又見開元天寶風

는 곳을 통칭한다.

52 풍마우(風馬牛) : 풍마우 불상급(風馬牛不相及). 마소가 서로 멀리 떨어져 있어 구애
(求愛)하면서도 만나지 못한다는 뜻으로, 서로 아무 관계가 없음을 비유한다.

53 백호관(白虎觀) : 한(漢)나라 궁궐에 있었던 관(觀)의 이름. 책을 보관하거나 강론(講
論)을 했던 장소.

54 팔두재 지닌 진왕(陳王) : 위(魏)나라 조식(曹植). 남조(南朝)의 사영운(謝靈運)이, "천
하의 재주를 한 섬[石]이라고 하면 조식이 그 가운데 여덟 말[斗]을 차지하고, 한 말은
자기가 갖고, 나머지 한 말은 천하 사람들이 함께 가지고 있다."고 한 말에서 유래하였다.
시문의 재주가 탁월함을 비유한다.

55 이씨(李氏) : 당(唐)의 이백(李白). 두보(杜甫)의 시 「음중팔선가(飮中八仙歌)」에, "이
백은 한 말 술에 백 편의 시 짓고[李白一斗詩百篇]"라는 구절이 있다.

56 개원 천보(開元天寶) : 당 현종(唐玄宗) 때의 연호로 뛰어난 시인이 많이 배출된 시기

다시 화답하여 임 봉곡의 사안에 드리다
再和奉林鳳谷詞案

남옥(南玉)

규수와 벽수[57]의 별빛 해동에서 빛나는데	奎壁星輝耀海東
첫 모임에 봄은 화창하고 불사는 텅 비었네	初筵春敵佛樓空
시서는 벽수[58]에서 아호 기르던[59] 기술이요	詩書壁水培莪術
사명은 난파[60]에서 시초[61]하던 실력일세	辭命鑾坡視艸功
정로[62]의 문전에는 영특하고 빼어난 이 많고	鄭老門前多雋秀
마감[63]의 뜰에는 재주 있고 뛰어난 이 많도다	馬監庭下盛才雄
백년의 맹약으로 온 사신의 자리에서	百年盟聘皇華席
기구[64]의 풍모 사라지지 않았음을 다시 보네	重見箕裘不盡風

이다.

57 규수와 벽수 : 28수(宿) 중의 규수(奎宿)와 벽수(壁宿). 이 두 별이 문운(文運)을 주관 한다고 한다.

58 벽수(壁水) : 벽옹(壁雝). 주(周)나라 때 제왕(帝王)이 설치한 태학(太學). 그 주위에 연못을 띠 모양으로 둘러, 전체적인 형상이 '벽(璧)'과 같은 데서 이렇게 불렀다.

59 아호 기르던 : 원문의 '배아(培莪)'는 아호(莪蒿)를 무성하게 만든다는 뜻이다. '아호'는 쑥의 일종으로, 『시경(詩經)』「소아(小雅)」'청청자아(菁菁者莪)'에 나온다. 이 시는 인 재 기르는 것을 즐거워하는 내용으로, 군자가 인재를 키우고 기르면 천하가 기뻐하고 즐거워하게 됨을 말하였다.

60 난파(鑾坡) : 당 덕종(德宗) 때 한림원(翰林院)을 옮긴 자리. 인신하여, 한림원 또는 한림학자.

61 시초(視艸) : 한림(翰林)이 임금의 명을 받들어 조서(詔書)를 수정한 문서. 또는 황제를 대신하여 작성한 칙서(勅書)의 범칭.

62 정로(鄭老) : 정현(鄭玄, 127~200). 후한(後漢)의 고밀(高密) 사람. 자는 강성(康成). 『모시전(毛詩箋)』과 『주례(周禮)』『의례(儀禮)』『예기(禮記)』에 주석을 달았다.

63 마감(馬監) : 마융(馬融, 79~166). 후한(後漢) 때 부풍(扶風) 사람. 자는 계장(季長), 벼슬은 교서낭중(校書郎中)·남군태수(南郡太守) 등을 지냈다. 재능이 많고 박학하여 노 식(盧植)·정현(鄭玄) 등이 그의 문하에서 나왔다.

찰방 성군에게 주다
贈察訪成君

서기의 높은 이름 사방에 알려지니	書記高名發四方
향기로운 비단 자리에서 그대의 채필[65]을 알았네	知君彩筆綺筵香
나그네 마음 높이 읊조리는 달빛과 꽃의 잔치	高吟遊意月花宴
성공을 아름답게 기리는 한묵장[66]이로다	美譽成功翰墨場
글재주에 깜짝 놀라니 비단에 수를 놓은 듯	騷雅驚心如錦綉
절차탁마 재주에 눈이 번쩍 얼음 서리 같구나	琢磨駭目似氷霜
서로 만난 이날 아름다운 흥취가 많으니	相逢此日多佳興
이별 후에도 사귐의 정 잊을 수 없으리	別後交情不可忘

석상에서 좨주인 봉곡 임공에게 받들어 화답하다
席上奉酬祭酒鳳谷林公

성대중(成大中)

바른 길 맑은 명예가 일방에 떨쳐지고	雅道淸譽振一方
포의[67]는 오랫동안 봉지의 향기에 젖었네	褒衣長濕鳳池香

---

64 기구(箕裘) : 가업(家業)을 계승함의 비유. 단단한 나무나 뿔을 휘어서 활의 몸을 만드는 것을 본 궁장(弓匠)의 아들은 먼저 부드러운 버들가지를 휘어서 키 만드는 일을 배우고, 단단한 쇠를 녹여 일하는 대장장이의 아들은 우선 부드러운 갖옷 만드는 일을 배워 쉬운 일부터 익혀서 차츰 어려운 본업에 들어간다는 뜻이다.

65 채필(彩筆) : 수식이 풍부한 아름다운 문장. 강엄(江淹)이 꿈에서 오색 붓을 받은 후에 글이 크게 진보했는데, 만년의 꿈에서 붓을 돌려주자 그 후로는 좋은 글을 지을 수 없었다고 한다.

66 한묵장(翰墨場) : 한묵림(翰墨林). 붓과 먹의 숲. 문필가들이 많이 모인 곳의 비유.

사마천 반고의 사학을 대대로 전하였고	馬班史學曾傳世
연국공 허국공[68]의 시문으로 독무대를 펼쳤네	燕許詞華早壇場
녹명가 부르는 자리에 옥설[69]을 데려와	歌鹿筵中携玉雪
사신과 교유하며 세월을 보내는구나	問槎編裡閱星霜
친교를 논할 땐 산하의 다름이 상관없으니	論交不以山河異
지척 간에서 양쪽 모두 형해를 잊었네	咫尺形骸已兩忘

다시 화운한 한 수를 성 찰방에게 드리다
再和一章 呈成察訪

임신언(林信言)

그대 명성 만방에 울림을 이미 알았으니	曾識聲名動萬方
유려한 성 서기의 글씨 꽃 피고 향기 나는 듯	翩翩書記筆花香
뛰어난 노래 감상할 만하니 왕발 양형[70]의 뜰이요	雄吟可賞王楊苑
진귀한 보물 무궁하니 이백 두보의 마당이로다	珍玩無窮李杜場
시편마다 달빛 아래 이슬처럼 빛났는데	已感篇篇輝月露
이제 보니 글자마다 바람 서리 지녔구나	今看字字挾風霜
장대한 유람에 이제부터 시권이 넉넉할 테니	壯遊自是饒行卷
창화한 시를 어느 날엔들 잊으리요	唱和詩章何日忘

---

67 포의(褒衣) : 상으로 주는 예복, 또는 품이 큰 옷으로 유생(儒生)의 복장을 가리킨다.

68 연국공 허국공 : 당 현종(唐玄宗) 때의 명신인 연국공(燕國公) 장열(張說)과 허국공(許國公) 소정(蘇頲)을 가리킨다.

69 옥설(玉雪) : 사랑하는 자식을 비유한다.

70 왕발(王勃) 양형(楊炯) : 시에 뛰어났던 초당사걸(初唐四傑) 중 두 사람.

봉곡 좨주께 다시 화답하다
疊和鳳谷祭酒

성대중(成大中)

공손교 양설힐[71]의 사귐엔 다른 방법 없으니	僑羊交契便無方
시 지으며 서로 붓과 먹의 향기 끌어올 뿐	風雅相將翰墨香
섬나라의 개인 구름 연회 자리에 이어지고	海國晴雲聯儐席
불사의 비낀 해는 시 짓는 마당을 연다	佛樓斜日闢詩場
미산[72] 가문의 학문은 난옥[73]에게 전해지고	眉山門學傳蘭玉
박망후[74]의 신선 배[75] 눈과 서리를 지났네	博望仙槎過雪霜
삼대의 두 집안 수창한 것이 남아 있으니	三世兩家酬唱在
각궁[76]의 남긴 뜻을 어찌 잊을 수 있으랴	角弓遺意詎能忘

---

71 공손교 양설힐 : 원문의 '교양(僑羊)'은 춘추시대 정(鄭)나라 대부 공손교(孔孫僑)와 진(晉)나라 대부 양설힐(羊舌肹)을 말하는데, 둘 다 외교에 능했다.

72 미산(眉山) : 송(宋)의 문장가 소식(蘇軾)을 지칭한다. 소식이 사천성(四川省) 미산(眉山) 사람이었으므로 이렇게 부른다.

73 난옥(蘭玉) : 난초와 옥수(玉樹). 남의 훌륭한 자제를 칭찬하는 말.

74 박망후 : '박망(博望)'은 장건(張騫 BC ?~BC 114)의 봉호(封號). 한(漢)의 성고(成固) 사람. 무제(武帝) 때 대월지(大月氏)의 사신으로 갔다가 흉노에 억류되었다. 10여 년 만에 도망하여 돌아온 뒤 한이 흉노를 공격할 때 길을 인도하는 일로 공을 세워 박망후(博望侯)에 봉해졌고 오손(烏孫) 등지에 사신으로 나갔는데, 이로부터 동서의 교역이 비롯되었다.

75 신선 배 : 『형초세시기(荊楚歲時記)』에 다음과 같은 기록이 있다. "한 무제가 장건에게 명하여 은하수의 근원까지 가보게 하였다. 뗏목을 타고 몇 달에 걸쳐 갔는데, 한 곳에 이르러 관부 같은 성곽을 보았고 방 안에서 한 여인이 베를 짜고 있었다. 또 보니 한 사내가 소를 끌고 강물을 먹이고 있었다. 장건이 '여기가 어디오?'라고 묻자, 그는 '엄군평에게 물어보는 게 좋겠소.' 하였다. 직녀는 지기석을 가져다 장건에게 주고 돌려보냈다.[漢武帝令張騫窮河源, 乘槎經月而去, 至一處, 見城郭如官府, 室內有一女織, 又見一丈夫牽牛飲河, 騫問云 : '此是何處?' 答曰 : '可問嚴君平.' 織女取楮機石, 與騫而還.]"

76 각궁(角弓) : 가업(家業)을 계승함의 비유. 단단한 나무나 뿔을 휘어서 활의 몸을 만드는 것을 본 궁장(弓匠)의 아들은 먼저 부드러운 버들가지를 휘어서 키 만드는 일을 배운다

봉사 원군에게 주다
贈奉事元君

임신언(林信言)

사뿐히 날 듯 멀리 부산의 바닷가를 떠나니　　　翩翩遠出釜山濱
부상의 나라에선 기자국의 손님 기다렸다네　　　桑域方期箕國賓
시 지은 종이에서 뜻과 기운 보나니　　　作賦紙中觀志氣
주옥이 날리는 듯한 붓 아래 정신이 드러나네　　　飛珠筆下顯精神
지초와 난초의 향기 발하니 편편마다 빼어나고　　　芝蘭香發篇篇逸
비단에 수놓듯 시 완성하니 구절마다 새롭다　　　錦綉詩成句句新
이제라도 이런 시인 만난 것 얼마나 다행인지　　　何幸今逢騷雅客
높게 읊조리는 오늘 창수가 빈번하구나　　　高吟此日唱酬頻

좨주 봉곡 임공께 화답하다
和祭酒鳳谷林公

원중거(元重擧)

창해의 북쪽 남쪽 바닷가에서 살다가　　　生居滄海北南濱
한 자리에서 만나 갑자기 주인과 손님 되었네　　　一席相看忽主賓
하늘 밖 산하에는 기운과 빛이 펼쳐 있고　　　天外山河開氣色
집안의 빼어난 글에는 정신이 모여 있네　　　一堂文藻會精神
빛나는 조서 금화전[77]에 오래도록 전해지고　　　絲綸赫赫金華舊

는 말에서 유래하였다.

77 금화전(金華殿) : 한(漢)나라 때 미앙궁(未央宮)에 있던 전(殿)의 이름. 인신하여, 궁전
　의 통칭.

풍채 아름다운 옥수가 새롭구나   風彩盈盈玉樹新

뜰 앞에 지지 않은 꽃 가리키며 말하네   共指庭前花未落

같은 사람 오래도록 자주 왕래하기를   同人永日過從頻

다시 화운한 한 수를 원 봉사께 드리다
再和一章 呈元奉事

임신언(林信言)

아득한 발해의 바닷가 멀리서 생각했는데   遙憶茫茫渤海濱

이날 아름다운 손님을 접하니 더욱 기쁘구나   更歡此日接嘉賓

필력에선 대적할 이 없음에 도리어 놀랐지만   却驚筆力尤無敵

날카로운 시에 정신 담겨 있음은 이미 알았네   已識辭鋒更有神

가까이 앉아 있으니 웅장하면서도 아름답고   接席雄豪兼艷麗

시를 읊으니 준일하면서도 청신하다   吟詩俊逸與清新

공무의 여가 반나절 동안 고상한 담론에 취하니   公餘半日醉高談

천년의 장대한 유람 늘 있는 일 아니라오   千載壯遊佳無頻

봉곡께 거듭 화답하다
疊和鳳谷

원중거(元重擧)

문명의 해가 동쪽 바닷가를 여니   文明日闢海東濱

오래된 땅 부상으로 희화[78]가 손님을 모셔왔네   地久扶桑羲馭賓

---

78 희화(羲和) : 태양을 가리킴. 희화가 태양의 수레를 몰기 때문에 이렇게 부른다.

작약 꽃 아름다운 봉우리 단전에 스민 비결 같고　　　紅藥瑤岑丹入訣

적성의 노을은 전적에 남아 있는 신령함일세　　　赤城霞氣籙留神

천가에 심긴 대나무 봄날의 구름 깨끗하고　　　千家樹竹春雲淨

만호의 누대 비 개인 풍경이 새롭다　　　萬戶樓臺霽景新

안숙원[79]의 풍류를 타국에서 만나니　　　晏叔風流僑國會

아름다운 자리라 번다한 예에 구속되지 않네　　　華筵不拘禮繁頻

진사 김군에게 주다
贈進士金君

임신언(林信言)

멀리 한국을 생각하면 그 길 끝이 없는데　　　遙思韓國路無窮

서기가 사뿐히 날아오니 뜻이 절로 씩씩하다　　　書記翩翩意自雄

아름다운 시는 미려한 풍경 사랑한 것이라　　　佳句麗章憐美景

금옥의 소리가 맑은 바람 일으키네　　　金聲玉振動清風

시 읊으니 이백의 백 편과 나란하고　　　吟齊李氏百篇竝

재주는 조식의 칠보재[80]와 같구나　　　才與曹生七步同

아득하게 바다 멀리에 있다 말하지 말라　　　休謂渺茫滄海遠

얼마간 시 주고받은 후 인연이 서로 통하였네　　　唱酬多少契相通

---

79 안숙원(晏叔原) : 본명은 안기도(晏幾道)이고, 숙원은 자이다. 송(宋)나라 임천(臨川) 사람으로 호는 소산(小山), 소안(小晏)이다. 문장을 잘하였으며 특히 악부에 뛰어났다.

80 칠보재(七步才) : '칠보성시(七步成詩)'를 말하며, 창작력이 뛰어남을 비유한다. 위 (魏)의 조식(曹植)이 그의 형인 문제(文帝)의 명령으로 일곱 걸음을 걷는 동안에 시 한 수를 지었다는 고사가 있다.

임 좨주께서 주신 시에 화운하다
和林祭酒見贈韻

김인겸(金仁謙)

만 리 떨어진 부상에 배 한 척으로 오니	扶桑萬里片帆窮
산 잇닿은 강마을 기세가 웅장하다	山到江州氣勢雄
봉곡 사인 적수가 없는 것은	鳳谷詞人無敵手
나산 학사의 유풍이 있기 때문일세	羅山學士有遺風
동서에서 매양 바다로 막힌 것 한탄했는데	東西每恨三洋隔
글로써 한 자리에 있음을 이제는 기뻐하네	文墨還欣一榻同
잠깐 동안 시담에서 쏟아진 맑은 향기 접했으니	乍接清芬詩膽瀉
만남에 말 통하지 않는다고 말하지 마시길	相逢莫道語難通

다시 화운한 한 수를 김 진사께 드리다
再和一章 呈金進士

임신언(林信言)

객관에서 상봉하니 흥이 어찌 다하리요	相逢賓館興何窮
고명하신 서기의 웅위함을 우러러 보네	仰見高名書記雄
사랑스러운 영웅호걸이라 천고에 기릴 것이요	可愛英豪千古譽
현달이라 칭할 수 있으니 옛 사람의 풍모라네	堪稱賢達昔時風
귀신을 울리고 놀래키는 솜씨 누가 터득했나	驚神泣鬼誰應得
아름다운 풍경 좋은 날이 우리와 함께 하네	美景良辰相共同
잠깐 이야기 나눈 후로 옛 친구 같으니	傾盖由來如故舊
글을 논한 이 날 도가 장차 통하리라	論文此日道將通

입 좨주께 거듭 화답하다
疊和林祭酒

김인겸(金仁謙)

큰 바다 다 건너자 길이 끝나려 하는데	渡盡滄溟路欲窮
묘광사 밖에서 시의 영웅 만났네	妙光寺外得詩雄
한 자리에서 우연히 만나 새 얼굴 맞이하니	一床萍會迎新面
오대째 문형을 맡은지라 옛 풍모를 보여주네	五世文衡見舊風
두 나라 관복이 다름을 괴이하게 여기지 마오	莫怪二邦冠服異
사해의 제도와 글이 같음을 원래부터 알았으니	元知四海軌書同
그대 부자께서 방문해 주심에 감사하노니	感君喬梓來相問
붓 아래서 말을 전함에 뜻은 이미 통했다오	筆下傳談意已通

조선국 제술관 추월 남군에게 부치다 2수
寄朝鮮國製述官秋月南君詩 二首

비서감(秘書監) 임신애(林信愛)

나그네 길에 봄바람 불고 지는 해 더딘데	客路春風落日遲
신선 배가 가벼이 바다 끝으로 떠 왔네	仙槎輕泛海之涯
비단 돛 그림자 부상의 물 위에 흔들리고	錦帆影動扶桑水
옥피리 소리는 양류사[81]를 전해주네	玉笛聲傳楊柳詞
홀연히 사귐을 논하고 먼 이별을 슬퍼하니	忽爾論交悲遠別
잠깐 사이에 헤어져 돌아갈 기약 재촉하네	暫時分手促歸期
서쪽 사람들 혹 동쪽의 일을 묻거든	西人儻問東方事

81 양류사(楊柳詞) : 이별할 때 버들가지를 꺾어 준다는 데서, 이별 노래를 가리킨다.

달 아래 누대에서 푸른 하늘[82] 보고 있다 하오 　　　月下樓臺含霧披

또 짓다
又

화려한 객관에서 그대 맞이해 석양을 보고 　　　華館迎君對夕陽
빈연에서 녹명장을 소리 높여 노래했네 　　　賓筵高唱鹿鳴章
말을 삼가는 것 어찌 남궁괄[83]에게 양보하랴 　　　愼言何讓南宮适
국사를 맡음은 응당 사마자장[84]과 같겠지 　　　掌史應同馬子長
도처의 역 앞에 시 짓는 붓 전해지고 　　　到處驛前傳賦筆
돌아갈 때 바다 위에서 신선의 방술 얻으리라 　　　歸時海上得仙方
새로 사귀는 즐거움 은근 다시 깨달아 　　　殷勤更認新知樂
훗날에도 이 우정을 잊을 수 없으리 　　　他日交情不可忘

비서 임 용담께 받들어 화답하다
奉和祕書林龍潭

남옥(南玉)

신 거꾸로 신고[85] 누대에서 얼른 일어나 　　　倒屣樓頭起不遲

---

82 푸른 하늘 : 원문의 '무피(霧披)'는 '피운무(披雲霧)'의 뜻으로 구름과 안개를 헤치고
　푸른 하늘을 본다는 것이다. 정신이 청아하고 호쾌함을 비유하는데, 여기서는 시 쓰는
　정신을 지칭한다.

83 남궁괄(南宮适) : 남용(南容)이라 하기도 하는데, 언행을 매우 조심하여 공자가 그 형
　의 딸을 그에게 시집보냈다.

84 사마자장(司馬子長) : 『사기(史記)』의 저자 사마천(司馬遷)을 가리킨다.

사신에게 선량과 겸손으로 하늘 끝을 열어주네 　　皇華良謙闢天涯
가문의 명성 오랫동안 알았으니 청전[86]의 업이요 　　家聲久識靑氈業
꽃향기 서로 발하며 백설가[87]를 노래하네 　　花氣交薰白雪詞
이백년 동안 대대로 우호를 논하였고 　　二百年來論世好
육천 리 밖에서 풍류의 교제 허하였네 　　六千里外許風期
마음이 통하니[88] 언어가 다른 것 믿기지 않아 　　靈犀未信方音隔
종이 가득 아름다운 시를 손으로 펼쳐보네 　　滿紙琅玕入手披

또 짓다
又

한식날 동풍에 한양 생각 나는데 　　寒食東風憶漢陽
절간의 꽃 그림자 사장을 비추네 　　禪樓花影照詞章
바다가 넓어 멀리 온 붕새의 날개 지쳤는데 　　遙鵬倦翮滄溟濶
새끼 봉황의 깃은 긴 대나무 사이로 기이하다 　　雛鳳奇毛翠竹長
유씨[89]가 경전을 전하니 사학을 알았고 　　劉氏傳經知史學

---

85 신 거꾸로 신고 : 진심으로 사람을 환영하여 황급히 맞이함을 이른다.
86 청전(靑氈) : 푸른 빛깔의 모전(毛氈). 인신하여, 집에 대대로 내려오는 귀한 물건이나
　가업.
87 백설가(白雪歌) : 옛 거문고 곡조 이름. 춘추시대 진(晉)의 사광(師曠)이 지은 것이라
　전하는데, 고아(高雅)한 시사(詩詞)를 비유한 것이다.
88 마음이 통하니 : 원문의 '영서(靈犀)'는 영묘(靈妙)한 무소뿔을 말한다. 무소뿔은 한가
　운데에 구멍이 뚫려 있어 양쪽 끝이 서로 관통하므로, 두 사람의 의사(意思)가 서로 투합
　함을 비유할 때 쓰는 말이다.
89 유씨(劉氏) : 유지기(劉知幾, 661~721). 당(唐)의 팽성(彭城) 사람. 자는 자현(子玄).

훌륭한 집안 대대로 단방[90]을 지녔구나 　第家奕世有丹方

가업 이은 훌륭한 아드님 전부터 의리 닦았으니 　角弓嘉樹前修義

돌아가는 날 응당 이 자리 잊기 어려우리라 　歸日應難此席忘

앞의 운을 다시 써서 남군에게 부치다 2수
再用前韻 寄南君 二首

임신애(林信愛)

높은 집에서 그대 기다렸는데 더디 오셔 　高館遲君君到遲

이제는 봄빛이 하늘 끝에 가득 찼네 　只今春色遍天涯

신선을 구함에[91] 도리어 진시황 사신을 비웃고 　求仙還笑秦皇使

부를 지으니 모두 초객의 사[92] 되었도다 　作賦都成楚客詞

왕래함에 바람 맞으며 계찰을 논하였고 　來往臨風論季子

만나는 동안 길을 막고 안기생[93]을 찾았네 　逢迎當道訪安期

맑은 이야기 한이 없는데 석양이 다 져서 　淸談無恨斜陽盡

한 자리의 새 시를 밝은 달 아래 펼쳐보누나 　一座新詩明月披

『춘추(春秋)』에 정통했고 사학(史學)에 밝았으며 20여 년간 사관(史官)으로 있으면서 많은 저술을 남겼으나, 지금은 『사통(史通)』 49편만이 남아 있다.

90 단방(丹方) : 도가(道家)에서 단약(丹藥)을 만드는 방법. 또는 대대로 전하여 내려오는 비방(秘方).

91 신선을 구함에 : 진(秦) 때의 방사(方士) 서불(徐市)이 진시황(秦始皇)에게 바다 속에 삼신산(三神山)과 신선이 있다고 상서하여, 진시황의 명령으로 어린 남녀 수천 명을 데리고 불사약을 구하러 바다로 떠난 뒤 돌아오지 않은 일을 말한다. 여기서는 일본에 온 것을 가리킨다.

92 초객의 사(詞) : 초(楚)나라 굴원(屈原)이 「이소(離騷)」를 지은 것을 말한다.

93 안기생(安期生) : 진(秦)나라 때의 방사(方士). 도가(道家)에서는 해상의 신선이라고 일컫는다.

또 짓다
又

시객의 풍류 한강 북쪽에 있으니	詞客風流漢水陽
멀리 전해진 옛 풍속 팔조[94] 법에 담겨 있네	遙傳舊俗八條章
이곳에서 사귐을 논하니 정이 유독 두터워	論交此處情偏厚
헤어진 후엔 누구 꿈이 더욱 길까	分手何人夢更長
만 리 나는 붕새의 날개[95] 북해를 건너니	萬里鵬雲凌北海
천년토록 접역[96]에서는 동방의 일을 묻겠지	千秋鰈域問東方
기쁘도다 그대의 문사 삼동의 업[97] 이루었으니	喜君文史三冬業
깊은 우의 종신토록 어찌 잊을 수 있으랴	高誼終身豈可忘

임 비서께 거듭 화답하다
疊和林秘書

만 리를 배와 수레로 다니니 세월이 더디었는데	萬里舟車歲月遲

---

94 팔조(八條) : 기자(箕子)가 주(周)나라 무왕(武王)에 의해 조선에 분봉(分封)된 후 제정
했다는 여덟 조목의 금법(禁法). 살인자는 사형에 처하고, 상해한 자는 곡식으로 갚고,
도둑질한 자는 그 집의 노비로 삼는다는 것 등의 3조목만 전한다.

95 붕새의 날개 : 『장자(莊子)』 「소요유(逍遙遊)」에 "붕의 등 넓이는 몇 천 리나 되는지
알 수가 없다. 힘차게 날아오르면 그 날개는 하늘 가득히 드리운 구름과 같다.[鵬之背,
不知其幾千里也, 怒而飛, 其翼若垂天之雲.]"는 구절이 있다.

96 접역(鰈域) : 우리나라의 딴 이름. 동해에 가자미가 많이 산출되는 데서 유래하였다.

97 삼동의 업 : '삼동(三冬)'은 3년을 말한다. 『한서(漢書)』 「동방삭전(東方朔傳)」에 "나이
열셋에 글을 배우고 3년 동안 문사(文史)를 닦았으면 쓰기에 족하다.[年十三學書, 三冬
文史足用.]"라는 말이 있다.

매화꽃 지는 시절이 강가에도 왔구나　　　　　落梅時節到江涯
오나라 계찰이 주나라 음악 논함을 보고[98]　　即看吳札論周樂
정나라 사명 윤색한 공손교에 참으로 부끄럽네　多愧東僑潤鄭詞
접역에 이름 전하여 오래 안 사람 같았는데　　鰈域名傳如舊識
봉래섬에 길 끊기면 전날의 기약 아득하겠지　　蓬洲路斷杳前期
보내주신 새 시는 잔치 마치는 데 잘 어울려　　新詩送出諧終讌
한 번 읽고 나니 두통이 다 나았다오　　　　　痊得頭風一讀披

또 짓다
又

기림[99]의 아름다움 무주[100]의 남쪽에 모여　　祇林雅集武州陽
부평초 같은 만남에 시 두 편을 지어 주셨네　起賦萍蕖第二章
조각달 아래서 정 나누니 학은 멀리 날고　　片月交情雲鶴迥
봄에 이별 생각하는데 기러기 행렬이 길구나　三春別思塞鴻長
초종[101]의 제고[102]는 선대의 업을 잇고　　超宗制誥承前業

---

98 오나라……논함을 보고 : 춘추시대 오(吳)나라의 공자(公子) 계찰(季札)은 음악에 조예
　가 깊은 인물이었다. 계찰이 노(魯)나라에 우호 사절로 갔을 때, 노나라는 예악이 잘 정비
　된 나라였으므로 계찰이 각 나라의 음악을 듣고 싶다고 청하자 노나라 왕이 악사들을
　불러 연주하도록 하였다. 계찰은 주(周)나라의 음악인 주남(周南)과 소남(召南)을 비롯하
　여 패(邶)와 용(庸), 위(衛)나라 등의 음악을 듣고는 연주가 끝날 때마다 자신의 감상을
　말하였다.
99 기림(祇林) : 중인도(中印度) 사위성(舍衛城) 남쪽에 있던 기타 태자(祇陀太子)의 동
　산. 수달장자(須達長者)가 이 땅을 사서 절을 지어 부처님께 바쳤다고 전한다.
100 무주(武州) : 일본을 가리킨다.

혜원[103]의 누대 상방과 접하였구나 　　　　　惠遠樓臺接上方
신비한 꽃 처음 피었던 날을 기억하니 　　　記得杏花初綻日
매년 서로 기억하고 잊지 맙시다 　　　　　每年相憶莫相忘

찰방 성군에게 부치다
寄察訪成君

임신애(林信愛)

우의를 맺은 지 백년에 이방을 찾아 　　　　交誼百年尋異方
수레를 타고 만 리 오니 바다와 하늘 길구나 　登車萬里海天長
사신의 별[104] 새벽에 창룡[105] 궁궐을 지나고 　使星曉度蒼龍闕
관청의 버들 백옥당[106]에서 봄을 맞이하네 　官柳春迎白玉堂
햇빛에 빛나는 비단 도포 문득 보이더니 　　忽見錦袍承日色
나란히 채색 붓 들고 풍상을 쓸어버리네 　　兼携彩筆掃風霜
사신의 일 예부터 동유객에게 속하였으니 　皇華舊屬東遊客
이 자리에서 시명으로 누가 제일인가 　　　一座詩名誰雁行

---

101 초종(超宗) : 사영운(謝靈運)의 손자, 사초종(謝超宗)을 말한다.

102 제고(制誥) : 임금이 내리는 사령(辭令).

103 혜원(惠遠) : 334~416. 동진(東晉)의 승려. 정토종(淨土宗)의 창시자. 저서에 『법성론(法性論)』 『광산집(匡山集)』이 있다.

104 사신의 별 : '사성(使星)'은 조정에서 파견하는 사자(使者)를 뜻한다. 한 화제(漢和帝) 때 이합(李郃)이 천문(天文)을 보고, 평복 차림으로 파견되어 각지의 풍요(風謠)를 채집하는 두 사람의 사신을 알아냈다는 고사에서 유래하였다.

105 창룡(蒼龍) : 별자리 28수(宿) 중 동방 칠수(七宿)의 총칭.

106 백옥당(白玉堂) : 본래는 신선의 거처를 가리키나 여기서는 한림원을 지칭한다.

임 비서께 받들어 화답하다
奉和林秘書

성대중(成大中)

나산의 문학이 동방의 으뜸이요	羅山文學冠東方
시와 예절의 가풍으론 양국에서 제일일세	詩禮家風兩國長
진나라 나그네가 전해오는 옥수[107] 다시 찾으니	晉客更尋嘉樹傳
유흠[108]이 일찍이 비서당에 들어갔네	劉歆早入秘書堂
단산의 상서로운 깃털[109] 아침햇살을 받고	丹山瑞羽長承旭
백설의 새 노래는 서리 기운 담고 있네	白雪新聲動挾霜
학궁에 강학하는 무리 많음을 넉넉히 알겠으니	剩識芹宮多講侶
유생 팔십 명이 함께 줄을 이루었구나	青衿八十與成行

앞의 운을 다시 써서 성군에게 부치다
再用前韻 寄成君

임신애(林信愛)

다행히 동방에 온 사절을 만나니	幸逢使節向東方
꽃이 핀 자리일 뿐인데 흥은 더욱 길구나	祇花開筵興更長
뭇 객들이 똑같이 화씨의 옥[110]을 품었는데	羣客同懷和氏璧

---

107 옥수(玉樹) : 가수(嘉樹) 또는 보수(寶樹)와 같은 말로, 훌륭한 자제(子弟)를 비유한다.

108 유흠(劉歆) : ?~23. 한(漢)나라 때 사람. 유향(劉向)의 아들로, 자는 자준(子駿). 후에 이름을 수(秀), 자를 영숙(穎叔)으로 바꾸었다. 아버지의 일을 계승하여 육경(六經)을 정리하고 칠략(七略)을 엮었다.

109 단산의 상서로운 깃털 : '단산(丹山)'은 선약(仙藥)을 만드는 재료인 단사(丹砂)가 나는 산이며, 봉황을 단산조(丹山鳥)라고 부른다.

몇 사람이나 이응의 당[111]에 함께 오를까	幾人共上李膺堂
날래게 시 지으니 봄 이전에 눈이 오는 듯	偏飛作賦春前雪
교대로 묵지에 임하니 붓 아래 서리가 날리는 듯	交暎臨池筆下霜
풍류로 잠깐 사귄 것 얕지 않은데	不淺風流傾盖意
이별 후엔 천 줄의 시도 부치기 어려우리	別來難寄字千行

임 비서께 거듭 화답하다
疊和林秘書

성대중(成大中)

손님 전별하는 향인들 한 곳에 모였는데	賓餞鄉人會一方
풍류로 상석에서 크고 원대함을 보여주셨네	風流上席見弘長
젊은 나이에 글 짓는 재주로 천각[112]에 오르고	少年藻思登天閣
대를 이어 청직으로 반당[113]에 있구나	奕世清卿在泮堂
백벽[114]은 반형관[115]의 밤에도 환히 빛나니	白璧揚輝莉舘夜

---

110 화씨의 옥 : 춘추(春秋) 때 초(楚)의 변화(卞和)가 얻은 보옥(寶玉). 변화가 초산(楚山)에서 얻은 옥돌을 여왕(厲王)과 무왕(武王)에게 바쳤으나 그 진가를 알지 못한 임금들은 거짓말이라 여기고 그에게 월형(刖刑)을 내렸다. 훗날 문왕(文王)이 옥공(玉工)을 시켜 가공한 뒤에야 그 진가가 판명되었다.

111 이응의 당 : 이응(李膺)은 동한(東漢)의 명사로 자는 원례(元禮)인데, 성품이 강직하고 풍채가 엄숙하였다. 태학의 선비들이 그와 친교를 맺으면 등용문이라 일컬으며 큰 영광으로 여겼다.

112 천각(天閣) : 상서성(尚書省)을 가리킨다.

113 반당(泮堂) : 반궁(泮宮), 즉 태학(太學) 또는 국자감(國子監)을 가리킨다.

114 백벽(白璧) : 고리 모양의 흰 옥. '변화읍벽(卞和泣璧)' '백벽삼헌(白璧三獻)'의 고사에서 유래하였다.

115 반형관(班莉館) : 오대(五代)와 송(宋)나라 때 서울 근교에 설치하여 외국 사신을 접

청평[116]은 설문[117]의 서릿발에도 값이 높으리 　青萍定價薛門霜

문장에 절로 집안에 전해지는 묘법 있으니 　文章自有傳家妙

물러나 살림에 기이한 재주는 문장과 덕행일세 　退省奇才是文行

봉사 원군에게 부치다

寄奉事元君

임신애(林信愛)

삼한의 사신 뗏목 타고 해국에 이르니 　韓使乘槎至海方

용의 깃발[118] 해를 머금고 빛 속에 펄럭이네 　龍旗含日曙輝長

금함에 편지 받들고 대궐에 왔는데 　金函捧牘來臨闕

옥마를 채찍질하니 못가에서 우는구나 　玉馬拂鞭嘶躍塘

예악에서 온통 주나라 제도 보겠고 　禮樂渾觀周製度

의관은 온전히 한나라 문장[119]일세 　衣冠全是漢文章

백 년 동안의 회맹에 나눈 정이 두터우니 　百年會盟交情厚

옛 선린에 기대어 나라의 상서로움 보노라 　依舊善鄰見國祥

대하던 빈관(賓館).

116 청평(靑萍) : 옛 보검(寶劍)의 이름.

117 설문(薛門) : 설촉(薛燭)의 문. 설촉은 춘추(春秋) 때 월(越)나라 사람으로 보검을 잘 가려냈다.

118 용의 깃발 : 두 마리의 용이 뒤얽힌 모양을 그린 기. 천자의 의장(儀仗)의 일종.

119 문장(文章) : 수레·의복·깃발 따위. 고대에는 그 빛깔과 무늬로써 존비와 귀천을 구별하였다.

임 비서께 받들어 화답하다
奉和林秘書

원중거(元重擧)

나산의 문채 동방에서 대대로 전해졌는데　　羅山文彩世東方
더욱이 어진 후손 있어 아름다운 자취 길구나　更有賢孫趾美長
아침 구름이 바다에 머문 듯 온화하고　　　　婉似朝雲凝澥渤
못 가득한 봄물에 그림자 비치듯 맑도다　　　清如春水影池塘
기원[120]에선 천 개의 대나무 정말 사랑스럽고　淇園正愛抽千竹
단혈에서는 오색 빛깔 새로워짐을 보리라[121]　丹穴將看刷五章
구름 종이에 채필로 쓰는 것 보고 있자니　　　坐對雲箋揮彩筆
산호의 가지[122] 위에 새벽안개 상서롭구나　　珊瑚枝上曉烟祥

앞의 운을 다시 써서 원군에게 부치다
再用前韻 寄元君

임신애(林信愛)

서기께서 날듯이 대국을 나오시더니　　書記翩翩出大方
빈연에서 길게 끌리는 옷자락을 보았네　賓筵猶見曳裙長

---

120 기원(淇園) : 고대 위(衛)나라 숲으로 된 정원의 이름. 대나무의 산지. 지금의 하남성
　　(河南省) 기현(淇縣) 서북쪽에 있다.
121 단혈에서는 …… 보리라 : '단혈'은 전설 속의 산 이름. 『산해경(山海經)』「남산경(南
　　山經)」에 "단혈이라는 산에 …… 새가 있는데, 그 모습이 닭과 같고 다섯 가지 빛깔의 무
　　늬가 있다. 이름하여 봉황이다.[丹穴之山 …… 有鳥焉, 其狀如雞, 五采而文, 名曰鳳
　　皇.]"라는 기록이 있다. '오장(五章)'은 '오채(五采)'와 같다.
122 산호의 가지 : 문장이나 서화 같은 것이 화려하고 진귀함을 비유한다.

봄 깊은 여로에는 꽃이 눈송이처럼 날리고　春深前路花如雪
달 밝은 뜰에는 옥구슬이 못을 이루었구나　月明中庭瓊作塘
얼마나 많이 붓끝으로 옛 사귐을 논했는가　幾許毫端論舊識
일시에 석상에서 새로운 시로 보답하네　一時席上報新章
천리의 동문을 함께 만난 날　俱逢千里同文日
태평한 시대 특별한 경사를 점점 느낀다오　稍覺昇平殊有祥

거듭 임 비서께 화답하다
疊和林秘書

원중거(元重擧)

서서히 기우는 해 서쪽으로 지니　依依斜日下西方
청담으로 긴 밤을 보내어도 나쁠 것 있으랴　清話何妨卜夜長
미풍이 자리에 불도록 그냥 두었는데　已許微風低入席
밝은 달이 못을 비추며 또렷이 남아 있네　分留明月照方塘
동쪽 바다엔 번쩍이는 진주조개 다함이 없고　東溟不盡騰珠貝
남국이라 울창한 예장나무[123]를 보네　南國伙看蔚豫章
좋구나 어린 나이에 국사를 담당한 것　好是妙年持國史
봉지에 상서로운 봉황의 깃털[124] 아직 있구나　池邊還有鳳毛祥

---

123 예장나무 : 녹나무를 이름.
124 봉황의 깃털 : 자손이 그 부조(父祖)와 같은 훌륭한 재능을 지녔음을 비유한다.

진사 김군에게 부치다
寄進士金君

임신애(林信愛)

중원의 선비들 모여 호화로움 다투니	中原彦會競豪華
높은 누각에서 해 지는 줄도 깨닫지 못하네	不覺高樓落日斜
주렴을 걷으니 삼신산 너머의 바람과 안개	簾捲風煙三島外
문을 여니 십주의 물가 구름과 나무	門臨雲樹十洲涯
빈연에서는 진번의 의자[125] 들고 있었고	賓筵留帶携陳榻
명함을 드릴 때에는 곽광의 수레[126] 같았네	名刺投來擬郭車
하물며 양춘곡[127]을 이미 불러 주셨으니	況復陽春歌已就
주현[128]으로 바다의 노을 몇 번이나 연주했나	朱絃幾拂海天霞

---

125 진번(陳蕃)의 의자 : 후한 때 예장 태수 진번이 다른 손은 접대하지 않았으나 의자 하나를 마련하여 오직 서치만을 앉히고, 그가 가면 도로 치웠다는 고사에서 유래하여, 어진 이를 예로 대하는 것을 이른다.

126 곽광(郭光)의 수레 : 효선제(孝宣帝)가 즉위하여 고조(高祖)의 사당에 참배하러 갈 때, 대장군 곽광(郭光)이 황제를 모시고 수레에 동승하였다. 이때 선제는 마치 가시를 등에 진 것처럼 거북하게 여기다가, 뒤에 장안세(張安世)가 곽광 대신 동승하자 선제는 자연스럽게 사지를 펴며 매우 편안히 여겼다. 훗날 곽씨가 멸족되자 세속에서는 "곽씨의 화는 참승한 데서 싹텄다."고 전해졌다 한다. 여기서는 아랫사람의 참람한 태도를 비유한 것이다.

127 양춘곡(陽春曲) : 옛 곡조의 이름. 비교적 고아하면서도 배우기 힘든 음악.

128 주현(朱絃) : 주현(朱弦). 삶아서 부드럽게 한 붉은 색깔의 실로 만든 현. 현악기의 범칭으로도 쓰인다. 『순자(荀子)』「예론(禮論)」에 "'청묘'의 노래, 한 번 부름에 세 번 감탄한다.[淸廟之歌, 一唱而三歎也.]"는 말이 있다. 여기서는 시문 수창하는 것을 가리킨다.

임 비서께 받들어 화답하다
奉和林秘書

김인겸(金仁謙)

금룡산[129] 밖에 사신 행차 멈추니	金龍山外駐皇華
봄 따뜻한 선원 누각에 제비가 비껴 나네	春暖禪樓燕子斜
책상 위에 쌓인 경거[130]는 기쁘지만	却喜瓊琚堆案上
하늘 끝에 있는 고향 그리움 견딜 수 있으랴	可堪家國隔天涯
오늘 아침 꽃비에 시인의 진영 열었으나	今朝花雨開詩壘
내일 고래 파도에 사신 수레 돌려야 하리	明日鯨波返使車
삼한의 객 동쪽에 와서 얻은 것 무엇인가	韓客東來何所得
주머니 가득 적성의 노을을 담을 뿐이네	滿囊收拾赤城霞

앞의 운을 다시 써서 김군에게 부치다
再用前韻 寄金君

임신애(林信愛)

누가 알랴 이들이 나라의 영광 드날림을	誰識盖簪擅國華
천 편의 시 책상에 가득해서야 그림자 기울었네	千篇滿案影初斜
타국에서는 선객도 정을 다하기 어렵건만	殊方仙客情難竭
함께 배운 제생이라 흥이 끝없구나	同學諸生興無涯
맑은 유람은 한묵을 탐하는 것 알겠고	共見清遊耽翰墨
박물에는 문장 제도 있음을 또 알겠네	兼知博物有書車

---

129 금룡산(金龍山) : 아사쿠사(淺草)의 본원사(本願寺)가 있는 산.
130 경거(瓊琚) : 아름다운 패옥. 상대방이 준 시문에 대한 미칭.

시상은 강산의 도움 받은 것이겠지만　　　　詩懷更得江山助
기상은 오히려 바다 위 노을을 요동시키네　　氣象猶搖海表霞

임 비서께 거듭 화답하다
疊和林秘書

김인겸(金仁謙)

강성에 해가 따뜻해 엷은 구름 빛나는데　　　江城日暖澹雲華
복사꽃 오얏꽃 피어나고 버들가지 한들한들　　桃李初開弱柳斜
금수와 용산은 꿈속조차 수고롭게 하니　　　錦水龍山勞夢寐
시 짓고 약 다리는 일이 내 생애 되었구나　　詩篇藥爐作生涯
가엾구나 병들고 쇠약하니 귀밑머리도 스러져　憐吾衰病凋雙鬢
그대의 문장 다섯 수레 채우는 것 부러워라　　羨子文章富五車
사씨 집안의 자손들[131] 육대[132]를 이루었으니　謝氏鳳毛成六翮
화필 한 번 휘두르자 안개와 노을 일어나네　　一揮花筆起烟霞

제술관 남군께 받들어 드리다
奉呈製述官南君

송본위미(松本爲美)

사신으로 성은 입고 해동으로 들어오니　　　使者承恩入海東

---

131 사씨 집안의 자손들 : '사씨(謝氏)'는 대대로 문인들을 배출해낸 명문가를 상징하며,
　　'봉모(鳳毛)'는 훌륭한 자손을 비유한다.
132 육대 : 원문의 '육핵(六翮)'은 임신애가 임나산(林羅山)의 6세손임을 비유한 것이다.

펄럭펄럭 나부끼는 깃발 봄바람을 지나왔네　　　翩翩旌旆度春風
오늘 향기로운 누대에서 서로 만나매　　　相逢此日香臺裡
등고해서 지은 시가 웅장함을 더욱 알겠네　　　更識登高作賦雄

서호 기실에게 화답하여 주다
贈酬西湖記室

남옥(南玉)

봄이 온 석목[133]의 동쪽에서 아름답게 모이니　　　雅集春開析木東
은자가 사는 마을에 선비의 풍모 성대하다　　　菰蘆鄉裏盛儒風
말에서 이미 호문[134]의 선비임을 알겠으니　　　言談已識胡門士
시단의 깃발과 북이라 또 하나의 영웅일세　　　旗皷詞壇又一雄

찰방 성군께 드리다
呈察訪成君

송본위미(松本爲美)

아름다운 채색 붓 강의 누대 비추니　　　翩翩彩筆映江臺
자리 위의 새 시에서 비단 글자 펼쳐진다　　　坐上新詩錦字開
의기와 높은 이름 그 누가 비슷할까　　　意氣高名誰得似

---

133 석목(析木) : 성차(星次)의 이름. 십이지(十二支)의 인(寅)에 해당하여 동방인 우리
나라와 요동을 비춘다고 여겨졌다.

134 호문(胡門) : 호씨(胡氏)의 문하(門下). 국자좨주인 임신언을 송(宋)의 호안국(胡安
國)에 빗대어 말한 것. 호안국은 자가 강후(康侯)인데, 태학박사(太學博士)를 거쳐 급사
중겸시독(給事中兼侍讀)으로 『춘추(春秋)』를 강의했다.

풍류로는 자운[135]의 재주 못지 않네　　　　　風流不讓子雲才

서호에게 화답하다
和西湖

성대중(成大中)

매화 진 곳에 연대[136]가 드러나니　　　　　梅花落處敞蓮臺
몇 사람 시 읊는 소리가 한 자리에 펼쳐졌네　　數子詩聲一席開
해국에 무성한 쑥[137]이 한없이 돋아나니　　　海國菁莪無限茁
갈대 숲 가운데서도 뛰어난 재주 알아보겠네　菰蘆叢裏認奇才

봉사 원군께 드리다
呈奉事元君

송본위미(松本爲美)

계림의 큰 손님 여기에서 만나니　　　　　雞林大客此相逢
경학이나 시 짓는 재주 모두 절로 으뜸일세　經術詞才共自雄
종일토록 감원[138]에서 손잡고 다닌 곳들　終日紺園携手處

---

135 자운(子雲) : 양웅(揚雄, BC 53~AD 18)의 자. 한(漢)나라 때의 학자. 촉(蜀)의 성도(成都) 사람. 사부(辭賦)에 능하였고, 저서로 『태현경(太玄經)』 『법언(法言)』 『방언(方言)』 등이 있다.
136 연대(蓮臺) : 연화좌(蓮華座). 연꽃 모양으로 만든 불상의 자리. 여기서는 매화가 지고 연꽃이 피어난 계절의 변화와 이곳이 절이라는 것을 중의적으로 나타낸다.
137 무성한 쑥 : 원문의 '청아(菁莪)'는 『시경(詩經)』 「소아(小雅)」의 편명인 '청청자아(菁菁者莪)'의 준말. 인재를 양성하는 즐거움을 읊은 내용이다.
138 감원(紺園) : 불사(佛寺)의 딴이름.

정을 나눔에 한나라 신하의 풍모 더욱 알겠네   交情更識漢臣風

서호에게 화답하다
和西湖

원중거(元重擧)

무심한 평수상봉[139]은 아닐 것이니   不是無心萍水逢
임공의 문하엔 영웅호걸 얼마나 되는가   林公門下幾豪雄
서로 만나 말하지 않아도 시축을 보면   相看不語看華軸
시어의 근원 국풍까지 간 것을 알겠네   祇覺詞源溯國風

진사 김군께 드리다
呈進士金君

송본위미(松本爲美)

봄바람에 사신의 말 동주로 들어오니   春風躍馬入東州
나그네 마음에 만 리 유람이 얼마나 힘들었을까   覊思堪勞萬里遊
좋구나 강성의 꽃 가운데 있는 절이라니   好是江城花裡寺
종일토록 청담 하며 높은 누대에서 시를 짓네   淸談終日賦高樓

---

139 평수상봉(萍水相逢) : 물 위를 떠다니는 부평초가 서로 만남. 우연히 서로 만남을
비유한 말이다.

송본 서호에게 화답하다
和松本西湖

김인겸(金仁謙)

신선의 배 아득하게 무장주로 내려가니	仙槎渺渺下藏州
부상의 앞머리에서 장대한 유람 가늠해 보네	扶木前頭辨壯遊
봄 저무는 강성엔 매화가 늙어 가는데	春晚江城梅欲老
서호 처사가 절집을 찾아왔네	西湖處士訪禪樓

조선 제술관 남군께 드리다
呈朝鮮製述官南君

구보태형(久保泰亨)

흰 돛 달고 무사히 큰 바다를 건너	雲帆無恙度滄瀛
갖옷에 말 타고 푸른 봄날 무성에 들어왔네	裘馬青春入武城
아침 해가 상서로운 기운 모인 것 아니라면	不是朝陽鍾瑞氣
어떻게 봉황의 울음소리[140] 들을 수 있었으랴	何緣得聽鳳皇鳴

충재에게 화답하다
和盅齋

남옥(南玉)

만호의 누대가 큰 바다를 누르고	萬戶樓臺壓大瀛

----

140 봉황의 울음소리 : '조양명봉(朝陽鳴鳳)'은 품덕이 뛰어나고 직간(直諫)하는 사람을 비유하는 말인데, 여기서는 조선 사신이 온 것을 가리킨다.

피리 소리 나는데 매화꽃이 강성에 흩어지네 篴中梅藥散江城
단산의 나무에는 평범한 새가 없으니 丹山樹裏無凡羽
화창한 봄날 숲속의 새 골짜기를 나와 우는구나 春和幽禽出谷鳴

서기 성군께 드리다
呈書記成君

구보태형(久保泰亨)

삼한에서 온 선비 문장의 재주 모자라지 않아 韓土文章不乏才
멀리 사절을 따라 바다 서쪽에 왔네 遠隨使節海西來
긴 여정에 혹 맑은 흥취 갖고 계시면 長程如有携淸興
비단 주머니 이 자리에서 풀어주실 수 있는지요 爲許錦囊當席開

충재에게 화답하다
和盅齋

성대중(成大中)

좨주의 문하에는 기이한 재주 넉넉하니 祭酒門屛足異才
강성[141]이 이제 마융을 쫓아 왔구나 康成今逐馬融來
선루에서 반나절 소나무 총채 흔들고 있자니[142] 禪樓半日揮松塵
남국의 기이한 꽃 붓 아래서 피어나네 南國奇花筆下開

---

141 강성(康成) : 정현(鄭玄)의 자로, 그는 마융(馬融)의 제자였다.
142 소나무······ 있자니 : 소나무 가지로 만든 총채를 흔든다는 것은, 위진(魏晉)시대 명
  사(名士)들이 항상 총채를 들고 청담(淸談)을 나눈 데서 유래하였다. 인신하여 '담론(談
  論)'의 뜻으로 쓰인다.

서기 원군께 드리다
呈書記元君

구보태형(久保泰亨)

대양 동쪽에 별천지가 열리니	乾坤別闢大洋東
예로부터 신선 배 한 길로 통하였네	自古仙槎一路通
듣자니 기자 나라엔 문헌이 넉넉하다고	聞說箕邦文獻足
은나라 예법이 유풍으로 있음을 참으로 알겠네	定知殷禮有流風

충재에게 화답하다
和盅齋

원중거(元重擧)

화려한 전당 한 자리에 동서로 떨어져	華堂一席隔西東
구름 종이[143]의 작은 시축만 전할 수 있네	只許雲箋小軸通
맑은 시 낭랑히 읊어 붓으로 말을 보내오는데	朗詠淸詞毫送語
뜰 안 매화나무에 산들바람이 고요히 분다	半庭梅樹澹微風

서기 김군께 드리다
呈書記金君

구보태형(久保泰亨)

한바탕 한묵장에서 잠시 더듬어 생각하니	一場翰墨暫追尋
봄바람이 나그네 마음 위로하는 것에 비길까	擬倩春風慰客心

---

143 구름 종이 : 구름과 꽃의 무늬가 있는 종이. 시를 쓴 종이를 가리킨다.

세상에선 함부로 서북의 아름다움 칭찬하는데 世上謾稱西北美
그대로 인해 구림[144]을 다시 묻고자 하네 因君更欲問璆琳

충재께서 주신 시에 차운하다
次盅齋見贈韻

김인겸(金仁謙)

강도 만 리 먼 곳까지 찾아와 江都萬里遠相尋
한 자리에서 시를 논하니 두 마음을 비추네 一榻論詩照兩心
봉곡[145]의 문인 중 그 누가 으뜸인가 鳳谷門人誰第一
막사에서 격문 쓰는 일 진림을 부끄럽게 하네[146] 幕中草檄愧陳琳

---

144 구림(璆琳) : 『이아(爾雅)』「석지(釋地)」에, 각 방위의 보물과 특산물을 말하면서 "서
북의 아름다운 것으로는 곤륜허의 구림과 낭간이 있다.[西北之美者, 有崑崙虛之璆琳琅
玕焉.]"고 하였다.

145 봉곡(鳳谷) : 국자좨주인 임신언(林信言)의 호.

146 막사에서 …… 부끄럽게 하네 : 진림(陳琳)은 후한(後漢) 때 광릉(廣陵) 사람으로 자
는 공장(孔璋)이다. 처음에 하진(何進)의 주부(主簿)로 있다가 원소(袁紹)에게 가서 조
조(曹操)의 죄상을 열거하는 격문을 썼는데, 원소가 패한 뒤 조조가 그의 재능을 아껴
기실(記室)로 삼았다. 당(唐) 대숙륜(戴叔倫)의 시 「최융을 전송하며(送崔融)」에 "진림
은 격문 초안하는 일에 능하여, 웃음 머금고 장평을 나왔네.[陳琳能草檄, 含笑出長平.]"
라는 구절이 있다.

韓館唱和 卷之一

國子祭酒 林信言 藏書

韓館唱和序

韓使之聘我邦也, 尚矣。寬永以來, 余家典國辭命, 且接遇三使及製述官三書記, 是亦例也。今茲二月至三月, 唱和筆語, 不少矣, 乃編輯以藏於家也。蓋此編, 雖不切精深至, 然於陳彼我之情, 頗鳴國家之盛, 則未必無可觀者。是爲序。

寶曆 甲申 暮春 下浣
國子祭酒 林信言 子恭 識

韓館唱和後序

寶曆十四年, 甲申二月, 朝鮮國王李昑賀我大君之新政, 正使通政大夫吏曹參議知製教趙曮、副使通訓大夫行弘文館典翰知製教兼經筵侍讀官春秋館編修官李仁培、從事官通訓大夫行弘文館校理知製教兼經筵侍讀官春秋館記注官金相翊等三百餘人, 奉幣物而行禮, 可謂善鄰矣。賜宴則帳幃清新金玉甚設, 就舍則館伴饎饡山海悉足矣。

我輩亦以例預之, 公務之暇, 赴客館, 與三官使接話, 又與學士結城太守南玉, 書記銀溪察訪成大中, 長興庫奉事元仲擧, 成均進士金仁謙等, 唱酬終日, 繼以燭筆舌罄歡, 未曾借家胥言, 乃能見志乎詩賦, 寓思乎文書, 信所謂文世之一大快事也。

且父子蒙命, 使寫字官臨淄僉使洪聖源, 上護軍李彦祐等書字, 又命畫員文城僉使金有聲, 船物卞璞等, 作畫。時禁它人入席, 而士人花山子、軍官柳達源者, 來請筆話。予謂遠人不可束以文法, 卽引與共就坐。彼輩大歡, 取畫史之筆, 往復循環如乘興者, 約他日去矣。三月三日, 密命父子報與上上官三人筆話。當此時, 三官使, 遣小童數人, 贈上巳供饌, 自有聘使以來, 未曾有之事, 則去意可知也。使者歸國之後, 集其文章筆談記之, 名曰韓館唱和。因叙其大略云爾。

寶曆 甲申 三月
朝散大夫 秘書監兼經筵講官 林信愛 子節 識

韓館唱和 卷之一

寶曆十四年, 甲申, 二月廿五日, 大學頭林信言, 圖書頭林信愛, 赴淺草本願寺。初見三官使筆語, 後寄詩。先是, 廿二日, 與南學士、成察訪、元奉事、金進士等, 贈酬數章。

(大學頭)

名刺

僕姓林, 名信言, 字士雅, 一字子恭, 號鳳谷, 別號松風亭, 林羅山之玄孫, 弘文學士鵞峯之曾孫, 國子祭酒信篤之孫, 而父卽國子祭酒信充也。

以辛丑年生, 世掌國史, 今叨朝散大夫國子祭酒。戊辰之年, 接貴國聘
使, 登時稱秘書監者, 我也。今與諸公周旋, 復逢此盛際, 何幸如之。

(圖書頭)
名刺

僕姓林, 名信愛, 字子節, 號龍潭, 別號此君亭, 林羅山之六世孫, 弘
文學士鵝峯之玄孫, 國子祭酒信篤之曾孫, 國子祭酒信充之孫, 而今祭
酒信言之適子也。以甲[147]子年生, 庚辰擧經筵講官, 壬午之冬, 忝蒙爵
命, 敍朝散大夫任秘書監, 今歲二十一。初接貴國信使, 逢盛世儀典,
何幸加焉。

≪與三使筆語≫
(祭酒)

某高祖羅山, 國初起家, 職在文書爾來, 鵝峯、鳳岡、快堂父子, 世
世相續, 貴國聘使至, 則必承謦咳, 蒙其不棄。某何人斯, 緝其遺緒, 亦
比前任。男信愛, 已幹家事, 別有名刺, 公等須知。

(正使)

自尊高祖羅山公至足下, 五世連掌國史, 業已播聞於隣國, 前後信使
之行, 輒多稱道。今接淸儀, 可驗其世濟其美, 旣蒙枉問, 又荷書示, 多
謝眷意。僕自以不才, 猥膺上价, 間關道路, 敢言其勞? 得達貴都, 公私
爲幸。

147　원문에는 '申'으로 되어 있으나 '甲'의 오기(誤記)임.

(副使)

僕忝以副价來。姓名想已俯悉，兹不贅告。而曾於先輩槎錄中，稔挹
羅山、鵞峰以後，奕世華閥，今日幸接清範。得續兩國舊好，又見蘭玉
在傍，不任欣聳。

(從事官)

弊邦人之來使貴國者，必稱林氏，世掌文衡，聲譽克著。今幸合席，
兼覩蘭玉之美，實愜雅願。僕年四十四，今行以從事來矣。

(祭酒)

戊辰之聘，得接見澹窩、竹裡、蘭谷三公0，所惠産物，所賜和章，韞
櫃珎藏，時時展玩，如見其人。敢問三公安寧否?

(正使)

澹窩、蘭谷，尙今無恙，南竹裏，昨年已捐舘矣。

(正使)

奉玩瓊什，不仕欽歎，客俟使事之完竣日，當和呈。

(副使)

瓊什之投，尤荷繾眷之盛意，奉玩不已，而顧今使命未竣，義難唱酬，
當於歸時，奉和矣。

(從事官)

旣屈高駕，又投瓊韻，感荷良深。固欲卽席攀和，而使事未竣，義難

唱酬。姑俟日後，幸甚。

(秘書)

稟三公。萬里之遠，經年之久，勞嬺何限？伏視雍容閑雅丰姿英發，所謂錯身於波流，不敢用私者歟。謹賀。

(正使)

得蒙尊大人枉顧，又荷足下之躡後，感戢良深。僕才[148]疎任重，未暇以道路爲愁。

(副使)

曾在弊邦，已聞高門奕世之盛，而妙年鳳池之選，尤不勝聳賀之至。荷此鄭重之顧，感幸實深。

(秘書)

過辱推奬，愧謝愧謝。

(從事官)

僕之姓名，想亦聞知，茲不復贅，而今年爲四十四，庚午登進，己卯文科，今行以從事官來矣。獲接淸範，深幸深幸。

≪學士三書記名刺≫

僕姓南，名玉，字時韞，號秋月亭，宜寧人也。今以製述官隨聘使來。

---

148 원문에는 '木'으로 되어 있으나 '才'의 오기(誤記)인 듯함.

壬寅生, 癸酉獻賦殿庭, 登丙科, 曾任結城太守, 今叨槐院校檢之職。

　僕姓成, 名大中, 字士執, 號龍淵, 昌寧人, 壬子生, 癸酉司馬, 丙子對策登第, 曾經銀溪督郵, 今以正使書記來。

　僕姓元, 名重擧, 字子才, 號玄川, 以副使書記來, 生于己亥, 今年四十有六, 庚午司馬, 筮仕任長興郎。曾因戊辰諸文士之言, 獲聞高名多矣, 何幸今日得奉芝宇。

　僕姓金, 名仁謙, 字士安, 號退石。以成均進士, 今爲從事書記而來, 幸把淸芬, 欣幸曷極。

《與學士三書記筆語》

(祭酒)

　某高祖羅山, 國初奉職已往, 鵞峯、鳳岡、快堂續家業, 掌國史, 以至其歷事十世。今幸蒙恩命逢盛際, 且喜雅席, 奇遇贈酬, 諸君實天借使也。何幸如之。

(南玉)

　羅山公文章, 懿蹟俱載通槎錄中, 至今赫赫然在人耳目。繼以鳳岡、快堂, 咸趾厥美, 世掌鳳詎。弊邦行人之來, 輒有萍水之歡, 不佞輩飫聞久矣。足下又於戊辰之筵, 從先大夫隅坐而敍賓禮。每因澹窩洪公及詞客諸君, 得足下之儀采, 今幸獲荷臨顧, 又有賢胤陪左貴門, 實與弊邦人士有累世之好。欣聳之極, 眞如宿昔。

(金仁謙)

僕年五十有八矣。飽聞德門世掌絲綸文章經學冠冕日下業, 欲一承
警欬, 奈重溟萬里, 未由遂意。今幸附驥[149]而來, 得接座下, 古人所謂見
面勝於聞名, 榮幸極矣。

(成大中)

僕家世有隨槎之行, 曾於先從曾祖翠虛公、先從祖嘯軒公東槎集中,
厭飫尊世德久矣。今日獲親盛儀, 慰幸何極。

(祭酒)

昔聞翠虛、嘯軒與僕祖先有傾蓋之舊, 足下已是其屬。今又得奉淸
儀, 實是通家之好, 天假緣不苟也。欣喜殊深。

(南玉等)

旣蒙光賁, 仍惠瓊韻, 感喜交摯。況詞致淸遠, 陳義甚高, 一歎一愧,
不知攸謝。亟欲席上抃和, 而恐妨雅話以孤勤臨之意。萬里論交, 共日
可惜, 酬詩之禮猶輕, 而勝讀之語爲重。徐步來韻, 先罄一歡, 未知以
爲如何。

(祭酒、祕書)

猥奉蕪詞, 嘉奬過當, 慚汗慚汗。小詩唱酬, 何妨佳話。如不慳瓊瑤
之報, 一投爲幸。

---

149 원문에는 '馬+異'로 되어 있으나 '驥'의 오기(誤記)인 듯함.

(南玉)

謹領盛意。

(成大中)

累世之好, 在一國猶難, 況異域之人乎? 僕家與高門, 誠非少因緣也。
惠詩, 辭意鄭重, 句法淸圓, 眞得風雅。酬和之義, 甚盛甚盛, 敢不步和
仰塞盛敎。

(祭酒)

此張子房像及富峰畵, 伏請加贊語。梅花畵幅, 已有朴君所題贊, 今
又加贊辭, 多幸多幸。

(祭酒)

會津侯芝濱別業, 有稱朝陽閣者, 園中有十二景, 敢請其記。見諾, 當
呈其圖也。

(南玉)

見索畵贊及閣記, 重孤勤命, 謹擬强拙。圖本投示, 則當乘間周旋耳。

(祭酒)

畵贊閣記, 卽此見允, 感甚感甚。畵幅三枚今呈, 閣圖, 明日托朝岡
某送致。

(南玉)

曾聞門下士多至六七十, 濟濟有樂育之盛。今在門者, 幾人? 秘書之

外, 蘭玉又有幾何?

(祭酒)

今及門者七八十人, 仕在于諸侯國者, 難枚擧矣。息男信愛一人而已。

(祭酒)

戊辰之會, 矩軒朴君及濟菴、醉雪、海皐三記室, 接遇數回, 唱和不少。加之留別數章, 至今吟誦不措。今日幸又與諸彦周旋, 不知前度四君安否如何。

(南玉)

朴矩軒, 今作僕所經之結城太守, 濟菴其後經督郵太守, 醉雪經督郵, 今老矣。海皐其後登第, 今任保寧太守, 並幸無恙。此四君, 皆盛道足下華名, 僕輩亦稔聞之耳。

(秘書)

我邦有海松者, 葉生五鬣, 其子與貴邦栢子同, 盖同物也。栢子葉形狀如何?

(元重擧)

弊邦栢子葉, 或五粒, 或三四粒, 有穗有實。東海邊有松五粒, 山僧輩指此謂服葉輕身之物, 亦未知信否。但松實細栢實大, 恐非一物。

(南玉)

三大人與足下相接, 自是舊例。僕輩今日之會, 宜在其後, 而正使大人適有調候, 姑未可迎接。日間若差, 復當有以仰報, 其時, 僕等, 亦可以再望淸範。

(祭酒、秘書)

正使趙公微恙, 不日當愈, 此承。僕輩見三官使之日, 君等亦陪其座, 相接淸儀, 較於前例, 則加一幸一幸。

(金仁謙)

僕有河魚之疾, 久坐風軒, 宿疾信劇, 日已暮矣, 更俟異重接芝宇, 請退。

(祭酒、秘書)

謹領。異日又來, 從容罄歡。

(南玉等)

僕輩隨三大人東來, 含綸出都, 已閱七箇月, 而歲又易矣。家國之思, 固已難抑, 而復命之稽遲, 尤切惶悶, 眞是度日如年。足下堂國辭命, 倘能諒此渴急之狀, 俾得遄發回程, 則何幸如之。不知何日可得西歸, 幸詳示其期, 仍許周旋以爲速發之地, 深所祈望。

(祭酒)

時易裘葛, 路阻山海, 諸君客懷無聊, 旣已極知矣。抑使聘之事, 壹是執政之任, 非僕輩所與知也。

(南玉)

固知爲執政之任, 而至於回答國書, 則足下任也, 亦豈無周旋於執政之道乎? 幸另念極圖之。

(祭酒)

草創國辭命, 僕固其任也。至回答日期, 是執政之所議, 僕實不知矣。既承盛教, 僕輩, 力之所及, 豈敢不盡?

(祭酒、秘書)

今日之會, 實千歲奇遇, 宜卜夜以續歡也。以官事紛擾, 日已薄暮, 敢此告辭。異日又當來, 罄餘懷。

(南玉等)

盛名久已雷灌, 今日幸得萍會, 且欣且荷。只恨此日之短, 跡阻門外無緣, 躬謝軒屏。倘蒙再顧, 則可續未了之懽, 惟是企仰覽。此後, 仍下示賢胤, 公如何?

(祭酒書記松本爲美)

使者至也, 曾渴望于四賢, 今以林祭酒書記得承于芝眉, 爲榮誠夥。僕姓松本, 名爲美, 字子由, 號西湖, 陸奧人, 林祭酒門人, 會津侯儒臣。

(秘書書記久保泰亨)

寒暄時易, 山海路阻, 天佑兩邦, 舟車無恙, 各位動止清寧, 敢賀。嚮聞信使之東也, 伏承高風, 日切景念。今攝林秘書書記, 幸得接雅範, 鳳覯之願, 玆遂, 欣躍曷任? 僕姓久保, 名泰亨, 字仲通, 號虫齋, 讚岐人, 林祭酒門人, 教育在昌平國學。

(南玉等)

風聞祭酒門下多名士, 今幸接林公父子, 仍得奉二君淸範, 慰幸良深。
僕輩名字, 已告林公, 玆不贅及。

(南玉)

蒙二君旣無官事之紛冗如, 再再訪于舘次, 則可續餘歡, 恨坐遠未罄
懷, 聊此奉問。

(二書記)

蒙此盛意, 感荷感荷。再晤之期, 爲美以明日, 泰亨則當以後二日來。
維我二人, 有此未了之緣, 天幸爲多。

《謹贈朝鮮國正使通政大夫濟谷趙公》　　　　　國子祭酒 林信言
奉書官使有餘榮, 交際方今聘禮成。韓國文華千載盛, 日東武備十朝明。
曾知漢代衣冠美, 已聽唐家劍珮聲。玉帛應稱兩邦厚, 宏才偉氣發高名。

《謹贈朝鮮國副使通訓大夫迴溪李公》　　　　　　　　林信言
使斾方今凌海波, 賓筵更賦鹿鳴歌。已慚桑域豪雄少, 曾識箕邦俊傑
多。岐島月明輝玉節, 廣陵潮勢逐星槎。休言萬里雲山苦, 全盛禮成心
似何。

《謹贈朝鮮國從事官通訓大夫弦菴金公》　　　　　　　林信言
使車不失舊時風, 講信交情豈可空。齊仰韓邦文物美, 今稱日域武威
隆。已看漢水城中傑, 曾發春秋館裡功。千載接歡修聘禮, 儀容制度至

無窮。

　三月十日夜, 三使和篇, 自淺艸本願寺至, 乃記之于左。

　　≪奉和林祭酒韻≫　　　　　　　　　　　通信正使 趙曬

　蘭臺掌史早稱榮, 鳳沼波瀾更老成。奕世簪纓天閣貴, 大家文采日邦
明。皇華筵上常傳好, 寶樹庭前久繼聲。三百周詩曾未誦, 筆床多愧使
乎名。

　　≪奉和林祭酒韻≫　　　　　　　　　　　通信副使 李仁培

　春水溶溶起夕波, 東風綠草動驪歌。沼光耀日魚吹細, 花氣薰人燕語
多。五世文儒推左海, 百年華藻記東槎。浮萍一合離筵接, 撩動新愁奈
雁何。

　　≪謹次林祭酒韻≫　　　　　　　　　　　通信從事 金相翊

　久識高名喜接風, 將雛一鳳下晴空。孤山梅鶴家聲遠, 汾水詩書世業
隆。笙瑟初筵花雨內, 衣裳舊會海雲中。微才猥忝乘槎役, 經歲尋河路
始窮。

　　≪奉寄朝鮮國正使通政大夫濟谷趙公閣下 三首≫　祕書監 林信愛

　長雲漠漠海門通, 箕子流風今古同。地接中州多雋士, 天連員嶠似仙
宮。周時典籍文無恙, 漢代衣冠名不空。喜是山河千里外, 兩情相和興
何窮。

《又》

華盖如林出大韓, 旌閃日下五雲端。腰間劍氣天邊動, 賦裡明珠掌上寒。歸馬但愁風瑟瑟, 乘槎豈厭水漫漫。詞場相遇交情厚, 萬里何論行路難。

《又》

皇華一曲入新題, 使者東來道不迷。玉帛天遙懸日月, 朱旗風繞動虹霓。欲知兩國隣交厚, 賴是千年教化齊。吏部官名傳美譽, 文章今豈愧昌黎。

《奉寄朝鮮國副使通訓大夫迴溪李公閣下 三首》　　　　林信愛

萬里扶桑日出天, 樓船遙下海東邊。翩翩仙氣占雲動, 爛爛國華臨座懸。獻紵抒情懷李子, 乘槎奉使擬張騫。遺風尚識千年事, 記得周書洪範篇。

《又》

軒車擁節氣愈豪, 無道山河跋涉勞。雄劍千年輝北斗, 斯文萬古在東曹。猶傳制度周家舊, 共識詞才漢代高。曾聽腰間誇兩綬, 今看殊有鳳皇毛。

《又》

傾盖風流如舊來, 況依並榻見雄才。尊官元識威儀盛, 文雄相推上國材。彩毫更假雲煙起, 佳句應隨月影開。請君欲問心交切, 乘興不關鐘漏催。

≪奉寄朝鮮國從事官通訓大夫弦菴金公閣下 三首≫　　　　林信愛

大使朝辭漢水濱, 錦帆暮至海東津。驛中征馬誰相問, 館裡清茶此共親。談話忽歡同志者, 心交豈恨異鄉人。二邦猶見文章盛, 校理能名自有神。

≪又≫

欲識揮毫凌海嶠, 春秋館裡業風飄。乘軺遠下三韓通, 列艦遙浮萬里潮。身上功名推博望, 心中英氣擬嫖姚。雄寸爲有經綸思, 忽訝鳳皇降紫霄。

≪又≫

別來萬里海天長, 空憶佳人水一方。金氏千秋冠帶盛, 令公三日席邊香。去舟風送江陵路, 歸使星搖河漢章。邂逅暫時分手後, 春雲幾處照行裝。

三月十日夜, 三使和篇, 自淺艸本願寺至, 乃記之于左。

≪奉和林秘書韻≫　　　　通信正使 趙曬

潘岳家風舊好通, 鳳雛新曲鹿歌同。傳經世掌芸香閣, 聞禮晨趨國子宮。出谷禽聲毫舌合, 繞園花影篆烟空。不才愧忝乘槎役, 祇幸扶桑壯觀窮。

≪謹次林秘書韻≫　　　　通信副使 李仁培

奕世英聲南斗天, 玅年詞藻鳳池邊。驛騮九陌高雲步, 魚蠹三更短燭懸。浸海波濤方浩蕩, 排風羽翮欲騰騫。寰中一面隨緣得, 嘉樹情深小雅篇。

《謹次林秘書韻》　　　　　　　　　　　　從事官　金相翊

鵬程萬里水雲長，玉節悠悠自北方。鼇背山河煙月好，林門喬梓姓名
香。十年桑域修盟信，六世芸臺典獻章。來日江城分手去，芙蓉峰色滿
歸裝。

《贈朝鮮國製述官秋月南君》　　　　　　　　國子祭酒　林信言

韓國名公到日東，相逢唱和興何空。能修隨月競辰業，卽作囊螢映雪
功。賦就章章本超絕，吟來句句最豪雄。今年何幸得佳會，遠大無窮學
士風。

《席上奉酬祭酒鳳谷林公》　　　　　　　　　　　　　　　南玉

西湖家世冠天東，絳帳高開席不空。詩禮鯉庭承奕業，文章鳳沼繼前
功。芹宮彈印今榮典，祿閣編書古向雄。歌鹿筵中如宿好，山河不隔馬
牛風。

《再和前韻奉寄製述官學士南君》　　　　　　　　　　　林信言

文學久聞桑域東，箕邦典籍業何空。昔年曾識螢窓苦，今日偏稱虎觀
功。八斗陳王知敏捷，百篇李氏共英雄。騷筵詩就揮珠玉，又見開元天
寶風。

《再和奉林鳳谷詞案》　　　　　　　　　　　　　　　　南玉

奎壁星輝耀海東，初筵春敞佛樓空。詩書璧水培莪術，辭命巒坡視艸
功。鄭老門前多雋秀，馬監庭下盛才雄。百年盟聘皇華席，重見箕裘不

盡風。

≪贈察訪成君≫

書記高名發四方, 知君彩筆綺筵香。高吟遊意月花宴, 美譽成功翰墨場。騷雅驚心如錦綉, 琢磨駭目似氷霜。相逢此日多佳興, 別後交情不可忘。

≪席上奉酬祭酒鳳谷林公≫　　　　　　　　　　成大中

雅道清譽振一方, 褒衣長濕鳳池香。馬班史學曾傳世, 燕許詞華早壇場。歌鹿筵中携玉雪, 問槎編裡閱星霜。論交不以山河異, 咫尺形骸已兩忘。

≪再和一章呈成察訪≫　　　　　　　　　　　林信言

曾識聲名動萬方, 翩翩書記筆花香。雄吟可賞王楊苑, 珍玩無窮李杜場。已感篇篇輝月露, 今看字字挾風霜。壯遊自是饒行卷, 唱和詩章何日忘。

≪疊和鳳谷祭酒≫　　　　　　　　　　　　成大中

僑羊交契便無方, 風雅相將翰墨香。海國晴雲聯儐席, 佛樓斜日闢詩場。眉山門學傳蘭玉, 博望仙槎過雪霜。三世兩家酬唱在, 角弓遺意詎能忘。

≪贈奉事元君≫　　　　　　　　　　　　　林信言

翩翩遠出釜山濱, 桑域方期箕國賓。作賦紙中觀志氣, 飛珠筆下顯精神。芝蘭香發篇篇逸, 錦綉詩成句句新。何幸今逢騷雅客, 高吟此日唱酬頻。

《和祭酒鳳谷林公》　　　　　　　　　　　　　元重舉
生居滄海北南濱, 一席相看忽主賓。天外山河開氣色, 一堂文藻會精
神。絲綸赫赫金華舊, 風彩盈盈玉樹新。共指庭前花未落, 同人永日過
從頻。

《再和一章呈元奉事》　　　　　　　　　　　　林信言
遙憶茫茫渤海濱, 更歡此日接嘉賓。却驚筆力尤無敵, 已識辭鋒更有
神。接席雄豪兼艷麗, 吟詩俊逸與清新。公餘半日醉高談, 千載壯遊佳
無頻。

《疊和鳳谷》　　　　　　　　　　　　　　　　元重舉
文明日闢海東濱, 地久扶桑義馭賓。紅藥瑤岑丹入訣, 赤城霞氣鍊留
神。千家樹竹春雲淨, 萬戶樓臺霽景新。晏叔風流僑國會, 華筵不拘禮
繁頻。

《贈進士金君》　　　　　　　　　　　　　　　林信言
遙思韓國路無窮, 書記翩翩意自雄。佳句麗章憐美景, 金聲玉振動清
風。吟齊李氏百篇並, 才與曹生七步同。休謂渺茫滄海遠, 唱酬多少契
相通。

《和林祭酒見贈韻》　　　　　　　　　　　　　金仁謙
扶桑萬里片帆窮, 山到江州氣勢雄。鳳谷詞人無敵手, 羅山學士有遺
風。東西每恨三洋隔, 文墨還欣一榻同。乍接清芬詩膽瀉, 相逢莫道語

難通。

《再和一章呈<u>金進士</u>》　　　　　　　　　　　　<u>林信言</u>

相逢賓舘興何窮, 仰見高名書記雄。可愛英豪千古譽, 堪稱賢達昔時風。驚神泣鬼誰應得, 美景良辰相共同。傾盖由來如故舊, 論文此日道將通。

《疊和<u>林</u>祭酒》　　　　　　　　　　　　　　　　<u>金仁謙</u>

渡盡滄溟路欲窮, <u>妙光寺</u>外得詩雄。一床萍會迎新面, 五世文衡見舊風。莫怪二邦冠服異, 元知四海軌書同。感君喬梓來相問, 筆下傳談意已通。

《寄<u>朝鮮國</u>製述官<u>秋月南君</u>詩 二首》　　　　　　秘書監 <u>林信愛</u>

客路春風落日遲, 仙槎輕泛海之涯。錦帆影動扶桑水, 玉笛聲傳楊柳詞。忽爾論交悲遠別, 暫時分手促歸期。西人儻問東方事, 月下樓臺含霧披。

《又》

華舘迎君對夕陽, 賓筵高唱鹿鳴章。愼言何讓<u>南宮适</u>, 掌史應同<u>馬子長</u>。到處驛前傳賦筆, 歸時海上得仙方。殷勤更認新知樂, 他日交情不可忘。

《奉和祕書<u>林</u>龍潭》　　　　　　　　　　　　　　<u>南玉</u>

倒屣樓頭起不遲, 皇華良謙闢天涯。家聲久識靑氈業, 花氣交薰白雪詞。二百年來論世好, 六千里外許風期。靈犀未信方音隔, 滿紙琅玕入手披。

《又》

寒食東風憶漢陽, 禪樓花影照詞章。遙鵬倦翮滄溟濶, 雛鳳奇毛翠竹長。劉氏傳經知史學, 第家奕世有丹方。角弓嘉樹前修義, 歸日應難此席忘。

《再用前韻寄南君　二首》　　　　　　　　　林信愛

高館遲君君到遲, 只今春色遍天涯。求仙還笑秦皇使, 作賦都成楚客詞。來往臨風論季子, 逢迎當道訪安期。清談無恨斜陽盡, 一座新詩明月披。

《又》

詞客風流漢水陽, 遙傳舊俗八條章。論交此處情偏厚, 分手何人夢更長。萬里鵬雲凌北海, 千秋鰈域問東方。喜君文史三冬業, 高誼終身豈可忘。

《疊和林秘書》

萬里舟車歲月遲, 落梅時節到江涯。卽看吳札論周樂, 多愧東僑潤鄭詞。鰈域名傳如舊識, 蓬洲路斷杳前期。新詩送出諧終讌, 痊得頭風一讀披。

《又》

祗林雅集武州陽, 起賦苹蒿第二章。片月交情雲鶴逈, 三春別思塞鴻長。超宗制誥承前業, 惠遠樓臺接上方。記得杏花初綻日, 每年相憶莫相忘。

　　≪寄察訪成君≫　　　　　　　　　　　　　　　　　林信愛
　　交誼百年尋異方, 登車萬里海天長。使星曉度蒼龍闕, 官柳春迎白玉
堂。忽見錦袍承日色, 兼携彩筆掃風霜。皇華舊屬東遊客, 一座詩名誰
雁行。

　　≪奉和林秘書≫　　　　　　　　　　　　　　　　　　成大中
　　羅山文學冠東方, 詩禮家風兩國長。晉客更尋嘉樹傳, 劉歆早入秘書
堂。丹山瑞羽長承旭, 白雪新聲動挾霜。剩識芹宮多講侶, 青衿八十與
成行。

　　≪再用前韻寄成君≫　　　　　　　　　　　　　　　　林信愛
　　幸逢使節向東方, 祇花開筵興更長。羣客同懷和氏璧, 幾人共上李膺
堂。偏飛作賦春前雪, 交暎臨池筆下霜。不淺風流傾盖意, 別來難寄字
千行。

　　≪疊和林秘書≫　　　　　　　　　　　　　　　　　　成大中
　　賓餞鄉人會一方, 風流上席見弘長。少年藻思登天閣, 奕世清卿在泮
堂。白璧150楊輝荊舘夜, 青萍定價薛門霜。文章自有傳家妙, 退省奇才
是文行。

---

150 원문에는 '璧'으로 되어 있으나 '壁'의 오기(誤記)인 듯함.

《寄奉事元君》　　　　　　　　　　　　　　　　林信愛

韓使乘槎至海方, 龍旗含日曙輝長。金函捧牘來臨闕, 玉馬拂鞭嘶躍塘。禮樂渾觀周製度, 衣冠全是漢文章。百年會盟交情厚, 依舊善鄰見國祥。

《奉和林秘書》　　　　　　　　　　　　　　　　元重舉

羅山文彩世東方, 更有賢孫趾美長。婉似朝雲凝澥渤, 清如春水影池塘。淇園正愛抽千竹, 丹穴將看刷五章。坐對雲箋揮彩筆, 珊瑚枝上曉烟祥。

《再用前韻寄元君》　　　　　　　　　　　　　　林信愛

書記翩翩出大方, 賓筵猶見曳裙長。春深前路花如雪, 月明中庭瓊作塘。幾許毫端論舊識, 一時席上報新章。俱逢千里同文日, 稍覺昇平殊有祥。

《疊和林秘書》　　　　　　　　　　　　　　　　元重舉

依依斜日下西方, 清話何妨卜夜長。已許微風低入席, 分留明月照方塘。東溟不盡騰珠貝, 南國佽看蔚豫章。好是妙年持國史, 池邊還有鳳毛祥。

《寄進士金君》　　　　　　　　　　　　　　　　林信愛

中原彦會競豪華, 不覺高樓落日斜。簾捲風煙三島外, 門臨雲樹十洲涯。賓筵留帶携陳榻, 名刺投來擬郭車。況復陽春歌已就, 朱絃幾拂海天霞。

《奉和林秘書》　　　　　　　　　　　　　　　　　金仁謙

金龍山外駐皇華, 春暖禪樓燕子斜。却喜瓊琚堆案上, 可堪家國隔天
涯。今朝花雨開詩疊, 明日鯨波返使車。韓客東來何所得, 滿囊收拾赤
城霞。

《再用前韻寄金君》　　　　　　　　　　　　　　　林信愛

誰識盖簪擅國華, 千篇[151]滿案影初斜。殊方仙客情難竭, 同學諸生興
無涯。共見淸遊耽翰墨, 兼知博物有書車。詩懷更得江山助, 氣象猶搖
海表霞。

《疊和林秘書》　　　　　　　　　　　　　　　　　金仁謙

江城日暖澹雲華, 桃李初開弱柳斜。錦水龍山勞夢寐, 詩篇[152]藥爐作
生涯。憐吾衰病凋雙鬢, 羨子文章富五車。謝氏鳳毛成六翮, 一揮花筆
起烟霞。

《奉呈製述官南君》　　　　　　　　　　　　　　　松本爲美

使者承恩入海東, 翩翩旌旆度春風。相逢此日香臺裡, 更識登高作
賦雄。

《贈酬西湖記室》　　　　　　　　　　　　　　　　南玉

雅集春開析木東, 菰蘆鄉裏盛儒風。言談已識胡門士, 旗皷詞壇又
一雄。

---

151 원문에는 '蔫'으로 되어 있으나 '篇'의 오기(誤記)인 듯함.
152 원문에는 '蔫'으로 되어 있으나 '篇'의 오기(誤記)인 듯함.

《呈察訪成君》 松本爲美

翩翩彩筆映江臺, 坐上新詩錦字開。意氣高名誰得似, 風流不讓子雲才。

《和西湖》 成大中

梅花落處敞蓮臺, 數子詩聲一席開。海國菁莪無限苗, 菰蘆叢裏認奇才。

《呈奉事元君》 松本爲美

雞林大客此相逢, 經術詞寸共自雄。終日紺園携手處, 交情更識漢臣風。

《和西湖》 元重舉

不是無心萍水逢, 林公門下幾豪雄。相看不語看華軸, 祗覺詞源溯國風。

《呈進士金君》 松本爲美

春風躍[153]馬入東州, 羈思堪勞萬里遊。好是江城花裡寺, 清談終日賦高樓。

《和松本西湖》 金仁謙

仙槎渺渺下藏州, 扶木前頭辨壯遊。春晚江城梅欲老, 西湖處士訪禪樓。

---

153 원문에는 '馬+翟'으로 되어 있으나 '躍'의 오기(誤記)인 듯함.

≪呈朝鮮製述官南君≫　　　　　　　　　　　　　久保泰亨

雲帆無恙度滄瀛，裘馬靑春入武城。不是朝陽鍾瑞氣，何緣得聽鳳
皇鳴。

≪和盅齋≫　　　　　　　　　　　　　　　　　　南玉

萬戶樓臺壓大瀛，籢中梅藥散江城。丹山樹裏無凡羽，春和幽禽出
谷鳴。

≪呈書記成君≫　　　　　　　　　　　　　　　　久保泰亨

韓土文章不乏才，遠隨使節海西來。長程如有携淸興，爲許錦囊當
席開。

≪和盅齋≫　　　　　　　　　　　　　　　　　　成大中

祭酒門屛足異才，康成今逐馬融來。禪樓半日揮松麈，南國奇花筆
下開。

≪呈書記元君≫　　　　　　　　　　　　　　　　久保泰亨

乾坤別闢大洋東，自古仙槎一路通。聞說箕邦文獻足，定知殷禮有
流風。

≪和盅齋≫　　　　　　　　　　　　　　　　　　元重擧

華堂一席隔西東，只許雲箋小軸通。朗詠淸詞毫送語，半庭梅樹澹
微風。

《呈書記金君》　　　　　　　　　　　　　　　　久保泰亨

一場翰墨暫追尋，擬倩春風慰客心。世上謾稱西北美，因君更欲問
璆琳。

《次盅齋見贈韻》　　　　　　　　　　　　　　　　金仁謙

江都萬里遠相尋，一榻論詩照兩心。鳳谷門人誰第一，幕中草檄愧
陳琳。

한관창화 권2

韓館唱和 卷之二

한관창화 권2

국자좨주(國子祭酒) 임신언(林信言) 장서(藏書)

갑신년 3월 2일 학사·세 서기와 나눈 필담

좨주·비서(祭酒祕書)

요사이 사신을 보내는 의례가 이루어졌으니, 실로 양국의 경사입니다. 경하드립니다.

남옥 등(南玉等)

사신을 보내는 의례가 이미 완성되었으니, 실로 양국의 경사입니다. 기쁨과 다행함이 끝이 없습니다.

남옥 등(南玉等)

지난번 사상(使相)과 함께 한 자리 이후에, 맑은 위의를 바라보기만 하고 서로 만나 허물없이 이야기를 나눌 기회를 접하지 못하였기에 초조하고 불안한 지경에 이르렀는데, 곧 다시 몸소 방문해 주시니 그 정성어린 마음을 깊이 알겠습니다. 어떻게 감사를 드려야 할 지 모르겠습니다.

좨주(祭酒)

이렇게 말씀해 주시니 대단히 감사하고 감사합니다.

성대중(成大中)

족하께서 깊은 학문과 큰 명망으로 선대의 가업을 잘 이으시고, 이 누대의 담소하는 자리에서 또 백년의 아름다운 자취를 이으시니, 저 희들에게 다행한 일입니다.

좨주(祭酒)

제가 나라의 은혜를 입어 외람되게도 선조의 업을 잇고, 또 제군들 과 이곳에서 교제를 나누게 되었으니 갈대가 옥수(玉樹)에 기댄 것 같 아 매우 부끄럽습니다.

원중거(元重擧)

저희들이 비록 처음 귀국의 경계에 들어온 것이지만, 족하를 대하 니 예전부터 정답고 친했던 것 같은 기쁨을 문득 느꼈습니다. 이는 아 마도 선인(先人)들이 기록한 나산공 이후의 아름다운 시편들로 귀와 눈을 익숙하게 했기 때문인 듯합니다. '황화(皇華)'와 '녹명(鹿鳴)'[1]이 빈 주(賓主)의 교유에 가장 중요하다는 것을 더욱 알게 되었습니다.

---

1 황화(皇華)와 녹명(鹿鳴) : 모두 『시경(詩經)』 「소아(小雅)」의 편명으로, '황화'는 임금 이 사신을 보낼 때에 부른 노래이며, '녹명'은 군신과 빈객을 연향하는 시이다.

좨주(祭酒)

선조인 나산이 귀국의 제현(諸賢)들과 만난 이후로 매번 사신이 오면 저희 부조(父祖)께서 그때마다 이런 자리에 함께 하시곤 했지요. 지금 또 이처럼 성대한 시절을 만나 제군들의 풍모를 접하게 되니, 전대(前代)의 인연이라고는 하지만 또한 천행(天幸)이 아닌가 싶습니다.

김인겸(金仁謙)

저희들이 본국에 있을 때 매양 나산 학사의 청덕(淸德)과 문장을 우러러보았는데 지금 다행히 훌륭하신 부자(父子)[2]의 맑은 위의를 뵈오니, 실로 대가(大家)의 풍채가 있어 기쁨과 다행함을 이기지 못하겠습니다. 그런데 언어가 달라서 맘속에 있는 정성을 다 쏟아내지 못하고, 오직 구구한 필설(筆舌)로만 마음을 전하고 있으니, 이보다 더한 슬픔이 없군요. 동서로 한 번 헤어진 후엔 이 세상, 이 삶에서 서로 만나는 것이 더욱 어려우니 옛 사람이 이른바 '이 이별이 슬퍼할 만하다.[此別可悲]' 한 것이 참으로 우리들을 위한 말입니다. 좌하(座下)[3]께서도 또한 이 같은 회포가 있으신지 모르겠습니다.

좨주(祭酒)

사랑이 선인(先人)에게까지 미치니 후의(厚誼)를 베풀어주심에 매우 감사하고 감사합니다. 또 오늘 한 번 이별하면 곧 떨어져서 살아가게

---

2 부자(父子) : 원문의 '교재(喬梓)'는 아버지와 아들을 비유한 것이다. 백금(伯禽)과 강숙(康叔)이 상자(商子)에게 도를 물었을 때, 교목(喬木)은 우뚝 서 있으므로 부도(父道)에, 재목(梓木)은 엎드려 있으므로 자도(子道)에 비유해서 설명하였다는 고사가 있다.
3 좌하(座下) : 어른에 대한 경칭.

될 것이니, 이 일만 생각하면 슬프지 않을 수 있겠습니까?

남옥(南玉)

성에 들어온 날, 멀리서 성대한 위의를 뵙고 이미 기쁨을 느꼈는데, 한 번 읍하고 끝나버려 만나 뵙고 말씀을 나눌 기회가 없었습니다. 그러나 제 마음에 절로 기울고 위로됨이 있었으니 인정(人情)이 본래 그러한 것이겠지요. 족하께서도 이러셨습니까?

비서(祕書)

지난번 겨우 두 번째 뵈었을 때 말입니다. 그 많은 사람들 중에 능히 저희를 알아보셨으니, 평소에 깊이 사랑한 것이 아니라면 어떻게 그러실 수 있겠습니까?

성대중(成大中)

성에 들어오던 날, 많은 사람들 속에서 몰래 족하의 모습을 보았는데 어린 나이에 청수한 모습으로 어른의 뒤를 따르며, 나아가고 물러나는 데 예의를 잃지 않았습니다. 저희들이 공경하고 감탄한 것은 귀댁의 가문에서 대대로 현달함이 적지 않았기 때문입니다.

비서(祕書)

저번 날, 조회하는 중에 멀리서 맑은 위의를 보았는데 자리가 멀어서 한 번 인사드릴 기회가 없었습니다. 저는 용렬하고 불초한 사람인데 다행히 함께 사신들의 모습을 뵙게 되니, 국은(國恩)이 실로 깊습니다.

원중거(元重擧)

성에 들어온 날, 멀리서 얼굴을 뵈었는데 웃으시는 모습이 손에 잡힐 듯하였습니다. 남북으로 만 리나 떨어지게 되면 꿈속에서 더욱 그때의 일을 떠올릴 테지요. 저는 오랫동안 병을 앓았는데 근래에 한열(寒熱)의 고통이 더해져서 자리에 누워 끙끙 앓았습니다. 그런데 그대의 수레가 다시 왔다는 소식을 듣고는 옷을 꿰입고 헐레벌떡 나왔지요. 몸이 간신히 자리에 들어오니 마치 묵은 병이 몸을 떠난 것처럼 느껴집니다.

좨주(祭酒)

저 역시 조회 중에 우아하셨던 모습이 기억났습니다. 듣자니 요즘 몸이 편찮으시다던데, 물과 흙이 익숙하지 않은 탓인가 생각됩니다. 오늘 모임도 힘드신데 억지로 나와 앉아계신 건 아닌지요. 부디 스스로 아끼시고 잘 보호하시길 바랍니다.

김인겸(金仁謙)

지난번엔 몸에 병이 나서[4] 성에 들어온 후 가졌던 모임에 참여할 수가 없었고, 또한 맑으신 위의를 다시 뵐 수도 없었으니 깊이 유감스럽게 생각했지요. 이제 다행히 부자지간인 두 분을 함께 뵙게 되었으니, 참으로 다행스럽습니다.

---

4 몸에 병이 나서 : 원문의 '부신지우(負薪之憂)'는 자기의 병을 겸손하게 이르는 말. 섶나무를 졌던 피로 때문에 병이 남, 또는 병이 나서 나무를 할 수 없다는 뜻이다.

좨주(祭酒)

전날 편찮으셔서 조회하는 중에 뵐 수가 없어 한스럽게 여겼는데, 이제 나아서 회복되셨으니 기쁘고 위로가 됩니다.

비서(祕書)

국서를 쓰신 이가 누구십니까? 성자(姓字)를 보여주시기 바랍니다.

성대중(成大中)

저희 나라 사자관(寫字官)은 인원이 매우 많아서, 그 중에 솜씨가 좋은 자를 뽑아 국서를 쓰게 합니다만 그 성명은 잘 알 수 없습니다. 또 이번 행차 중에 있지도 않습니다.

좨주(祭酒)

삼관사(三官使)는 전에 듣기로 서공(徐公)·엄공(嚴公)·이공(李公)이었고, 다시 들으니 정공(鄭公)·홍공(洪公)이라고 하였는데, 이번에 세 분 공께서 실제로 오셨네요.[5] 모르겠습니다만 다섯 분께 무슨 사고가 있었는지요. 감히 그 연유를 듣기를 청합니다.

---

5 삼관사(三官使)는……오셨네요 : 본래는 계미사행이 있기 1년 전에 서명응(徐命膺), 엄인(嚴璘), 이득배(李得培)가 통신사행의 삼사(三使)로 차정(差定)되었다. 그러나 정사(正使)에 임명된 서명응은 옥사에 걸려 북변에 유배되었고 대신 정상순(鄭尙淳)이 임명되었으나 노모 때문에 원행을 갈 수 없어 결국 조엄이 그 자리에 충임(充任)되었다. 출국에 임해서 나머지 두 사신도 교체되어 최종적으로는 정사에 조엄, 부사에 이인배, 종사관에 김상익이 확정되었다.

남옥(南玉)

서공·엄공·이공은 다른 일로 문책을 받고 파직 당했으며, 정공·홍공은 부모님이 편찮으셔서 모두 국경을 벗어날 수가 없었습니다. 그래서 지금 세 분 공께서 명을 받고 온 것입니다.

남옥(南玉)

지난번 부탁하신 화지(畵識)와 각기(閣記)는 삼가 이미 저의 보잘것없는 솜씨를 생각지 아니하고 써 드렸으니, 다만 귀한 명주만 더럽힌 것이 아닌가 하여 매우 부끄럽습니다.

좨주(祭酒)

화축(畵軸)과 각기(閣記)는 문득 거필(巨筆)로 한 번 써주신 은혜를 입었으니, 그 감명(感銘)을 어찌 다할 수 있겠습니까?

남옥 등(南玉等)

지난번 빈연(賓筵)에서는 시편들을 창수(唱酬)하느라 청담(淸談)에 방해를 받았습니다. 이제 그대들의 풍모를 다시 대하였으니 이후로는 얼굴을 다시 뵙기가 어려워 이 날이 아깝기만 합니다. 청컨대 저녁 내내 이야기만 하고, 주신 시에 대해서는 내일 화답하여 보내드리고자 하니 의향이 어떠신가요?

좨주·비서(祭酒祕書)

삼가 마땅히 말씀대로 해야겠지요.

남옥 등(南玉等)

전에 부탁하신 화평(畫評)은 삼가 억지로 보잘것없는 솜씨를 발휘하여 대충 지었는데, 말이 졸렬하여 너무나 부끄럽고 부끄럽습니다.

비서(祕書)

저번 날에 부탁드린 화찬(畫讚)[6]은 네 분의 뛰어난 작품을 받았는데, 서법(書法)이 비범하고 어의(語意)가 걸출해서 실로 '쌍미(雙美)'라 하겠습니다. 쉽게 얻을 수 없는 보배인지라 삼가 감사드립니다.

남옥 등(南玉等)

모자라고 졸렬한 말로 성대한 뜻에 억지로 부응하다 보니 많이 부끄럽습니다. 지금 좋은 말씀을 들으니 감사하고 송구한 마음을 더욱 이기지 못하겠습니다.

좨주·비서(祭酒祕書)

네 분께는 부사산(富士山)을 보며 지으신 가작(佳作)이 응당 있을 것이니, 세워놓고 보는 화폭에 한번 써 주시기를 청합니다. 이것은 조정에 바치는 것과 관계된 일이지, 개인적인 소망은 아닙니다. 지난번에도 박군·이군 등 세 사람이 이미 그러한 예가 있었음을 감히 알려드립니다.

---

6 화찬(畫讚) : 그림 속의 인물을 찬양하는 것을 주요 내용으로 하는 문체의 하나. 어떤 그림을 찬양하는 문체.

남옥 등(南玉等)

부사산을 보고 지은 작품을 으레 조정에 올린다는 것을 저희들은 듣지 못했습니다. 비록 읊은 시가 있다 해도 졸렬하고 난삽해서 부끄러울 따름이라, 성대한 뜻을 감당하지는 못합니다. 그러나 그것이 훌륭한 작품인가의 여부를 따지지 않으시고 오직 전례를 따르려고만 하신다면 삼가 마땅히 말씀대로 해야겠지요.

좨주·비서(祭酒祕書)

이미 승낙하셨으니 당산지(唐山紙)를 여기 올립니다.

남옥(南玉)

여기 종이가 세 장뿐이군요. 혹 한 장을 빠트리신 것 아닙니까? 삼가 여쭙습니다. 다시 한 장을 주었다.

남옥(南玉)

매화 그림에는 박군이 이미 거기에 제(題)하였으니, 췌언을 붙일 필요가 없습니다. 그러니 평찬(評讚)하라는 말씀은 따를 수가 없겠습니다.

좨주(祭酒)

접때 올린 매화 그림에는 박군의 좋은 글이 있었으니 여기에 훌륭한 글을 더하고자 했습니다. 저는 본래 좋은 글을 나란히 놓고 싶었기 때문에 또 감히 청했던 것입니다. 귀중한 승낙을 간절히 바랍니다.

남옥(南玉)

부사산에 관한 작품은 삼가 마땅히 시간나기를 기다려야겠습니다. 매화 그림에 글씨를 쓰는 것은, 처음엔 화사첨족(畫蛇添足)이라 꺼렸던 것인데 또 이처럼 열심히 말씀을 하시니 삼가 또 허락하는 바입니다.

원중거(元重擧)

댁은 여기서 거리가 얼마나 되며, 원근에 아름다운 숲이나 골짜기도 있습니까?

비서(祕書)

저희 집은 여기에서 거리가 2리쯤 됩니다. 성 안의 거주지엔 본래 아름다운 숲이나 골짜기가 없습니다. 다만 가산(假山)과 인공 연못으로 애오라지 아취를 보존하고 있을 뿐입니다.

원중거(元重擧)

가산과 인공 연못도 족히 즐거움을 제공하기는 하지요. 모르겠습니만, 성 근처에 별장을 두고 시간 날 때 거닐기도 하고 그러십니까?

비서(祕書)

성 북쪽 우문(牛門)에 몇 이랑쯤 되는 별장이 있는데, 이 또한 관리에게 주는 것입니다. 쉬는 날 때때로 그곳에 가면 들판의 정취가 세속의 정을 잊게 해주는 데 매우 충분하지요.

남옥(南玉)

족하와 비서께서도 혹 경연(經筵) 자리에서 시강(侍講)을 하시는지요. 문하에는 훌륭한 선비들이 숲의 나무처럼 즐비할 텐데, 그 중엔 반드시 아주 뛰어난 인재가 있겠지요. 그 이름을 듣고 싶습니다.

좨주(祭酒)

저와 제 자식 놈은 번갈아가며 경연에서 시강을 합니다. 문생들 중에 우수한 이들은 대개 제후국에서 일을 하고 있는데, 갑자기 그 이름을 꼽아보려니 쉽지가 않네요.

김인겸(金仁謙)

지난번에 몇 줄의 필적이 있었는데 과연 그것을 보셨는지요. 주신 두 수의 절구는 마땅히 차운해서 돌려드려야 할 터이니, 천천히 화답해서 드리겠습니다.

좨주(祭酒)

성대한 뜻은 이미 받았습니다. 제 시는 또 훗날의 경보(瓊報)[7]를 기다리겠습니다.

비서(祕書)

귀방(貴邦)에서는 손님을 맞는 자리에서 큰 병에 꽃을 꽂는데 어떤

---

7 경보(瓊報) : 상대방의 화답시를 높여 이르는 말로 '경거(瓊琚)'와 같다. 『시경(詩經)』 「위풍(衛風)」 '목과(木瓜)'에, "나에게 모과를 던져줌에 그에게 아름다운 패옥으로써 보답한다.(投我以木瓜, 報之以瓊琚.)"라는 구절이 있다.

법식이 있습니까?

성대중(成大中)

성대한 자리에서는 꽃을 꽂는 일이 있는데, 특별히 법식은 없습니다.

비서(祕書)

조정에 오시던 날, 세 분의 사신들 및 족하들, 그 외 문무 관원들의 관복 명칭을 하나하나 알려주셨으면 합니다.

남옥(南玉)

삼사(三使)는 금관(金冠)을 쓰고 조복(朝服)을 입었으며, 상아홀을 쥐었고 옥을 찼으며 품대(品帶)[8]를 허리에 했습니다. 일행 중에 직명(職名)이 있는 자들은 모두 오사모[9]를 쓰고 흑단령[10]을 입었습니다. 삼품 이상은 쌍학흉배[11]를 하였고 삼품 이하는 일학흉배를 하였으며, 군관은 종립(鬃笠)[12]을 쓰고 철릭[13]을 입었습니다.

---

8 품대(品帶) : 벼슬 등급에 따라 정해진 관복의 띠. 품계에 따라 서각대(犀角帶)·삽금대(鈒金帶)·소금대(素金帶)·여지금대(荔枝金帶)·은대(銀帶)·흑각대(黑角帶) 등의 구별이 있다.

9 오사모(烏紗帽) : 사(紗)로 만든 흑색의 모자. 단령을 입을 때 쓰는 것.

10 흑단령(黑團領) : 검은 빛깔의 단령. 벼슬아치가 입는, 깃을 둥글게 한 공복(公服)의 하나. 당상관은 무늬가 있는 검은 사(紗)를 쓰고, 당하관은 무늬가 없는 검은 사를 쓴다.

11 흉배(胸背) : 3품 이상 관원의 상복(常服)의 가슴과 등에 붙이는 표장(表章).

12 종립(鬃笠) : 기병이 쓰는 모자. 갓보다 약간 높고 위의 통형(筒形) 옆에 우모(羽毛)를 붙였다.

13 철릭 : 융복(戎服)의 한 가지. 직령(直領)이고 허리에 주름이 잡히고 큰 소매가 달려 있다. 당상관은 남색, 당하관은 홍색이다.

비서(祕書)

네 분께서 오늘 입으신 관복은 무엇입니까?

남옥(南玉)

저는 흑종건을 썼고, 용연은 동파관을 썼으며, 현천과 퇴석은 복건을 썼습니다. 입은 옷은 모두 도포입니다.

비서(祕書)

귀국의 선대 왕 중에 휘(諱)가 '내(匂)' 자에 '일(日)'을 쓰는 분이 있습니다. 글자의 음과 뜻이 자세하지 않으니, 보여주시기 바랍니다.

남옥(南玉)

'날 일(日)' 변에 '내(匂)'자가 있는 것은 음과 뜻이 '구름 운(雲)'자와 같습니다.

비서(祕書)

일찍이 듣기로는 일기도(壹岐島)에서 동지(冬至)를 맞으셨다는데, 모르겠습니다만 오는 도중에 또한 특별한 의례가 있었습니까?

성대중(成大中)

비단 동지에만 그러는 것은 아닙니다. 삭망(朔望)에는 망궐례를 합니다. 동지와 정월 초하루에는 으레 하례(賀禮)를 합니다. 그래서 일기도에 갔을 때 동지를 맞은 날, 삼사(三使)가 모두 금관과 조복을 갖춰 입고 높은 산에 올라가 고국을 바라보았고, 일행 가운데 문무 관원을 이끌고 산호(山呼)의 예를 행하였지요. 적간관(赤間關)에서 정월 초하루를 맞았을 때에도 그렇게 했습니다.

성대중(成大中)

등원명원(藤原明遠)이 일찍이 무진년 사객(詞客)들과 시를 주고받았는데, 이번 사행 때 그것을 다시 볼 수 있을지 모르겠습니다. 듣자하니 순식간에 그것을 하셨다는데 경탄스럽습니다. 자손들이 있어서 그 집안의 명성을 잘 잇고 있겠지요. 그렇지 않습니까?

비서(祕書)

명원에게는 아들이 있는데 집안을 잘 다스립니다. 문직(文職)이 아니라서 손님 맞는 자리에는 오지 못했습니다.

남옥 등(南玉等)

사신 행차가 국경을 나온 지 벌써 일 년이 지났습니다. 지금은 빙문(聘問)의 의례도 이미 이루어졌으니 복명(復命)하는 것이 시급합니다. 사신분들과 저희들은 임금과 부모를 그리는 마음에 하루를 지내는 것이 일 년과 같습니다. 떠나는 날이 늦어지고 빨라지는 것은 오직 서신을 가지고 돌아가는 것에 달려 있고, 이 일은 오로지 어르신께 관계된 것입니다. 바라건대 속히 윤색을 해 주셔서 저희들이 빨리 돌아갈 수 있도록 해 주신다면, 족하의 은혜를 공사(公私)가 모두 입는 것이요, 저희들은 여러 번 돌봐주시는 은혜를 입는 것이니 또한 어찌 영광을 함께 하는 것이 아니겠습니까? 깊이 바라고 부탁드리는 바입니다.

좨주(祭酒)

이미 성대한 뜻을 받았으니, 삼가 마음을 다하여 말씀하신 것에 부응하도록 하겠습니다.

좨주(祭酒)

저희에게 주신 진귀한 과자는 가지고 돌아가서 집안 식구들에게 자랑해야겠습니다. 감사하고 감사합니다. 나는 과자를 먹지 않지만 남옥이 통역관을 시켜 보잘것없는 나의 선물에 사례를 하였다. 그러므로 적어서 보인다.

좨주·비서(祭酒祕書)

오늘밤의 잔치는 다시는 가질 수가 없는 것이니 촛불을 밝히고 새벽닭이 울 때까지 계속된다 해도 진실로 사양하지 않을 것입니다. 어떠하신지요. 공사(公事)가 더해져서 오랫동안 모시고 맑은 기쁨을 나눌 수 없는 것이 한스럽고 한스러울 뿐입니다. 한 번 헤어지면 만 리나 떨어져 다시 만날 기약이 없으니, 그걸 생각하면 저의 마음이 처연해집니다. 때는 아직도 봄의 찬 기운이 느껴지니 돌아가는 먼 길에 부디 나라를 위하여 자애(自愛)하시기를 바랍니다.

남옥(南玉)

그동안 무거운 짐을 안고서 이야기를 나누었는데, 오늘은 자못 편안히 모실 수 있어서 실로 매우 감사하고 다행스럽습니다. 다만 어둠이 이미 닥쳐와 이별의 수심이 또 생겨나네요. 이 세상에서 다시 훌륭하신 위의를 뵐 일이 아득하여 기약이 없으니 암담하게 넋이 흩어지는 슬픔을 느낍니다. 보잘것없는 과자를 들고 가 주신다니 더욱 감사합니다.

성대중(成大中)

여지껏 평온하게 저녁을 보냈는데 오늘 뜻밖에 호저(縞紵)[14]의 기쁨을 누리게 되는군요. 옛사람도 그것을 중히 여겼거늘 하물며 만 리 이역 밖에서 이렇듯 기이한 인연을 얻은 경우이겠습니까? 저희들이 서쪽으로 돌아가면 당연히 무진년 사행을 왔던 여러 공들과 쉼 없이 이야기를 나누겠지요. 다만 좋은 밤을 이제야 만났는데 이별의 노래를 돌아가면서 부르다니요. 이번에 헤어지면 마땅히 산과 바다를 사이에 두고 떨어져 있어야 하니, 슬프고 암담한 마음이 도무지 가라앉질 않습니다. 다만 바라건대 학업을 부지런히 닦으셔서 구구한 제 소원에 부응해 주셨으면 합니다.

김인겸(金仁謙)

아름다운 모습을 세 번이나 접하면서도 말 한 마디 통하지 못하고 그저 필담으로만 뜻을 전하였지만, 이미 마음속 품은 생각을 다 보여드릴 수 있었습니다. 이제 황혼 빛에 재촉을 당하며 문득 헤어지려 하는데, 훗날의 만남은 기약이 없으니 슬프고 암담한 마음을 붓 한 자루로 다 말할 수가 없네요. 바라옵기는 훌륭한 붓을 붙들고 시대에 잘 대응해서 훌륭한 기록을 남겨 이 소망에 부응했으면 합니다.

좨주서기 산안장(祭酒書記山岸藏)

맑은 위의를 뵌 뒤로 겨우 열흘이 지났을 뿐인데 비루한 욕심이 문득

---

14 호저(縞紵) : 생사(生絲)로 만든 띠와 모시옷. 우정이 매우 깊음의 비유. 오(吳)의 계찰(季札)과 정(鄭)의 자산(子産)이 흰 비단 띠와 모시옷을 주고받은 고사가 있다.

생겨납니다. 이제 외람되게도 임 좨주의 서기로서 고아한 풍모를 다시 접하게 되니 얼마나 다행인지 모르겠습니다. 공들의 행낭에는 아름다운 시들이 많으니 귀한 옥 같은 시를 던져주시기를 아끼지 않으신다면 감히 모과와 같은 보잘것없는 시로 보답하려고 생각합니다.

남옥 등(南玉等)

훌륭한 위의를 다시 받들게 되어 매우 기쁘고 다행스럽습니다. 화답할 시가 거칠고 어설퍼서 다른 시를 얽어보려 하지만, 몹시 바쁘기만 할 뿐 소득이 없네요. 실로 보여드릴만한 시가 없으니 대단히 부끄럽습니다.

비서서기 구보태형(久保泰亨)

저희들이 제일 먼저 두 번 뵈올 수 있어서 매우 다행스럽습니다. 이 때문에 지난번 이미 이별의 뜻을 펼쳐보였는데, 뜻하지 않게 오늘 또 다른 사람을 대신해 와서 만나 뵙게 되었습니다. 제가 제군들과 전생에 어떤 인연이었을까요? 너무나도 기쁩니다.

남옥 등(南玉等)

만 리의 교유를 논하자면 한번 이별은 곧 천년입니다. 지난번에 헤어지고 오늘에 이르게 되었으니 밝아지는 마음을 그칠 수 없습니다. 남은 인연 덕에 다시 맑은 위의를 접하게 되었으니 얼마나 위로가 되고 다행인지요.

구보태형(久保泰亨)

오늘 저녁 헤어지면 만나서 얼굴을 볼 길이 없으니 이별의 정한이 쌓이고 맺히는지라, 무엇으로 이 마음을 표현할 수 있을까요? 앞으로의 여정이 만 리이고, 하늘은 길고 바다는 드넓습니다. 부디 때에 따라 옥체 보중하시기를 바랍니다.

남옥 등(南玉等)

곧 밤이 되니 이별할 생각에 마음이 암담합니다. 오직 학문에 더욱 열심히 정진하셔서 멀리 있는 사람의 마음에 부응해 주시기를 바랍니다.

학사 남군에게 부치다
寄學士南君

임신언(林信言)

수레와 말 유유히 경상도의 물가를 떠나니	車騎悠悠慶尙潯
부상에서는 손님의 뗏목 오기만을 기다렸네	扶桑待得客槎臨
때때로 익혀 성현에 이르렀다 일찍이 들었고	曾聞時習到賢聖
날마다 새로운 것 고금이 같음을 이미 기억하네	已憶日新同古今
안자15는 골목 안에서 독학이라 칭해졌고	顏子巷中稱篤學
동생16은 장막 아래서 잠심하며 인내했지	董生帷下耐潛心

---

15 안자(顔子) : 안회(顔回; BC 521~BC 490). 춘추 때 노(魯)나라 사람. 자는 자연(子淵). 공자의 제자 10철(哲) 중 으뜸으로 꼽힌다. 가난을 편히 여기고 도를 즐기며 덕행이 뛰어났으나, 공자보다 먼저 죽었다.

16 동생(董生) : 동중서(董仲舒; BC 179~BC 104). 한(漢)의 광천(廣川) 사람. 호는 계암

형설의 공부가 무르익었음을 원래 알았는데 元知雪案工夫熟
빙례가 이루어지니 사귀는 의리 깊구나 聘禮旣成交義深

임 봉곡께 거듭 화답하다
重酬林鳳谷

남옥(南玉)

봄은 저무는데 돌아가는 배는 바다에 막히고 春晚歸槎滯海潯
규성[17]의 곁에 객성이 임하였구나 奎星重傍客星臨
형체를 잊으니 새 친구지만 참으로 오래된 듯 忘形劇是新如故
서로 통한 느낌 훗날에도 오늘을 생각하겠지 係感還應後視今
낮 동안 담 옆의 꽃 보며 시를 쓰던 손길 晝漏甎花詞翰手
저물녘 종소리 안개 낀 풀잎에 이별의 마음 暮鐘煙艸別離心
그대의 집안 대대로 삼한과 부상 기록했으니 君家世世韓桑錄
촛불 그림자 깊어가는 오늘 밤도 실리겠구려 添載今宵燭影深

자(桂巖子). 젊을 때 『춘추공양전(春秋公羊傳)』을 배웠고, 경제(景帝) 때 박사가 되었다. 휘장을 드리우고 3년간 제자들과 강독하며 정원을 구경하지 않았다고 전한다. 교서왕(膠西王)의 재상을 지냈는데, 이후 벼슬을 그만두고 강학과 저술에 전념하여 유가(儒家)의 학술 발전에 공헌하였다.

17 규성(奎星) : 28수의 하나. 초여름에 보이는 중성(中星)으로, 문운(文運)을 맡아본다고 한다.

앞의 운을 다시 써서 학사 남군에게 부치다
再用前韻 寄學士南君

임신언(林信言)

묵하[18]의 물가에 새로 빈관을 열었는데	新開賓館墨河潯
기자의 나라에서 높은 손님 온 것 보니 기쁘네	喜見箕邦高客臨
경적으로 현성을 논하려 했더니	經籍欲論賢與聖
재주와 명성은 고금에 비하기가 어렵구나	才名難比古兼今
글을 봄에 지혜와 우매의 이치 가릴 수 있고	披文可辨智愚理
학문을 강론함에 천지의 마음을 궁구했네	講學已究天地心
아름다운 잔치자리 틈틈이 시를 창수하니	雅宴乘間唱酬處
사귄 정 오래된 듯 흥이 점점 깊어가네	交情如舊興逾深

봉곡 좨주께 거듭 화답하다
疊酬鳳谷祭酒

남옥(南玉)

강물은 봄날 모래밭에 초록으로 불어나 있는데	江沫春沙漲綠潯
중선루 위에서 등림을 마쳤네	仲宣樓上罷登臨
조수가 약하니 어찌 남북으로 쉽게 통하겠나	潮微詎易通南北
꽃이 시드니 어제와 오늘이 다름을 보겠네	花老須看異昨今
조각달 오래 매달려 새로운 얼굴 익히고	片月長懸新識面
빈 배 멀리 매인 곳엔 고향 그리는 마음	虛舟遙繫故園心

---

18 묵하(墨河) : '묵지(墨池)'는 저명한 서법가(書法家)들이 붓과 벼루를 씻었다는 못인데,
후에 글을 배우고 글씨를 쓰는 곳을 두루 일컫는다. '묵하'는 '묵지'와 같은 의미이다.

돌아가는 사람 즐거우련만 고개를 돌리니　　　　歸人可樂猶回首
물가의 풀은 푸르고 사원의 버들 우거졌네　　　　汀草靑靑院柳深

성 찰방께 부치다
寄成察訪

임신언(林信言)

만 리 먼 길 바람에 깃발 펼쳐지고　　　　萬里雲程風旆開
산천의 못물은 날마다 높아져 가네　　　　山川澤水日崔嵬
아름다운 자리에서 언어 다름을 어찌 한하리오　　雅筵何恨語言異
마음의 일일랑 시부에 잘 담겨 있네　　　　心事好於詩賦裁

또 짓다
又

임신언(林信言)

소나무는 번성하였고 잣나무는 견고하니　　　松是成榮栢是堅
그대의 재주와 절조가 이와 같음 알겠구나　　知君才節若斯然
몇 사람이나 우모[19]의 색을 제대로 보았던가　　幾人俯仰羽旄色
발해의 하늘에 양국의 우호 서로 통했네　　兩好相通渤海天

---

19 우모(羽旄) : 문무(文舞)를 출 때 쓰는 꿩의 깃과 모우(旄牛)의 꼬리.

삼가 임 쫘주께 화답하다
謹和林祭酒

성대중(成大中)

호숫가 연원에 초나라의 전망 탁 트였는데	湖上淵源楚望開
한 집안의 문학이 홀로 우뚝하구나	一門文學獨嵬嵬
사인[20]이 대대로 난대[21]의 일 관장하니	舍人世掌鸞臺選
훌륭한 글재주 기상을 담는 데 뛰어나서라네	彩筆長于氣象裁

또 쓰다
又

성대중(成大中)

비각[22]의 장서는 맹견[23]과 같아	祕閣藏書似孟堅
동경의 사부가 더욱 삼엄하구나	東京詞賦更森然
절집에서 동문의 모임 다시 접하니	禪扉再接同文會
의상이 다른 세계인 것은 한스럽지 않네	未恨衣裳是別天

---

20 사인(舍人) : 송(宋)·원(元) 이후 존귀한 집안의 자제에 대한 호칭.

21 난대(鸞臺) : 당(唐) 때 문하성(門下省)의 딴 이름. 인신하여, 조정의 고급 정무 기구.

22 비각(祕閣) : 고대에 진귀한 도서를 보관하던 궁중의 창고를 가리키는데, 후대에는 상서성(尙書省)을 지칭한다.

23 맹견(孟堅) : 후한 때의 대학자 반고(班固 : 32~92). 맹견은 그의 자이며, 부풍(扶風) 안릉(安陵) 사람이다. 아버지인 표(彪)의 유지를 받들어 『한서(漢書)』를 찬사(撰寫)하는 데 힘썼으나, 『팔표(八表)』와 『천문지(天文志)』 등은 완성하지 못하여 그의 누이동생 소(昭)가 이를 보완하였다.

앞의 운을 다시 써서 성 찰방께 부치다
再用前韻 寄成察訪

임신언(林信言)

금옥 울리는 듯한 재주 최고로 펼쳐지는데
흡사 푸르고 높은 산세와 같구나
손님 맞는 자리에 시상이 빼어나니
명월과 청풍은 두 번째로 취할 것일세

戛玉鏗金才最開
恰如山勢碧崔嵬
詩懷俊逸賓筵上
明月淸風取次裁

또 쓰다
又

임신언(林信言)

서기께서는 지조가 굳으신 까닭에
이방의 객이 되어서도 마음이 여유롭구나
지금 시흥이 일어나리라 생각지도 않았는데
삼월 하늘 아래서 시 지어 기쁨을 나누네

書記由來志節堅
異邦爲客意悠然
卽今不計風騷興
詩賦交歡三月天

임봉곡께 거듭 화답하다
重酬林鳳谷

성대중(成大中)

비 개인 강성에 연기와 안개 걷히니
부용봉 산 빛이 우뚝하게 빼어나다
돌아가고픈 마음 먼 하늘 기러기를 따라가도
만 리의 먼 여정 내 마음대로 못하네

雨歇江城烟霧開
芙蓉峰色出崔嵬
歸心只逐長天鴈
萬里風程不自裁

또 짓다
又

성대중(成大中)

일찍이 빈연에서 한참 앉았던 일 기억하는데	記曾賓席坐能堅
떠날 때가 되니 마음이 서글퍼진다	及到離時思悄然
호수 바다에서 만난 일 한바탕의 꿈이라	湖海逢迎還一夢
낙화에 새우는 소리만 봄 하늘에 가득하네	落花啼鳥滿春天

원 봉사께 부치다
寄元奉事

임신언(林信言)

초나라의 많은 인재들 삼한에도 있었으니	楚國多才亦在韓
시로 비단을 지어 의관을 비추네	詩裁美錦映衣冠
친교함에 두 나라 떨어진 것 이상하지 않아	親交不訝兩邦隔
사해가 한 집안임을 오늘 보노라	四海一家今日看

또 짓다
又

임신언(林信言)

화창한 봄날 채색 노을이 차례로 생겨나고	淑景彩霞次第生
봄바람 나무에 가득해 절로 시가 나오네	春風滿樹動吟聲
천년 지나도 시맹을 저버리지 말지니	詩盟千歲長無負
좋을씨고 좌중엔 연허[24]의 정이로구나	好是座間燕許情

임봉곡께 화답하다
和林鳳谷

원중거(元重擧)

좋은 나무 봄의 그늘에 마주앉은 계·한[25]	嘉樹春陰對季韓
점점이 날리는 꽃잎 오사모를 스치네	飛花點點撲烏冠
먼 훗날 남북에서 서로 그리워 꿈꿀 때면	他年南北相思夢
응당 선루에 들어가 작은 상탑을 보겠지	應入禪樓小榻看

또 짓다
又

원중거(元重擧)

부사산 앞에는 봄풀이 나고	富士山前春艸生
비파호 가에는 이른 기러기 소리 들린다	琵琶湖上早鴻聲
동풍은 먼 바다까지 불어오지 않겠지만	東風不向重溟隔
해마다 꽃이 필 때면 마음은 멀리 가리라	花發年年志遠情

24　연허(燕許) : 당 현종(玄宗) 때의 명신인 연국공(燕國公) 장열(張說)과 허국공(許國公) 소정(蘇頲). 두 사람 모두 문장으로 세상에 알려졌다.

25　좋은 나무……계한 : 춘추시대 진(晉)나라 한선자(韓宣子)가 노(魯)나라에 사신으로 갔을 때 계무자(季武子)가 베푼 잔치에 참여했는데, 좋은 나무가 있자 그 나무를 보고 칭찬했던 고사가 있다.

앞의 운을 다시 써서 원 봉사께 부치다
再用前韻 寄元奉事

임신언(林信言)

문장은 삼한에서 훌륭함을 원래 알았지만	文章原識勝於韓
상역[26]에서 이제야 팔괘관[27]을 만났네	桑域今逢八卦冠
기실[28]의 재주와 명성 누가 비슷하리오	記室才名誰得似
그대 같은 호방한 기운 만나보기 어렵지요	如君豪氣可難看

또 짓다
又

임신언(林信言)

부상의 땅에서 도포[29] 입은 유자가 나오니	桑域一儒縫掖生
새 노래에서 금옥 소리 울리는 것을 들었네	偏聞新曲發金聲
예로부터 고상한 아취는 시부로 지어졌으니	從來高致裁詩賦
빈연에서 몇 번이나 이 마음 부칠런지	賓宴幾回將寄情

---

26 상역(桑域) : 부상(扶桑)의 지역, 곧 일본을 가리킨다.

27 팔괘관(八卦冠) : 건(乾), 태(兌), 이(離), 진(震), 손(巽), 감(坎), 간(艮), 곤(坤) 등 여덟 괘가 그려진 관.

28 기실(記室) : 조선조 때 기록에 관한 사무를 맡은 사람. 서기(書記).

29 도포 : 원문의 '봉액(縫掖)'은 소매가 크며 겨드랑이를 트지 않은 도포로, 유생(儒生)이 입는 옷이다.

주신 운을 써서 봉곡께 남기고 이별하다
用見贈韻 留別鳳谷

원중거(元重擧)

도를 논하는 문장 삼한의 박사인데	原道文章博士韓
조정에 고니처럼 서서 오사모 꺾어 썼네[30]	朝端鵠立折烏冠
백 년 동안 꽃은 끊임없이 열매를 맺으니	百年不盡花成子
경수의 숲[31]을 향해 나뭇가지 위를 보네	會向瓊林枝上看

또 쓰다
又

원중거(元重擧)

백 길의 아지랑이 물 앞에서 생겨나는데	遊絲百丈水前生
온 나무 무성한 꽃에 까마귀가 절로 우네	萬樹濃花自烏聲
봄빛 따르지 못했는데 가는 곳은 끝이 나니	春色不隨行處盡
역정에 먼 길 가는 이의 마음을 남겨 두네	驛亭留寄遠人情

---

30 오사모(烏紗帽) 꺾어 썼네 : '오관(烏冠)'은 오사모를 말한다. '절각건(折角巾)'은 문사(文士)가 쓰는 관(冠)의 범칭. 후한(後漢) 사람 곽태(郭泰)가 명망이 높았는데, 어느 날 그의 두건이 비를 맞아 한 모서리가 접히자 이를 본 사람들마다 그를 흉내 내어 모서리 한쪽을 접어 썼다는 고사가 있다.

31 경수(瓊樹)의 숲 : '경수'는 옥이 열린다는 나무 또는 인격이 고결한 사람의 비유.

김 진사에게 부치다
寄金進士

임신언(林信言)

옥호의 차가운 얼음[32]처럼 객의 마음 맑아   玉壺氷冷客心淸
내게 주신 아름다운 옥[33] 두드리니 소리 나네   投我瓊瑤敲有聲
함께 시단에 들자 아름다운 흥취 지극해   共入詞壇佳興劇
백년의 만남에서 시정을 부친다   百年交會寄騷情

또 짓다
又

임신언(林信言)

동방의 문화 날로 흥기하는 듯하니   東邦文化日將催
진 나라 도·사[34]의 재주에 부끄럽지 않네   不愧晉時陶謝才
게다가 지금 다시 한국의 객 만났으니   況復今逢韓國客
얼마나 많은 자리에서 글 솜씨 서로 펼쳤는가   幾場詞翰自相開

---

32 옥호의 차가운 얼음 : 맑고 고결함을 비유한다.

33 아름다운 옥 : 아름다운 시문(詩文)을 비유한다.

34 도사(陶謝) : 진(晉)나라 말기, 남조(南朝) 송(宋)나라 초기의 시인인 도잠(陶潛), 사영운(謝靈運)의 병칭. 도잠은 전원시(田園詩)를 잘 썼으며, 사영운은 산수시(山水詩)에 능하였는데, 두 사람 모두 자연 경물을 묘사하는 데 뛰어났다.

임 좨주의 시에 다시 화운하다
再和林祭酒韻

김인겸(金仁謙)

그대의 가문 세덕이 맑음을 일찍이 알았으니	早識君家世德淸
만인이 오래도록 시명을 높이고 복종하네	萬人推服舊詩聲
동서로 한번 헤어지면 삼·상[35]처럼 멀어질 터	東西一別參商隔
위수와 장강[36]에서 이 마음 어찌할꼬	渭樹江雲奈此情

또 짓다
又

김인겸(金仁謙)

해는 짧고 정은 기니 떠나기를 재촉 마오	日短情長去莫催
그대 부자가 모두 뛰어난 재주라 기쁘네	喜君喬梓摠奇才
밤새도록 붓과 먹으로 등불 아래 이야기하며	旦將毫墨懸燈話
미진하게 연 마음 다 펼쳐 보이고 싶소	未盡開懷欲盡開

---

35 삼상(參商) : 서쪽의 삼성(參星)과 동쪽의 상성(商星). 친구가 멀리 떨어져 있어 서로 만나지 못함을 비유한다.

36 위수와 장강 : 위수(渭水)의 나무와 장강(長江)의 구름. 한 사람은 위수 가에 있고, 한 사람은 장강 가에 있어서 서로 멀리 떨어져 있음을 말한다. 먼 곳에 있는 벗을 간절히 그리워하는 것을 비유한다.

앞의 운을 다시 써서 김 진사께 부치다
再用前韻 寄金進士

임신언(林信言)

민첩하게 시 완성하는데 음조는 더욱 맑아	敏捷詩成調轉清
성당의 재자가 아름다운 소리 내는 듯	盛唐才子發芳聲
지금 그대는 서해의 한 시대 인걸이라	今君西海一時傑
붓 아래 시의 원천에 무한한 정이 있네	筆底詞源無限情

또 짓다
又

임신언(林信言)

객의 누대에선 돌아가고픈 마음 재촉하겠지만	料識客臺歸思催
조선의 기실 중엔 영재가 있구려	朝鮮記室有英才
계절의 시 삼한의 붓을 만나 더 운치 있는데	季詩韓筆尤風雅
그 명망 해 뜨는 나라에 와서 펼쳐지네	譽望今臨日域開

임 좨주의 절구 두 수에 화운하다
和林祭酒二絶

김인겸(金仁謙)

삼월의 강성은 일기가 맑은데	三月江城日氣清
히힝 우는 말 북쪽으로 돌아가는 소리인가	蕭蕭班馬北歸聲
난대[37]가 지척인데도 다시 보기 어려우니	蘭臺咫尺難重見
남겨 두고 떠나면 송별의 정 어이할까	留別何如送別情

또 짓다
又

김인겸(金仁謙)

이제야 귀인을 만났는데[38] 이별의 정 재촉하다니　纔逢識荊別意催
일동에서 그대 같은 재주는 처음 보았소　　　　日東初見似君才
등불 앞에 서글퍼서 수심 겨워 잠도 못 자니　燈前怊悵愁無夢
이 밤 헤어지는 마음 꽉 막혀 펴질 못하네　　此夜離懷鬱未開

추월 남군에게 부치다
寄秋月南君

임신애(林信愛)

삼한의 사신 여기 동쪽으로 와　　　　　　　三韓使者此東來
높은 누대에서 만나니 봄빛이 흥을 돋우네　相遇高臺春色催
그대에겐 문학하는 선비의 풍류 있으니　　君自風流文學士
시편에서 오늘 영묘한 재주를 보는구나　　詩篇今日見英才

37　난대(蘭臺) : 한(漢) 때의 궁궐 안에 있었던 장서실(藏書室). 당 고종(唐高宗) 때 비서
　　성(祕書省)을 고친 이름.
38　귀인을 만났는데 : 원문의 '식형(識荊)'은 오랫동안 그 명성만을 들어오던 귀인(貴人)을
　　처음 만난 것을 비유한다. '식한(識韓)'이라고도 쓰는데, 이때 '한'은 형주 태수(荊州太守)
　　한조종(韓朝宗)을 이른다. 이백(李白)의 「한 형주에게 주는 글(與韓荊州書)」에 "살아서
　　만호후에 봉해지는 것 쓸데없고, 그저 한 형주나 한번 만나보면 좋겠네.[生不用封萬戶
　　侯, 但願一識韓荊州.]"라는 구절이 있다.

임용담께 화답하다
和林龍潭

남옥(南玉)

명아주 지팡이 두 번 태우며[39] 글을 고치는데	燃藜再罷挍書來
길가의 버들 연기에 잠겨 어둠을 재촉하네	街柳烟沈暝翼催
지난번 무진년에 왔던 객을 돌아가 마주하면	歸對辰年前度客
난대에서 소반의 재주 보았다고 말하리라	爲言蘭觀小班才

앞의 운을 써서 추월에게 부치다
用前韻 寄秋月

임신애(林信愛)

나는 듯이 수레 달려 바다를 건너오니	飛盖翩翩海上來
대국의 다정한 예우가 장대한 유람을 재촉하네	大邦恩遇壯遊催
뛰어난 급제자의 명성 성대함을 더욱 알겠으니	更知高第聲名盛
우리들 시를 지어도 재주 없음이 부끄럽구나	吾輩裁詩愧不才

임용담께 거듭 화답하다
疊和林龍潭

남옥(南玉)

꽃 피고 꽃 지며 비는 자주 내려	花開花謝雨頻來

---

39 명아주……태우며 : 밤늦도록 공부하거나 열심히 학습함을 이른다. 한(漢)의 유향(劉向)이 어둠 속에서 책을 읽고 있는데, 푸른 명아주 지팡이를 짚은 노인이 나타나서 지팡이에 불을 붙이고 '홍범오행(洪範五行)'의 글을 주었다는 고사가 있다.

여구[40]의 노래 끝나니 수레 끄는 말 재촉하네　歌罷驪駒四牡催
모여든 덕은 별처럼 빛나 길이 추앙 받으리니　聚德星光長在望
노성한 풍미에 묘년의 재주로다　老成風味妙年才

용연 성군에게 부치다
寄龍淵成君

임신애(林信愛)

만 리의 산천이 어찌 염증나고 피곤하랴　萬里山川豈厭勞
바람 불고 안개 일어 도처에서 붓 휘두르네　風烟到處便揮毫
기쁘게도 그대 다시 옥 같은 시 주셨건만　喜君更有瓊瑤贈
단심이 모과[41]에 담긴 것 부끄럽네　還愧丹心在木桃

임용담께 화답하다
和林龍潭

성대중(成大中)

빈연에 다시 오느라 발걸음 힘들었을 테지만　再到賓筵履舄勞
아름다운 얼굴에서 빛이 나는 듯합니다[42]　芝眉交暎放光毫
매화는 반쯤 지고 산앵두나무 꽃 피었는데　梅花半落浮山杜

---

40 여구(驪駒) : 일시(逸詩)의 한 편명. 이별할 때 부르는 노래.
41 모과 : 『시경(詩經)』 「위풍(衛風)」 '목과(木瓜)' 편에 목도를 던져주기에 옥으로 보답하
　였다는 말이 있다. 여기서는 자신의 시에 대한 겸사로 쓰였다.
42 빛이 나는 듯합니다 : 원문의 '광호(光毫)'는 부처 32상(相)의 하나. 부처의 양미간에서
　빛을 내는 흰 털을 가리키는데, 강렬한 빛을 지칭하기도 한다.

봄날 벽도⁴³에 취하니 더욱 기쁩니다　　　　　　　　更喜春光醉碧桃

앞의 운을 써서 용연에게 부치다
用前韻 寄龍淵

임신애(林信愛)

빈관에서 만나는 일 더욱 서로 수고롭지만　　　　逢迎賓舘更相勞
찬란한 문장에 훌륭한 글 솜씨 드러나네　　　　　燦爛文章見彩毫
절로 나는 풍류는 신선의 흥취라　　　　　　　　自有風流仙子興
돌아갈 즈음이면 해동의 복숭아 잘 익으리라　　　歸時可熟海東桃

임용담께 거듭 화답하다
疊和林龍潭

성대중(成大中)

강남의 이별노래 아쉬움에 한스러워　　　　　　江南別曲恨勞勞
시 쓰는 선랑은 취한 중에 붓 휘두르네　　　　　詩落仙郎醉裡毫
요수의 나뭇가지 꺾어들고 멀리 헤어지면　　　　折得瑤枝分手遠
백운향⁴⁴의 소식 반도⁴⁵처럼 아득해지리　　　　白雲消息渺蟠桃

---

43 벽도(碧桃) : 복숭아의 일종. 전설 속의 서왕모(西王母)가 한 무제(漢武帝)에게 준 선도
(仙桃)를 말한다.

44 백운향(白雲鄕) : 신선이 산다는 곳. 천상세계.

45 반도(蟠桃) : 전설상 선경(仙境)에서 3천년 만에 한 번 열매를 맺는다는 복숭아나무,
또는 그 열매.

현천 원군에게 부치다
寄玄川元君

임신애(林信愛)

빈관에서 사귐을 논하니 마음이 새로워지고　　賓館論交意氣新
보내온 시로 인해 양쪽의 정 친근해졌네　　由來詩賦兩情親
하물며 채필에 구름 연기 이는 것 보았음에랴　　況觀彩筆雲烟動
오로지 풍류로만 그대 마주한 것 기억하리라　　記得風流專對人

임용담께 화답하다
和林龍潭

원중거(元重擧)

금루의 매화 대나무에 붉은 옷이 새로운데　　金樓梅竹紫衣新
검과 패옥 울리는 속에 웃음소리 친근하다　　劍珮聲中笑更親
어찌 견딜까 북두성이 환히 비추는 밤에　　那堪北斗明星下
남기성[46]의 옥설[47] 같은 사람 생각난다면　　回憶南箕玉雪人

앞의 운을 써서 현천께 부치다
用前韻 寄玄川

임신애(林信愛)

멀리서 온 손님의 시편 기상이 새로운데　　遠客詩篇氣象新

---

46 남기성(南箕星) : 별 이름. 모두 네 개의 별로, 여름과 가을에 남쪽에서 보인다.
47 옥설(玉雪) : 흰 눈. 깨끗하고 아름다움, 또는 고결함의 비유.

만남의 자리에서 손잡으니 서로 친해졌네　　逢場把手共相親
지금에만 어찌 뇌·진[48]의 일 물으리요　　惟今何問雷陳事
두고두고 옥 같은 사람 알고자 하오　　蘊藉欲知如玉人

임용담께 거듭 화답하다
疊和林龍潭

원중거(元重擧)

사귄 정은 오래된 듯 또 새로운 듯　　交情如舊復如新
떠나려는 마음에 친해졌다 하기 어렵네　　難把離懷說得親
가장 좋은 건 산에 올라 물을 내려다보며　　最是登山臨水處
말없이 마음 속 그 사람을 추억하는 일　　黯然回憶意中人

퇴석 김군께 부치다
寄退石金君

임신애(林信愛)

비단 닻줄 상아 돛대에 만 리를 떠나는 마음　　錦纜牙檣萬里情
누선[49]에 바람 고요하고 바다는 잔잔하리라　　樓船風靜海潮平
만나서 누가 말했나 새로 사귄 친구 좋다고　　相逢誰說新知好
천고의 시편으로 아름다운 이름 남기리　　千古詩篇留美名

---

48 뇌진(雷陳) : 후한(後漢) 때 사람 뇌의(雷義)와 진중(陳重)의 병칭. 교분이 매우 두터운
벗을 비유한다.
49 누선(樓船) : 층루(層樓)가 있는 큰 배.

임용담께 화답하다
和林龍潭

김인겸(金仁謙)

저 바다 어찌 그대와 헤어지는 내 마음 같을까   滄溟爭似別君情
선문에서 전송할 때 마음이 편치 않았네   相送禪門意不平
오래 전부터 일삼던 시서 더욱 힘쓰시기를   舊業詩書須益勉
훗날 죽간과 비단에 이름이 드리울 테지요   他時竹帛永垂名

앞의 운을 써서 퇴석께 부치다
用前韻 寄退石

임신애(林信愛)

비단 자리에서 시를 지어 두 마음 통했으니   綺席賦詩通兩情
이미 군자를 본 터라 내 마음 평안하네   已看君子我心平
무방하겠지요 만 리를 뗏목 타고 온 손님   不妨萬里乘槎客
그 옛날 박망후[50]의 이름과 함께 논하는 것이   共說當年博望名

임용담께 거듭 화답하다
疊和林龍潭

김인겸(金仁謙)

이별 노래 슬프니 떠나는 이 마음 어이할까   驪歌怊悵奈離情

---

50 박망후(博望侯) : 장건(張騫)의 봉호(封號). 한 무제(漢武帝) 때 장건이 황하의 근원지
를 밝히려고 뗏목을 타고 가다가 하늘 궁전에 이르러 견우와 직녀를 만나고 왔다는 이야
기가 장화(張華)의 『박물지(博物志)』에 실려 있다.

귀로의 바람과 파도 만 리에 평탄하길 　　　　　歸路風濤萬里平

모이고 흩어짐은 아득해서 온통 꿈 같으니 　　　聚散悠悠渾似夢

먼 훗날 퇴옹[51]의 이름 혹 기억해 주실지요 　　他時倘記退翁名

두보의 운을 써서 봉곡 좨주께 받들어 부치다
用杜韻 奉寄鳳谷祭酒

남옥(南玉)

절집 처마에 꽃이 젖어 날리지 않는데 　　　　花重禪簷濕不飛

순욱의 향기[52] 삼일 동안 옷에 남아 있네 　　　荀香三日在人衣

쌍룡검[53]이 모이는 것 하늘같이 요원하고 　　　雙龍劍會同天遠

오대가 봉지[54]에서 일한 집안 자고로 드물었지 　五鳳池家自古稀

하얀 물 푸른 산으로 나그네 길 갈렸는데 　　　白水青山分客路

붉은 장미와 작약꽃에 신선의 빛 너울거리네 　　紫薇紅藥動僊輝

이별의 수심 고향 그리는 마음과 반씩 뒤섞여 　離愁錯與鄉心半

---

51 퇴옹(退翁) : 퇴석(退石), 즉 김인겸 자기 자신을 지칭한 것이다.

52 순욱의 향기 : 순욱(荀彧)이 한말(漢末)에 상서령을 지낸 적이 있는데, 사람들이 그를 순 영군(荀令君)이라 불렀다. 그는 특이한 향기를 가져서, 남의 집에 가서 앉아 있으면 3일이 지나도 그 향기가 없어지지 않았다는 기록이 『태평어람(太平御覽)』에 보인다. 이후 '영군향(令君香)'은 대개 고아한 인사(人士)의 풍모를 가리키는 말로 쓰인다.

53 쌍룡검(雙龍劍) : 진(晉)나라 뇌환(雷煥)이 용천(龍泉)과 태아(太阿), 두 명검을 얻어 하나는 자기가 차고 하나는 장화(張華)에게 주었다. 그 뒤에 장화가 복주(伏誅)되면서 그 칼도 없어지고, 뇌환의 칼은 아들이 차고 다녔는데 복건성(福建省) 연평진(延平津)에 이르렀을 때 차고 있던 칼이 갑자기 물속으로 뛰어들면서, 없어졌던 장화의 칼과 합하여 두 마리의 용으로 변한 뒤 사라졌다고 전한다.

54 봉지(鳳池) : 봉황지(鳳凰池). 대궐 안의 못. 곁에 중서성(中書省)이 있었던 데서, 인신하여 중서성, 또는 재상의 직위를 이른다.

방초가 잇닿은 하늘에 홀로 나는 새 돌아간다   芳艸連空獨鳥歸

남 학사께서 보내주신 시에 화운하다
和南學士見寄韻

임신언(林信言)

화창한 삼월의 봄날 채색 노을 날리는데	艶陽三月彩霞飛
하물며 봄바람이 나그네 옷 스침에랴	況是春風拂客衣
문원에서 새로 사귄 이 담소함이 친절하니	文苑新知談笑切
시단에서 좋은 벗과 시 창수함은 드문 일	詩壇良友贈酬稀
둘도 없는 풍성검[55] 재주와 명성 떨치고	無雙豊劍才名發
첫째가는 여룡의 구슬[56] 도의가 빛난다	第一驪珠道義輝
고개 숙여 이별이 가까웠음을 생각해보니	低首相思離別近
사신 배 멀리 바다 구름 속으로 들어가리라	星槎遙入海雲歸

임봉곡께 받들어 부치는데 당인의 운을 쓰다
奉寄林鳳谷 用唐人韻

성대중(成大中)

청명한 시절 구름 안개 옅게 깔려 어둑하고   清明時節靄輕陰

---

55 풍성검(豊城劍) : 걸출한 인재, 또는 걸출한 인재가 알아주는 사람을 기다려서 뜻을 펴는 것을 비유한다. 진(晉)의 장화(張華)가 북두성과 견우성 사이에 보라색 기운이 뻗치는 것을 보고 풍성 지방으로 사람을 보내어, 그곳의 오래된 감옥 밑에 묻힌 용천·태아 두 명검을 얻었다는 고사가 있다.

56 여룡(驪龍)의 구슬 : 검은 용의 턱 밑에 있다는 귀중한 진주로, 귀중한 인물이나 사물의 비유.

꽃 기운 바닷가 숲에 몽롱하게 어리었네 　　花氣朦朧海上林
물의 나라 먼 하늘에 가는 기러기 서두르고 　澤國天長催去雁
강성에 봄이 저무니 새소리가 변하였네 　　江城春晚變鳴禽
학궁의 강론하는 선비들 소매를 나란히 하고 芹宮講侶聯裾近
운각[57]의 책 향기 자리까지 깊숙이 배었네 　芸閣書香到席深
선배의 풍류 아직도 이을 만하니 　　　　先輩風流猶可繼
달빛 아래 선탑에서 다시 찾아주길 기다리리 月中禪榻待重尋

성 서기께서 보내주신 시에 화운하다
和成書記見寄韻

임신언(林信言)

함양의 시객 산음에 모였는데[58] 　　　　咸陽詞客會山陰
삼월의 안개 낀 꽃이 기림[59]에 가득하다 　三月煙花滿祇林
굽이진 물가에 자리를 펴니[60] 낮이 길고 　曲水開筵長晝漏
온화한 바람 불어오니 봄날의 새 지저귄다 惠風入坐囀春禽

---

57 운각(芸閣) : 운향각(芸香閣). 비서성(祕書省)의 딴이름.

58 함양의……모였는데 : 왕희지(王羲之)의 「난정기(蘭亭記)」에, "회계 산음현의 난정에서 모이니 계를 닦는 일이었다.[會于會稽山陰之蘭亭, 修禊事也.]"라는 구절이 있다.

59 기림(祇林) : 절을 가리킨다. 중인도(中印度) 사위성(舍衛城) 남쪽에 있던 기타 태자(祇陀太子)의 동산으로, 수달장자(須達長者)가 이 땅을 사서 절을 지어 부처님께 바쳤다.

60 굽이진……펴니 : 원문의 '곡수개연(曲水開筵)'은 곡수유상(曲水流觴)을 말한다. 3월 삼짇날에 문사들이 곡수에 술잔을 띄우고 그 술잔이 자기 앞에 오는 동안에 시를 짓고 술을 마시던 놀이이다. 왕희지의 「난정기」에 "또 맑은 물과 세차게 흐르는 여울물이 좌우에 비추며 띠처럼 둘러 있으므로, 이것을 끌어다 유상곡수를 만들고 차례대로 벌려 앉으니[又有淸流激湍, 映帶左右, 引以爲流觴曲水, 列坐其次]"라는 구절이 있다.

정으로는 예전에 꿈꾸던 관포지교[61]이고　　　　情知管鮑舊時夢
사귐으론 이제 깊어진 금란지교[62]를 논하네　　交論蘭金今日深
참으로 왕희지가 수계[63]를 하는 듯한 이 밤　　正是王家修禊夕
천년의 뛰어난 인재 찾은 것이 귀하다　　　　　獨憐千歲俊才尋

봉곡께 받들어 드리는데 노륜의 운을 쓰다
奉呈鳳谷　用盧綸韻

원중거(元重擧)

은실로 묶인 옥첩[64] 신비로운 봉래산　　　　銀繩珠牒秘蓬山
저물녘 중문을 닫으니 수죽[65]이 한가롭다　　晚閉重門水竹閑
아이는 운각의 책 안고서 삼면에서 응접하고　兒抱芸書三面接
그대는 연촉을 따라서 오경에 돌아오네　　　　翁隨蓮燭五更還
봄바람 속에 지초와 난초 향기 합해지고　　　芝蘭氣合春風裏
저녁 비 사이에서 호저의 사귐 논하네　　　　縞紵交論夕雨間
먼 바다의 돛 하나 머물러 둘 수 없으니　　　遙海一颿留不住
그대 홀로 밝은 달이 상관을 비추게 하겠지　獨敎明月照箱關

---

61 관포지교(管鮑之交) : 관중(管仲)과 포숙(鮑叔)의 사귐. 즉 영원히 변치 않는 참된 우정.
62 금란지교(金蘭之交), 쇠처럼 단단하고 난초처럼 향기로운 사귐.
63 수계(修禊) : 음력 3월 상사일(上巳日)에 물가에서 행하는 액막이 행사.
64 옥첩(玉牒) : 신선의 명부(名簿) 또는 책을 가리킴.
65 수죽(水竹) : 물과 대나무, 혹은 물가에서 자라는 대나무의 일종.

원 서기께서 보내주신 시에 화운하다
和元書記見寄韻

임신언(林信言)

누선으로 멀리 십주의 산을 지나왔으니	樓船遙渡十洲山
타향에서 백발로 지냄을 슬퍼하지 마오	莫嗟他鄕白髮閑
고운 신발 소리 금각에 와서 울렸는데	珠履聲臨金殿轉
비단 돛이 채색 구름 에워싸고 돌아가네	錦帆影擁綵雲還
나그네 마음 바다 밖에서 문득 울컥하여도	覊情忽動滄溟外
시흥은 눈 쌓인 산에 오히려 많으리라	詩興猶多嶽雪間
멋지게 오고가는 서기들이 부럽구나	更羨翩翩書記室
몇 번이나 붓을 싣고 연관[66]에 들어갔을까	幾回載筆入燕關

세 번이나 맑은 위의를 뵈었는데 한 번도 그 덕을 칭송하지 못하고 장차 떠나게 되었습니다. 이에 율시 한 수를 임봉곡께 드려 애오라지 창망한 마음을 보이려고 합니다.

三接淸範 一未從頌 行將別矣 玆以一律 呈于林鳳谷 聊申悵悧之意

김인겸(金仁謙)

문묵으로 삼일 아침을 만나니	文墨三朝會
화국과 한국이 한 의자에 앉았네	和韓一榻同
고산에서 떠나는 학 보니 근심스럽고	孤山愁別鶴
형포[67]에서 돌아가는 기러기 원망하네	衡浦怨歸鴻

---

66 연관(燕關) : 산해관(山海關), 곧 중국에 연행을 다녀온 일을 말한다.
67 형포(衡浦) : 형양(衡陽)의 포구(浦口). 왕발(王勃)의 「등왕각서(滕王閣序)」에 "고기잡

여궁[68]의 달빛 받아 시낭이 풍성해지고　　　　　侈橐驪宮月

봉각[69]에 바람 부니 잔향이 실려 오는데　　　　　餘香鳳閣風

맑은 유람 두 번 하기 어려우리라　　　　　　　清遊難再卜

물가의 피리 소리만 동서로 멀리 퍼진다　　　　　涯角渺西東

김 서기께서 보내주신 시에 화운하다
和金書記見寄韻

임신언(林信言)

향기로운 누대에서 서로 만나　　　　　　　香臺相值處

좋은 글 함께 지으니 좋을씨고　　　　　　　翰墨好俱同

자줏빛 노을이 깃발을 맞이했는데　　　　　　紫靄迎旌旆

파란 구름이 기러기를 전송하는구려　　　　　青雲送雁鴻

천 개의 돛 달빛 아래 높이 매달렸고　　　　　千帆掛夜月

만마가 봄바람에 우는구나　　　　　　　　萬馬嘶春風

오직 한스러운 건 서쪽으로 돌아간 후　　　　　惟恨西歸後

신선의 배 일동과 멀어지는 거라오　　　　　　仙槎隔日東

이배에서 저물녘에 부르는 노래는 그 울림이 팽려(彭蠡)의 물가에까지 들리고, 기러기 떼는 추위에 놀라 그 울음소리가 형양의 포구에서 끊어진다.[漁舟唱晚, 響窮彭蠡之濱, 雁陣驚寒, 聲斷衡陽之浦.]"라는 구절이 있다.

68 여궁(驪宮) : 화청궁(華淸宮)을 가리킴. 화청궁이 여산(驪山) 위에 지어졌으므로 이렇게 부른다.

69 봉각(鳳閣) : 화려한 누각. 대개 황궁 안의 누각을 가리킨다.

소릉의 운을 써서 용담 비서께 받들어 드리다
用少陵韻 奉贈龍潭秘書

남옥(南玉)

사람들 많을 때는 눈웃음을 나누고	笑睫人稠裡
말이 끊겼는데도 흉금의 정 다하지 않네	襟情語罷時
날리는 꽃잎 휘장에 부딪쳐 가늘게 떨어지고	飛花投幔細
돌아가는 불빛 천천히 누각을 내려가네	歸燭下樓遲
청담을 나누어보니[70] 가업을 잘 이었고	塵尾傳承業
사두[71]를 보니 전도가 유망하다	詞頭遠大期
천지간에 초나라가 멀리 떨어져 있으니	乾坤成楚隔
생이별이란 예로부터 슬펐다오	生別古來悲

남추월에게 화답하다
和南秋月

임신애(林信愛)

강성 북쪽에 있는 객관에서	客舘江城北
새로 사귄 친구와 이제 헤어질 때로구나	新知分手時
시로는 이별이 속히 온 것 아파하고	詩傷離別速
마음으론 만남이 늦어진 것 한스러워하네	情恨相逢遲
높은 격조의 시 천 수나 남겨 주셨는데	高調留千首

---

70 청담을 나누어보니 : 원문의 '주미(塵尾)'는 한담할 때 들고 먼지를 떨거나 곤충을 쫓는
　데 쓰는 먼지떨이 비슷한 도구이다.

71 사두(詞頭) : 조정에서 사신(詞臣)에게 명하여 조칙(詔勅)을 기초할 때 그 조칙의 개요
　나 요약한 내용.

맑은 유람 두 번 다시 기약 없어라　　　　　　　清游無再期

혼이 나갔는데 동각에 비까지 내리니　　　　　　銷魂東閣雨

쓸쓸하여 슬픔을 견디기 어렵구나　　　　　　　蕭瑟不堪悲

두보의 운을 써서 임용담께 부치며 이에 이별의 정회를 쓰다
用杜韻 寄林龍潭 仍敍別懷

성대중(成大中)

동오72와 태현경73　　　　　　　　　　　童烏與玄草

새끼 봉황이 붉은 빛으로 빛나네　　　　　　　雛鳳貢丹輝

붓을 잡으니 재주에 욕됨이 없고　　　　　　　秉筆才無忝

경서를 전하니 도는 어긋나지 않네　　　　　　傳經道不違

다시 만났을 때 봄날 해가 길더니　　　　　　　重逢春日永

헤어질 때는 저녁연기 희미하구나　　　　　　　一別暝烟微

위수74에 새로운 한이 엉기리니　　　　　　　　渭樹縈新恨

하늘 끝에서 객의 배가 돌아감이라　　　　　　天涯客帆歸

---

72 동오(童烏) : 한(漢)나라 때 양웅(揚雄)의 아들. 총명하였으나 어려서 죽음. 인신하여, 요사(夭死)한 영재.

73 태현경 : 원문의 '현초(玄草)'는 양웅이 지은 『태현경(太玄經)』을 가리킨다.

74 위수(渭樹) : 두보가 이백을 그리워하면서 지은 시 「춘일억이백(春日億李白)」에 "위수 북쪽엔 봄 하늘에 우뚝 선 나무, 장강 동쪽엔 저문 날 구름.[渭北春天樹, 江東日暮雲.]"이라는 구절이 있다. 위북은 두보가 있는 곳이고, 강동은 이백이 있는 곳이었다.

성용연께 화답하다
和成龍淵

임신애(林信愛)

누대 안에서 서로 만난 날	樓中相値日
채색 붓이 밝은 빛을 발하였네	彩筆發明輝
손잡으니 기쁨이 끝이 없고	把手歡無極
사귐을 논하매 마음 어찌 어긋났으랴	論交情豈違
뜬구름 보면 멀리 그대 그리울 테고	浮雲君思遠
쓸쓸한 비에 내 마음 아득해지리	蕭雨我心微
헤어진 후에 궁금한 것 생기면	別來如有問
북으로 가는 기러기 편에 전하지요	爲傳北雁歸

용담께 받들어 드리다
奉呈龍潭

원중거(元重擧)

봄빛을 띤 봉래산에	蓬岑春日色
패옥 찬 신선들 새벽에 모였네	環珮曉仙羣
누각 위에서 유향75을 만나고	閣上逢劉向
강동에서 육운76을 보는구나	江東見陸雲

---

75 유향(劉向) : BC 77~BC 6. 원명은 갱생(更生), 자는 자정(子政). 목록학(目錄學)의
비조로 일컬어짐. 저서에 『열녀전(烈女傳)』『신서(新序)』『설원(說苑)』『홍범오행전론
(洪範五行傳論)』 등이 있다.

76 육운(陸雲) : 262~303. 진(晉)의 오군(吳郡) 사람. 자는 사룡(士龍). 기(機)의 아우.
청하내사(淸河內史)를 역임하여 세상에서 육청하(陸淸河)라 불렸으며, 시문을 잘하여 육

서원[77]에는 보수[78]가 남아 있고	西垣留寶樹
남두성은 귀한 글을 오래오래 비추네	南斗宿瑤文
우연한 만남이라 헤어지면 만나기 어려워	萍水分難合
아름다운 잔치에서 석양이 늘 아쉽구나	華筵每惜曛

원현천께 화답하다

和元玄川

임신애(林信愛)

한번 헤어지면 하늘 끝으로 멀어질 텐데	一別天涯隔
객의 마음은 기러기 떼를 쫓고 있구나	客心逐雁群
함곡관에는 자줏빛 기운 통하고[79]	函關通紫氣
부사산에는 봄 구름이 몰려들었네	富岳簇春雲
천년의 만남이라 함께 이야기했으니	共說千年遇
오색찬란한 문장 길이 전하겠지	永傳五色文
동해 위로 돌아가는 배	歸帆東海上
떨어지는 석양을 멀리서 바라보리	遙望落暉曛

기와 함께 이륙(二陸)이라 불렸다. 문집으로 『육사룡집(陸士龍集)』이 있다.

77 서원(西垣) : 서액(西掖), 즉 중서성(中書省)의 딴이름.

78 보수(寶樹) : '사가보수(謝家寶樹)'에서 온 말로, 가문을 빛낸 자제들을 일컬음.

79 함곡관에는……통하고 : '자기동래(紫氣東來)'는 상서로운 기운이 동쪽에서 온다는 뜻
   으로, 성인(聖人)이 옴을 비유한다. 노자(老子)가 신선이 되어 서쪽으로 떠날 때 함곡관
   (函谷關)에 자기가 서렸으므로, 그 서쪽에 사는 사람이 동쪽에서 성인이 올 것을 미리
   알았다는 고사가 있다.

임용담께 남기고 이별하다
留別林龍潭

김인겸(金仁謙)

노나라 말[80]은 원래 발이 빠르고[81]	魯駒元逸足
사봉에게는 기이한 봉모가 있었네[82]	謝鳳有奇毛
천각에서 글 짓는 일 일찍부터 참여했고	天閣與玄早
운대[83]에서 붓 잡으면 고상하였네	芸臺秉筆高
꽃을 보며 삼일 동안 모였는데	看花三日會
객에게 남긴 한 편의 시 호방하구나	遺客一詩豪
봄이 저물 때 이별의 수심 이는데	春晚離愁動
돌아가는 배 만 리의 파도 위에 있구나	歸帆萬里濤

김퇴석께 화답하다
和金退石

임신애(林信愛)

난새의 울음소리[84] 한번 따라온 뒤로	一自隨鸞嘯

---

80 노나라 말 : 『시경』「노송(魯頌)」'경(駉)'편은 희공(僖公)을 칭송한 시인데, 그가 들판
　에서 말을 많이 기른 것은 입지(立志)가 원대함에서 비롯되었음을 말하였다.

81 발이 빠르고 : 원문의 '일족(逸足)'은 빨리 달리는 말을 뜻하니, 준마 또는 뛰어난 재능
　이나 훌륭한 인재를 비유할 때 쓰인다.

82 사봉에게는……있었네 : 송 효무제(宋孝武帝)가 사봉(謝鳳)의 아들 초종(超宗)을 차상
　(嗟賞)하며 자못 봉모(鳳毛)를 지녔다고 하였다. 여기에서 유래하여, 후세 사람들이 남의
　집안의 문채 있는 자손을 보면 봉모라고 예찬하였다.

83 운대(芸臺) : 책을 간직하는 곳. 또는 도서에 관한 일을 맡은 관아. 곧 비서성(秘書省).

84 난새의 울음소리 : 『진서(晉書)』「완적전(阮籍傳)」에, "완적이 일찍이 소문산에서 손등

봉모와 비교되니 더욱 부끄럽구나 　　　　　還慙比鳳毛

언어는 비록 나와 다르나 　　　　　　　語言雖我異

기개로는 그대가 높음을 알겠구려 　　　意氣識君高

바람이 먼 길 가는 꿈 전송하겠지만 　　風送長程夢

시로는 대가의 호방함 높일 만하네 　　詩推大家豪

돌아가면 매숙[85]의 붓으로 　　　　　　歸來枚叔筆

응당 광릉의 파도[86] 읊으리라 　　　　　應賦廣陵濤

제술관 남공께 받들어 드리다
奉呈製述官南公

　　　　　　　　　　　　　　　산안장(山崸藏)

만나서 담소해보니 이 어떤 사람들인가 　　相逢談笑思何群

누대에서 완성된 시 새벽구름 위로 오를 듯 　　臺上賦成凌曙雲

을 만나 먼 옛날의 일부터 정신을 통일하고 기운을 양섭하는 기술에 대해 상의하였는데,
손등이 모두 응하지 않아 완적이 길게 휘파람을 불며 물러났다. 산 중턱에 도착하여 난새
와 봉황의 울음 같은 소리가 바위 골짜기에 울리는 것을 들었는데, 그것은 손등이 휘파람
을 분 것이다.[籍嘗於蘇門山遇孫登, 與商略終古及棲神導氣之術, 登皆不應, 籍因長
嘯而退. 至半嶺, 聞有聲若鸞鳳之音, 響乎巖谷, 乃登之嘯也.]"는 기록이 있다. 훗날 '난
소(鸞嘯)'는 가슴속의 지취가 더욱 높아진 것을 지칭하는 것으로 쓰인다.

85 매숙(枚叔) : 매승(枚乘, ?~BC 140). 한(漢)나라 회음(淮陰) 사람. 자는 숙(叔). 오왕
비(吳王濞)와 양 효왕(梁孝王)을 섬겼고 저서로『칠발(七發)』등 세 편의 부(賦)가 남아
있다.

86 광릉의 파도 : 매승(枚乘)의『七發(칠발)』에, "장차 팔월 보름에, 제후와 먼 곳에서 교
유했던 형제들과 더불어 가서 광릉의 곡강에서 파도를 보리라.[將以八月之望, 與諸侯遠
方交遊兄弟, 并往觀濤乎廣陵之曲江.]"라고 한 구절이 있다. 훗날 '광릉의 파도'는 광릉,
곧 지금의 양주(揚州) 곡강의 물결을 지칭하게 되었다.

그때의 사마씨[87]에게도 뒤지지 않으니 　　不讓當年司馬氏

양원[88]에도 이날 성대한 이름 들리리라 　　梁園此日盛名聞

문연께 화답하다
和文淵

남옥(南玉)

공작과 비취새 날아오고 봉황이 무리 지어 　　孔翠飛來鳳作群

채색 빛 날개 아래 맑은 구름 다시 보네 　　重看彩翮下晴雲

멀고 먼 푸른 바다가 삼천리라 　　迢迢碧海三千里

헤어지면 청아한 그 소리 듣지 못하리 　　一別淸音不可聞

앞의 운을 다시 써서 추월께 드리다
再用前韻 呈秋月

산안장(山岸藏)

닭과 학은 함께 하기 어려운데 　　鷄鶴縱令難作群

이날 만나서 떠가는 구름 묻는구나 　　今日相逢問浮雲

하늘 끝에서 이별한 후 사귐을 논한다면 　　天涯別後論交地

꾀꼬리 우는 소리도 차마 듣지 못하리 　　黃鳥一聲不忍聞

---

87 사마씨(司馬氏) : 사마상여(司馬相如; BC 179~BC 118). 한(漢)나라 성도(成都) 사람.
자는 장경(長卿). 그가 지은 「자허부(子虛賦)」 「상림부(上林賦)」 등의 작품은 풍유(諷喩)
가 뛰어나고 글이 화려하여 한(漢)·위(魏)·육조(六朝) 문인들이 많이 모방하였다.

88 양원(梁園) : 동산 이름. 한(漢)의 양효왕(梁孝王)이 만들어 사마상여·매승(枚乘)·추
양(鄒陽) 등을 초대하여 즐기던 곳.

문연께 거듭 화답하다
疊和文淵

남옥(南玉)

한 명은 남쪽 한 명은 북쪽 기러기 떼 끊긴 듯	一南一北斷鴻群
만나자마자 헤어지니 창해의 구름 같구나	乍合乍離滄海雲
내일 품천의 강가 객관에서 밤을 맞으면	明日品川江館夜
쓸쓸한 빗소리 몇 사람이나 들을까	雨聲蕭颯幾人聞

찰방 성군께 드리다
呈察訪成君

산안장(山岈藏)

복사꽃 오얏꽃 핀 서쪽 정원에 꽃이 지니	桃李西園花落時
아름다운 재자는 새로운 시를 짓네	翩翩才子賦新詩
오시던 길 강산의 기운이	還疑一路江山氣
홀연히 붓 끝에 스며 글자마다 기이한가	忽入毫端字字奇

문연에게 화답하다
和文淵

성대중(成大中)

적막하던 등나무 사립에 손님이 오시니	寂寂藤扉客到時
새소리랑 꽃의 모습 모두 시를 재촉하네	鳥聲花意盡催詩
널찍한 눈과 눈썹 전부터 아는 얼굴인가	蕭踈眉眼知前度
분에 넘치는 청담이 더욱 기이하구나	分外淸譚更覺奇

앞의 운을 다시 써서 용연께 드리다
再用前韻 呈龍淵

산안장(山岸藏)

참으로 산음에서 수계를 하던 때와 같구나	正是山陰修禊時
그대가 붓 휘둘러 새 시 짓는 것 사랑스럽네	憐君揮筆賦新詩
무성한 숲에 큰 대나무 온통 이역이라	茂林脩竹渾異域
이 모임 천년토록 기이하지 않겠는가	此會千年不亦奇

문연께 거듭 화답하다
疊和文淵

성대중(成大中)

외로운 절 어둑한 불빛에 기러기 소리	孤寺踈燈聽雁時
빗속에서 갑자기 이별시를 부쳐주었네	雨中忽寄贈行詩
품천의 객관에 응당 방문해야 하리	品川舘裡應相訪
이역에서 사귀는 도 한결같이 기특하니	交道殊方儘一奇

봉사 원군께 드리다
呈奉事元君

산안장(山岸藏)

청담과 풍월이 한때의 정을 말해주는데	淸談風月一時情
더욱이 구름과 연기가 붓끝에서 나옴에랴	況又雲烟從筆生
등용문[89] 아래의 객임을 원래부터 알았으니	元識登龍門下客
천년의 고사라는 이름 헛된 것이 아니로구나	千年高士不虛名

문연께 화답하다
和文淵

원중거(元重擧)

붓으로 아무리 써도 정이 다하지 않는데　　脉脉毫端不盡情
뜰 안에 꽃은 지고 맑은 연기 일어나네　　半庭花落澹烟生
연구를 여러 번 이어도 번거롭지 않으나　　聯章屢續非繁積
바다 너머로 그리운 건 이 이름뿐이리　　隔海相思只是名

앞의 운을 다시 써서 현천께 드리다
再用前韻 呈玄川

산안장(山岸藏)

만 리의 바람과 연기 나그네 마음 울리는데　　萬里風烟動旅情
우호를 맺어 평생을 말한 것 다행이라　　交歡幸有話平生
종횡으로 굳센 필력 원래부터 무적이니　　縱橫健筆元無敵
시단에서 홀로 이름 날리는 걸 이미 알았다오　　已識詞場獨擅名

문연 서기께 거듭 화답하다
疊和文淵書記

원중거(元重擧)

붓으로는 마음속 정을 다 말하기 어려워　　毫中難盡意中情

89 등용문(登龍門) : 용문에 오름. 용문은 황하(黃河)의 상류에 있는 여울로, 잉어가 이곳
을 오르면 용이 된다는 전설이 있다. 명사(名士)를 만나서 자기의 명성을 높이거나 영달
함의 비유.

그저 서로 웃음 띤 얼굴을 볼 뿐이지요   只許相看笑色生
세 번이나 연회에 갔어도 말을 붙이지 못해   三入賓筵言莫接
일어나서 오직 안군의 이름만 읊조렸다오   起來惟誦岸君名

진사 김군께 드리다
呈進士金君

산안장(山岈藏)

아름다운 자리에서 재회하니 범왕성[90]이라   瓊筵再會梵王城
청담을 나누는 사이 세속의 정 잊었네   塵尾玄談遺世情
백련사[91]에서 부평초처럼 만났는데   萍水相逢蓮社裡
이날 시맹을 맺으리라 누가 생각했으랴   誰圖此日結詩盟

문연께 화답하다
和文淵

김인겸(金仁謙)

열흘 동안 사신 수레 무성에 머무니   十日星軺滯武城

---

90 범왕성(梵王城) : '범왕'은 색계 사선천(色界四禪天) 중 제1의 하늘인 초선천(初禪天)
   의 왕, 또는 색계의 모든 하늘의 왕을 이름. 이 시의 '범왕성'은 절을 가리킨다.

91 백련사(白蓮社) : 4세기 말~5세기 초 중국에서 결성된 불교의 비밀결사. 진(晉)나라
   혜원법사(慧遠法師, 332~414)가 여산(廬山)의 호계(虎溪) 동림사(東林寺)에 있을 때 혜
   영(慧永)·혜지(慧持)·도생(道生) 등의 명덕(名德)을 비롯하여 유유민(劉遺民)·종병(宗
   炳)·뇌차종(雷次宗) 등 명유(名儒)·치소(緇素) 123명을 모아 무량수불상(無量壽佛像)
   앞에서 맹세를 세우고 서방(西方)의 정업(淨業)을 닦게 하였는데, 그 절에 백련을 많이
   심었으므로 이렇게 명명하였다.

남은 등불에 침상에서 그대를 떠올리네 殘燈客榻憶君情
내일 아침 이별하면 슬픔은 견디겠지만 明朝一別雖堪悵
서호[92]에서 했던 백마의 맹세[93] 어찌하랴 其奈西湖白馬盟

앞의 운을 다시 써서 퇴석께 드리다
再用前韻 呈退石

산안장(山岸藏)

붓을 휘두르니 채색 노을 적성에서 일어나 揮筆彩霞起赤城
신선 재주로 지은 시 사귐의 정 보여주네 仙才詩賦見交情
본래부터 펄펄 나는 기실이라 本是翩翩書記室
예원에서 홀로 시맹 주관함이 사랑스럽소 藝苑憐君獨主盟

문연 기실께 거듭 화답하다
疊和文淵記室

김인겸(金仁謙)

떠나는 사람 무주의 성을 이별하려는데 行人欲別武州城
봄비가 밤까지 이어져 참으로 그치질 않네 春雨連宵苦未晴
바닷가 절에서의 은밀한 약속 저버리지 마오 海寺幽期須莫負
문단에서 또 다시 시맹을 맺고 싶소 文壇更欲共修盟

---

92 서호(西湖) : 중국 송나라의 임포(林逋)가 서호(西湖)에 은거하면서, 처자도 없이 오직 매화를 심고 학을 기르며 생활을 즐겼다는 고사가 있다.
93 백마의 맹세 : 고대에 백마를 이용하여 맹세했던 일 또는 제사의 희생.

2월 21일

저의 성은 임(林)이고 이름은 신언(信言), 자는 자공(子恭), 호는 봉곡
(鳳谷)입니다. 조산대부(朝散大夫)로 서용되어서 국자좨주를 맡고 있습
니다. 무진년의 회합 때에는 비서감(秘書監)으로 불렸습니다. 지금 공
무(公務)로 여러분들과 만나게 되니 매우 다행스럽습니다. 본래부터
여러 번 제군들과 필담을 나누고자 하였으나, 지금 공사(公事)가 복잡
하고 어수선해서 감히 일을 끝마칠 수기 없습니다. 한번 붓으로 써주
시기를 청할 뿐입니다.

사자관(寫字官) 홍성원(洪聖源), 자(字) 경로(景魯), 호(號) 정정재(正正齋)
사자관 이언우(李彦佑), 자 공필(公弼), 호 매와(梅窩)
화원(畫員) 김유성(金有聲), 자 중옥(仲玉), 호 서암(西巖)

사자관(寫字官) 홍(洪)·이(李) 두 사람에게 보인다

무진년 회합 때 자봉(紫峰), 동암(東巖)이 사자관으로 훌륭하게 운필
(運筆)한다는 칭찬이 자자했습니다. 그때 저 역시 비서감으로 불리며
아름다운 자리에서 두 분을 만났습니다. 두 분께서는 지금도 여전히
무탈하신지요. 요즈음 공무 때문에 여러분의 뛰어난 글씨를 보게 되
었으니 대단히 다행스러운 일입니다. 또 주신 몇 장의 글들은 길이 보
배로 간직하겠습니다. 제가 쓴 시 두 편에 애오라지 감사의 뜻을 담았
으니, 훗날 화답시를 주신다면 매우 다행이겠습니다.

두 사람이 아뢰다

우리나라에서 만든 붓과 먹을 각각 한 개씩 드립니다. 보잘것없어 부끄럽습니다만, 그냥 두고서 완상이나 하셨으면 합니다.

사자관 정정재 홍씨의 오묘한 글씨를 보고 이 시를 지어 부친다
見寫字官正正齋洪氏運筆之妙　賦此爲寄

임신언(林信言)

진나라의 왕우군[94] 무리일랑 논하지 말라	休論晋代右軍流
강하고도 아름다운 글씨가 자유자재일세	鐵畫銀鉤爲自由
종이 위에 구름과 안개 이는 것 황홀하니	恍見雲烟生紙上
만나서 노닐게 됨을 함께 기뻐하네	相逢共喜作遨遊

사자관 매와 이씨의 오묘한 글씨를 보고 이 시를 지어 부친다
見寫字官梅窩李氏揮筆之妙　賦此爲寄

임신언(林信言)

삼한의 나라 사자관을 일찍이 알았지만	曾識韓邦寫字官
이제야 우연히 만나 소단에 앉았구려	只今奇遇坐騷壇
가을 뱀 봄의 지렁이[95]인데도 행마다 굳세니	秋蛇春蚓行行健

---

94 진나라의 왕우군 : 동진(東晋)의 서예가인 왕희지(王羲之)를 말한다. 303~361. 자는 일소(逸少). 벼슬이 우군장군(右軍將軍)에 이른 데서 왕우군이라 한다. 특히 예서·초서에 뛰어났으며, 저서로는 「악의론(樂毅論)」 「난정서(蘭亭序)」 등이 있다.

95 가을 뱀 봄의 지렁이 : 서법이 졸렬하고 완곡하여 모습이 없음을 비유한다. 『진서(晉書)』

혹 귀신이 붓 끝에 붙어 있는 것 아닌지요 　　　　疑是鬼神傍筆端

쾌주 임공께 답하다

홍성원(洪聖源)

집안 대대로 내려온 벼슬은 북두(北斗)만큼 높은 명예를 우러러보게 하고, 문장으로 나라를 다스림은 동명(東溟)에 큰 풍모를 드러내니, 원컨대 이백(李白)과 한유(韓愈)를 능가하시고 재주로는 구양수(歐陽脩)·유종원(柳宗元)이 물러설 정도가 되시기를 바랍니다. 석상의 맑은 향기가 아직도 남아 있으니 어찌 사흘이 지났다고 사라지겠습니까? 상자 속의 귀한 물건을 문득 보내주시니 십붕(十朋)96에 필적할 만합니다. 제 글씨라는 것이 함부로 달린 발걸음 같고 잘 보이지도 않는 필적인데, 감히 그대의 높은 안목에 들게 되었습니다. 산과 바다에서 나는 음식거리가 제왕의 부엌에서 버려지지 않길 바랄 뿐입니다. 도인의 골격, 신선의 풍모는 길이 낭원(閬苑)97을 생각하게 할 것입니다.

「왕희지전론(王羲之傳論)」에 "소자운은 겨우 글씨를 쓰긴 했으나 장부의 기세가 없다. 행들이 얽혀 있는 지렁이 같고, 글자들이 휘감은 가을 뱀 같다.[蕭子雲僅得成書, 無丈夫之氣, 行行若縈春蚓, 字字如綰秋蛇.]"는 말이 있다.

96 십붕(十朋) : 십붕지귀(十朋之龜). 길흉을 점치거나 의심나는 일, 어려운 일을 해결하는 데 썼던 10종류의 거북. 옛사람들이 대보(大寶)로 간주함.

97 낭원(閬苑) : 낭풍전(閬風巓)의 동산. 신선이 산다는 곳. '낭풍전'은 곤륜산(崑崙山) 꼭대기에 있다는 산봉우리의 이름.

화원 서암께 보이다

무진년에 소재(蘇齋) 군[98]이 화관(畫官)으로 왔는데, 저 역시 공무로 인해 그 그림의 훌륭한 솜씨를 볼 수 있었습니다. 별일 없으신지 감히 여쭙습니다. 지금 또 관사(官事)로 족하의 그림을 보게 되니, 일시의 기이한 만남이라 할 수 있겠군요. 또한 그대가 주신 몇 폭의 그림은 진귀하게 여기고 완상하면서 손에서 놓질 못하고 있습니다. 저의 시 한 편과 우리나라에서 만든 부채와 먹, 두 가지로 그저 감사의 마음을 전합니다.

화원 서암 김씨에게 부치다
寄畵員西巖金氏

임신언(林信言)

한국에서 일찍이 뛰어난 그림으로 칭송되니	韓國曾稱畵絶名
고금의 정밀과 오묘함이 붓 끝에서 나오네	古今精紗筆頭生
단청으로 이름 날리니 귀신과 통하는 솜씨라	丹靑馳譽通神手
수석과 강산이 뜻대로 이루어지는구나	水石江山隨意成

---

98 소재(蘇齋)군 : 1748년 제10차 사행 때 화원(畫員)으로 왔던 이성린(李聖麟)을 말한다.

임 좨주께서 주신 시에 받들어 사례하다
奉謝林祭酒公惠詩

김유성(金有聲)

단청이 핍진한 명성에 부족한 것 부끄러우니　　　　丹靑愧乏逼眞名
어찌 구름과 연기가 붓 아래서 나오겠습니까　　　　那有雲烟筆下生
동쪽으로 만 리를 와 빼어난 승경 찾았는데　　　　東來萬里探奇勝
빈연에서 좋은 만남 이룬 것이 더욱 기쁩니다　　　　更喜賓筵好會成

부채와 먹을 주시니 더욱 감사합니다. 소재 군은 여전히 무탈합니다.

술재 변씨가 준 그림에 사례하다
謝述齋卞氏惠畫

임신언(林信言)

석상에서 소나무 대나무 매화를 그리니　　　　席上畫成松竹梅
봄빛이 종이 안으로 들어온 줄 알았네　　　　堪看春色紙中來
단청의 오묘함에 문득 놀라니　　　　忽驚偏逞丹靑玅
조물주의 솜씨 빼앗아 붓 아래서 펼치네　　　　奪得天工筆下開

술재에게 보이다

송(松)·죽(竹)·매(梅)의 그림은 대단히 감사합니다. 저번 날 감사의 뜻으로 부친 시장(詩章)은 잘 도착하였는지요?
어제 귀한 시편(詩篇)을 받고서 마음과 눈이 확 트이는 듯 했습니다.

우선은 화답시가 완성되지 않았으니, 마땅히 수일 내에 화답시를 써서 드리도록 해야겠지요.

저의 성은 임(林)이고 이름은 신애(信愛), 자는 자절(子節)이며 호는 용담(龍潭)입니다. 품질(品秩)은 조산대부(朝散大夫)이며 비서감(秘書監)을 맡고 있습니다. 아버지는 국자좨주(國子祭酒)인 신언(信言)입니다. 지금 관사(官事)로 인해 여러분과 만나게 되었으니, 매우 다행한 일입니다. 공사(公事)가 끝나기를 기다려 제군들의 글씨를 얻고자 합니다.

사자관 홍 첨사가 글씨 쓰는 것을 보고 이것을 부친다
見寫字官洪僉使運筆 有此寄

임신애(林信愛)

자리에서 붓을 휘두르니 기세가 넉넉해	座上揮毫勢有餘
그대의 명성이 헛된 것 아니었음을 알겠네	知君名譽不曾虛
여향[99]의 전신[100]이 오묘하다 누가 말했나	誰言呂向傳神妙
오늘 이미 연금서를 보았노라	今日已看連錦書

---

99 여향(呂向) : 당(唐) 경주(涇州) 사람. 자는 자회(子回). 학문과 고금의 일에 능통하였으며, 특히 초서와 예서에 뛰어나서 당대에 '연금서(連錦書)'라고 불렸다. 현종 천원(天元) 6년(718), 당시의 공부시랑 여연조(呂延祚)가 여연제(呂延濟)·유량(劉良)·장선(張銑)·여향(呂向)·이주한(李周翰) 등 5명을 모아『문선(文選)』에 주를 달게 하여『오신주(五臣註)』를 만들었다.

100 전신(傳神) : 문학·예술 작품의 인물 묘사 등이 진수(眞髓)를 생생하게 표현해 냄을 이름.

사자관 이 호군의 임지[101]의 재주를 보고 이것을 부친다
見寫字官李護軍臨池技 有此寄

임신애(林信愛)

초성의 이름 오래 전에 또 들었으니	草聖之名舊更聞
처음 보는데 글자마다 연기와 구름이 이네	初看字字動烟雲
바람과 서리 아직도 못가를 스치는데	風霜猶拂池頭色
봉황 모이고 용이 뛰는 듯 무리에서 우뚝하네	鳳集龍騰是出群

사자관에게 주다

임신애(林信愛)

서로 만난 지가 거의 10여 일이 되었는데, 기거동작에 별 탈이 없으시니 참으로 축하할 만합니다. 오직 봄비가 고요히 내리는 이때 나그네 심정이 어떻겠습니까? 요즘 글씨를 써주시느라 수고가 많으시니 어떻게 감사를 드려야할지 모르겠는데, 또 다시 대포(大浦)씨에게 부탁을 해서 두 분을 번거롭게 하는군요. 비록 가깝지 않은 관계로서 친압하는 듯하지만, 우선 밝게 살펴 관대하게 대해주시기를 청합니다. 주신 글씨를 다행히 보게 된다면 마음속으로 기뻐하며 두 손으로 받자올 것이니, 이는 한 쌍의 벽옥[102]을 주신 것이나 진배없을 겁니다. 변변치 않은 물건으로 애오라지 작은 정성을 보여드리니, 웃으며 받아주시면 다행이겠습니다.

---

101 임지(臨池) : 서법(書法)을 익힘. 또는 서법. 후한(後漢)의 장지(張芝)가 못가에서 글씨 연습을 하고 벼루를 씻어 못물이 새까맣게 되었다는 고사가 있다.

102 한 쌍의 벽옥(璧玉) : 한 쌍의 훌륭한 사람이나 사물의 비유.

비서 임공께 답하다

홍성원(洪聖源)

오색 봉황[103]의 볼 만한 것은 문(文)이요, 뿔이 하나인 기린[104]의 숭상할 것은 덕(德)입니다. 난대와 석실[105]에 평보(平步)로 올라 이유(二酉)[106]와 삼창(三蒼)[107]을 한번 보니, 다행히 아주 가까운 자리에 앉았던 것이 기억납니다. '임지'라 하시니 참으로 부끄럽습니다. 아름다운 서한이 잇따라 와서 비단과 주옥이 환하게 빛을 발하는 듯한데, 진귀한 물건까지 함께 보내주시다니요. 정밀한 붓과 향기로운 먹으로 인해 햇살 아래, 구름 사이에서 높으신 풍표(風標)를 길이 우러르리라 했는데, 하늘 끝 바다 한 모퉁이에서 멀리 떠나가 이제 헤어지게 되었습니다.

화원 김 첨사에게 부치다
寄畫員金僉使

임신애(林信愛)

하얀 명주 위를 스치니 색색이 분명한데 　　　　　絹素拂來色色分

---

103 오색 봉황 : 봉황은 성인(聖人)의 탄생에 맞추어 세상에 나타나는 상서로운 새. 수컷과 암컷이 사이좋게 오동나무에 살면서 예천(醴川)을 마시고 대나무 열매를 먹는다. 앞부분은 기린, 뒷부분은 사슴, 목은 뱀, 꼬리는 물고기, 등은 거북, 턱은 제비, 부리는 닭을 닮았으며 오색의 깃털을 지니고, 울음소리는 5음(音)으로 된 묘한 음색을 낸다고 한다.
104 뿔이 하나인 기린 : 기린(麒麟)의 한 종류로서 나타나면 상서롭다 함.
105 난대(蘭臺)와 석실(石室) : 두 곳 모두 고대에 도서를 보관하던 곳.
106 이유(二酉) : 두 산의 이름. 대유(大酉)와 소유(小酉) 두 산에 동굴이 있어 그 동굴 안에다 고서(古書) 일천 권을 넣어 두었는데, 전하여 장서가 많다는 뜻으로 쓰인다.
107 삼창(三蒼) : 한초(漢初)의 자서(字書). 본디 창힐편(蒼頡篇)·원력편(爰歷篇)·박학편(博學篇)의 3편이었던 것을 후에 합하여 창힐편이라 하였다.

오색 빛이 섬세한 무늬 되는 걸 문득 보았네   忽看五彩細成文

천진[108]의 오묘함 전하니 누가 그와 다투리요   天眞傳妙誰相競

심장[109]의 솜씨 귀신과 통해 홀로 이름났구나   心匠通神獨自聞

필적은 주방[110]의 무리보다 뛰어나고   手澤尤超周防輩

신묘한 솜씨 자화[111]의 무리 중에 발군일세   筆精應拔子華群

붓 휘둘러 오래 전 단청의 이치 터득했는가   揮毫舊得丹靑理

훌륭한 솜씨 그대 것임을 비로소 알았네   初識良工更屬君

임 비서감께서 주신 시에 받들어 화답하다
奉酬林秘監公惠詩

김유성(金有聲)

만 리 동서로 바다와 육지 나뉘었으나   萬里東西海陸分

제도와 글자는 오히려 같다네   尙同車軌與書文

영주[112]의 풍경은 모두 새롭게 접하지만   瀛洲物色皆新面

부사산의 위용은 분명 오래 전에 들었지   富岳盤踞愜舊聞

무수한 제공들은 대각의 선비요   袞袞諸公臺閣彦

사뿐히 오고가는 유사들 뛰어난 무리로구나   翩翩遊士俊逸群

보잘것없는 재주 부끄러우니 용면[113]도 아닌데   自慙薄技非龍眠

---

108 천진(天眞) : 타고난 그대로 거짓이나 꾸밈이 없이 순진함.

109 심장(心匠) : 독특한 구상이나 설계.

110 주방(周防) : 일본의 옛 지명. 스오.

111 자화(子華) : 자화자(子華子), 즉 공자의 제자인 정본(程本)의 호. 공자가 길을 가다 가 정본을 만나 수레의 덮개를 젖히고 종일 정답게 이야기를 나눈 일이 있다.

112 영주(瀛洲) : 동해 가운데 있는, 신선이 산다는 삼신산의 하나.

물어봐주시고 칭찬해주시니 감사합니다 　　　　珍問華褒感荷君

무진년에 양의 조활암(趙活菴)의 이름을 들었는데 그 얼굴을 직접 뵙
진 못해서 한(恨)으로 여겼습니다. 제가 준 율시 한 수에 다행히 화답시
를 지어 주셨지요. 지금 들으니 족하께선 명의(名醫)로서 명성이 있으시
다구요. 관사(官事)로 겨를이 없어 한 번 뵙지도 못했습니다. 저의 시
한 수로써 뵙는 것을 대신합니다. 훗날 화답시를 주신다면 다행이겠습
니다.

양의 이모암께 부치다
寄良醫李慕菴
　　　　　　　　　　　　　　　　　　　　　　　　임신언(林信言)

세상을 구제한 숨은 공로 무리 중에 제일이라 　　濟世陰功最絶倫
죽은 사람 다시 살아나니 그 이름 새롭다 　　　　回生起死姓名新
마당의 귤정[114]에는 사계절 물이 흐르고 　　　　庭流橘井四時水

---

113 용면(龍眠) : 송(宋)나라의 저명한 화가(畵家) 이공린(李公麟)의 별호. 그가 그린 산
　　장도(山莊圖)는 세상의 보물로 일컬어졌으며 특히 인물 묘사에 뛰어나 고개지(顧愷之)
　　와 장승요(張僧繇)에 버금간다는 평가를 받았다.
114 귤정(橘井) : 옛날 신선인 한(漢)나라의 소선공(蘇仙公)이 우물물과 귤잎으로 병을
　　치료한 고사. 『여지기승(輿地紀勝)』에, "소선공이 일찍이 신선이 되어 떠나가면서 그 어
　　머니 반씨(潘氏)에게 이르기를, '명년에 이 침현(郴縣)에 재앙이 있어 큰 전염병이 유행
　　할 것이니, 어머니는 귤잎을 우물물에 달여서 드십시오.' 하였다. 과연 다음해에 큰 전염
　　병이 돌았는데, 고을 사람들이 그 말을 따라 다투어 귤잎을 달여 마시니, 전염병이 즉시
　　나았다."고 하였다.

집을 두른 살구나무 숲[115]엔 삼월의 봄이라 　家領杏林三月春
좋은 약제는 화씨[116]의 기술을 전수받았고 　良劑能傳華氏術
비방은 갈공[117]의 진수를 터득하였네 　秘方已得葛公眞
의국[118]이라 하지 않아도 사람 살리는 것 묘하니 　不稱醫國活人妙
파란 주머니 약에 신령이 있음을 알겠구나 　却識靑囊藥有神

좨주 봉곡께 화답하다
和祭酒鳳谷

이좌국(李佐國)

소단에 깃발 세우니 무리 중에 뛰어난데 　建幟騷壇超衆倫
한 나라로 책 상자 지고 와 새 친구 사귀었네 　一邦負笈講知新
향기로운 이름 몇 번이나 운대의 붓 잡았는가 　香名幾把芸臺筆
귀밑머리 천록각의 봄에 오래도록 푸르구나 　鬢髮長靑籙閣春
영약의 처방일랑 받으려고 하지 마오 　靈藥刀圭休乞惠
선향에서 신선 되어 진짜 영약 찾으려 하네 　仙鄕羽化欲尋眞
맑은 창가에서 화타 편작의 의술 보긴 했으나 　晴窓縱閱華扁術

---

115 살구나무 숲 : 어진 의원(醫員)이 사는 곳. 삼국시대 오(吳)나라의 동봉(董奉)이 여산(廬山)에 은거해 살면서 사람들의 병을 치료하였는데, 치료비 대신 중한 병을 치료받은 자는 살구나무 다섯 그루를 심게 하고 가벼운 병을 치료받은 자는 한 그루를 심게 하였으므로, 몇 년 뒤에는 살구나무가 숲을 이루었다고 한다.

116 화씨 : 화타(華佗)를 가리킴. 중국 한(漢)나라 말기의 의사로 편작(扁鵲)과 더불어 명의를 상징하는 인물로 꼽힌다.

117 갈공 : 중국 동진(東晉)시대, 사상가이자 의학자였던 갈홍(葛洪, 281~341)을 말함.

118 의국(醫國) : 훌륭한 의사는 나라를 치료한다는 뜻인데, 여기서는 의원(醫員)인 이좌국(李佐國)을 가리키는 중의적 의미를 담고 있다.

의국은 입신할 묘방이 없어 한탄한다오　醫國嗟無妙入神

양의 이성보에게 부치다

寄良醫李聖甫

임신애(林信愛)

일찍이 들으니 무함[119]의 훌륭함에 비긴다는데	曾聞能比巫咸賢
신이한 의방을 배워 이름 더욱 전해졌네	學得神方名更傳
삼대의 높은 재주 누가 부러워하지 않으랴	三世高才誰不羨
사가의 아름다운 명예 그대가 온전히 했네	四家美譽君應全
질병 자세히 논하자 죽은 사람 다 살아나니	細論疾痰多蘇死
멀리 파도를 건너오매 정말 신선 같구나	遠涉波濤渾擬仙
천 그루의 살구나무 고향 꿈 꾸었는데	千樹杏花故園夢
일동의 끝으로 봄바람이 불어오네	春風吹送日東邊

비서감 임자절에게 화답하다

和秘書監林子節

이좌국(李佐國)

높은 누각에 모인 훌륭한 선비들	畫樓高處簇群賢
화정[120]의 아름다운 이름 귀에 가득 전해지네	和靖芳名滿耳傳

---

119 무함(巫咸) : 황제(黃帝) 때의 신무(神巫)인 계함(季咸)의 준말. 『열자(列子)』「황제
(黃帝)」에 "제(齊)에서 온 신무 계함이 인간의 사생(死生)·존망(存亡)·화복(禍福)·수요
(壽夭) 등의 운명을 마치 귀신처럼 잘 알아맞혔다."라는 기록이 있다.

저마다 의관을 정리하고 둥글게 모여서   各整衣冠團一會

정성과 믿음으로 온전히 사귀려 애쓰네   交孚誠信勉雙全

눈썹 끝엔 도사의 기운 게다가 시까지 쓰시니   眉端道氣兼詩士

직하[121]의 문풍은 또한 물에 사는 신선일세   稷下文風且水仙

장수와 좋은 처방은 평소의 뜻 아니었으니   壽世良方非素志

연하로 자주 들어가 물가에서 시를 읊네   煙霞頻入浪唫邊

---

120 화정(和靖) : 화정선생(和靖先生)은 송(宋)나라 임포(林逋)의 시호. 그는 당대의 고
사(高士)로서 서호(西湖)의 고산(孤山)에 은거하여 20년 동안 성시(城市)에 발을 들여놓
지 않았다. 처자식 없이 매화를 심고 학을 기르면서 살아 당시에 '매처학자(梅妻鶴子)'라
고 불렸다.

121 직하(稷下) : 중국 전국시대(戰國時代)에 제 선왕(齊宣王)이 학자를 우대하자 당대의
학자들이 모두 모여들어 성황을 이루었던 제나라의 도시 이름.

韓館唱和 卷之二

國子祭酒 林信言 藏書

≪甲申 三月二日 與學士三書記筆語≫

(祭酒、祕書)

頃聘儀禮成矣，實兩國之慶也，敬賀。

(南玉等)

聘禮旣畢，實是兩國之慶，欣幸無涯。

(南玉等)

向日，使相座後，只瞻望淸儀，未接談晤，迨有耿耿，卽又再辱臨賁，深認眷意，不任荷謝。

(祭酒)

辱此盛敎，多感多感。

(成大中)

足下以宿學偉望，克紹先業，此樓譚筵，又繼百年美蹟，僕輩與有幸焉。

(祭酒)

僕蒙國恩, 濫纘祖先之業, 又得與諸君周旋于此堂, 有深愧蒹葭倚玉樹也。

(元重擧)

僕輩雖初入貴境, 對足下, 輒覺懽忻如夙昔情親, 盖以前人所錄自羅山公以後華篇麗什薰染耳眼故也。益知皇華鹿鳴最關於賓主之交懽也。

(祭酒)

先人羅山, 自與貴國諸賢會, 每使聘來, 僕父祖輒與此筵。今又遇此盛際, 得接諸君丰采, 雖是前緣, 亦有天幸。

(金仁謙)

僕等在本國時, 每仰羅山學士淸德文章, 今幸得拜賢喬梓淸範, 實有大家風彩, 不勝欣幸, 而言語旣殊. 不能罄悃, 惟以區區筆舌傳心, 悵莫甚焉。東西一別之後, 此世此生, 更難相逢, 古人所謂此別可悲者, 政爲吾輩道也。未知座下亦同此懷否?

(祭酒)

愛及先人, 厚誼之辱, 多謝多謝。抑今日一別, 便卽隔生, 懷想此事, 能不愴然?

(南玉)

登城之日, 望見丰儀, 已覺欣然, 一揖而罷, 未接晤語。然此心自有傾慰, 人情固然, 足下亦同此否?

(祕書)

前日僅再覿矣, 稠人中能認得僕輩, 非雅愛之深, 何以至此?

(成大中)

登城之日, 從稠廣中, 竊觀足下以妙年淸姿隨長者之後, 進退不失其
儀。僕輩所欽歎, 爲高門代不乏賢故耳。

(祕書)

前日, 朝中遙望淸儀, 以座遠無由一揖。僕庸劣無似, 幸與觀聘儀,
國恩實深。

(元重擧)

登城日, 瞻望芝眉, 笑容可掬。南北萬里後, 夢想尤必在于那時矣。
僕宿疾, 近添寒熱之苦, 落席涔涔, 聞高蓋復臨, 披衣顚倒而出, 身才入
席, 若覺深痾之去體。

(祭酒)

僕亦朝中記得雅容。聞比日貴体違和, 意水土不習之所致也。今日
之會, 莫非力强而坐耶。萬冀保嗇自珍。

(金仁謙)

向者, 有負薪之憂, 未得參登城之會, 亦不能更把淸範, 深以爲悵。
今幸與尊喬梓得與相接, 多幸多幸。

(祭酒)

前日有貴恙, 不得朝中相見, 爲恨, 今已愈復, 欣慰。

(祕書)

書國書者, 何人? 幸示姓字。

(成大中)

弊邦寫字官甚多員, 擇其善手, 俾寫國書, 而其姓名未詳, 又不在此
行中。

(祭酒)

三官使, 前聞徐公、嚴公、李公, 再聞鄭公、洪公, 而今三公實來。
不知五君有何事故。敢請其由。

(南玉)

徐公、嚴公、李公, 以他事, 被譴罷職, 鄭公、洪公, 有親病, 俱未可
出疆, 故今三公膺命而來耳。

(南玉)

前日俯托畫識閣記, 謹已忘拙仰副, 深愧其徒浣華絹。

(祭酒)

畫軸閣記, 輒蒙巨筆一揮, 感佩曷罄?

(南玉等)

向日賓筵, 唱酬詩什, 有妨淸話, 今者再接芝眉, 此後更難奉面, 此日可惜。請竟夕談讌, 惠章以明日和送, 尊意如何?

(祭酒、祕書)

謹當依敎。

(南玉等)

前托畵評, 謹强拙塗抹, 而辭語譾劣, 殊愧殊愧。

(祕書)

前日奉請畵贊, 蒙四君妙染, 書法超異, 語意優長, 實是雙美, 不易得之寶也, 謹謝。

(南玉等)

短拙之詞, 强塞盛意, 慙愧多矣。今承淸敎, 尤不任感悚。

(祭酒、祕書)

四君應有望富士佳什, 請一揮於豎幅。是係奉呈公上, 非私望也。前度朴、李三君旣有例, 敢告。

(南玉等)

富士作之例呈公上, 僕輩未及聞, 雖有所詠, 拙澁可愧, 不堪塞盛意也。然不取其工, 惟欲存例, 則謹當如敎。

(祭酒、祕書)

旣然領諾，唐山紙此呈上。

(南玉)

此紙只三幅，或遺其一乎? 謹問。又致一紙。

(南玉)

梅幅則朴君已題之，不必贅附，故不得奉評讚之敎。

(祭酒)

曩奉呈梅幅，以有朴君妙墨，此承推辭。僕本欲聯芳耳，故又敢乞，萬望金諾。

(南玉)

富峰作，謹當俟暇。寫上梅幅，始以添足爲嫌，勤敎又如是，謹亦領諾。

(元重擧)

華第距此幾許，遠近林壑之勝，亦兼有之否?

(祕書)

弊宅去此二里許，城中之居，固無有林壑之勝，但假山剩水，聊存雅趣耳。

(元重擧)

假山剩水，亦足供娛。未知郊坼之中有別業以資暇日之逍遙否?

(祕書)

城北牛門, 有數畝別墅, 亦係官賜矣。暇日時遊, 野趣頗足忘俗情也。

(南玉)

足下與祕書君, 亦或侍講於經筵否? 門下多士濟濟如林, 其中必有秀拔之才, 願聞其名。

(祭酒)

僕與賤息, 更侍經筵, 門生高第者, 多仕于諸侯國, 未易遽數姓名。

(金仁謙)

俄者, 有數行筆, 果入照否? 惠二絶, 當歸次, 徐徐和呈耳。

(祭酒)

已領盛意, 拙詩, 又待他日之瓊報也。

(祕書)

貴邦, 賓筵, 大瓶揷花, 有式法否?

(成大中)

盛筵, 有揷花, 別無式法耳。

(祕書)

至朝之日, 三大官使及足下輩, 自餘文武官員冠服名號, 請一一見示。

(南玉)

三使相冠金冠, 服朝服, 秉象笏, 佩玉, 帶品帶。一行有職名者, 皆着烏紗帽, 服黑團領。三品以上, 雙鶴胸褙, 三品以下, 一鶴, 軍官鬃笠, 服帖裏衣。

(祕書)

四君, 今日冠服, 如何?

(南玉)

僕冠黑鬃巾, 龍淵東坡冠, 玄川、退石幅巾, 服則並是道袍。

(祕書)

貴國, 先世王, 諱句從日, 字音義未詳, 幸示。

(南玉)

日傍句字, 音義, 並同雲字。

(祕書)

曾聞, 於壹岐值冬至, 不知行道中亦別有其禮乎?

(成大中)

非但冬至, 朔望則有望闕禮, 冬至正朝, 例有賀禮, 故向於岐州, 遇至日, 三使相皆具金冠朝服, 上高丘, 望故國, 率一行文武官員, 行山呼之禮。赤間關遇正朝, 亦如之。

(成大中)

藤原明遠, 曾與戊辰詞客唱酬, 此行擬復見之, 聞已奄忽爲之, 驚歎。
能有子孫繼其家聲否?

(祕書)

明遠有子, 克家, 以非文職, 故不來見于賓次。

(南玉等)

使行出疆, 已經年矣。今則聘儀已成, 復命爲急, 使相與僕輩, 君親
之戀, 度日如歲。行期遲速, 惟在返翰, 此事專係於座下, 幸速潤色, 俾
得遄歸, 則足下之賜, 公私俱賴, 而僕輩屢荷清眄, 亦豈不與有光榮? 深
所企祝。

(祭酒)

旣辱盛意, 謹當盡心以副敎。

(祭酒)

所惠珍果, 當携歸以誇家眷, 感感。我不食果, 南玉使譯人謝菲薄, 故書示云。

(祭酒、祕書)

今夕之讌, 不可再得, 秉燭至于鷄鳴, 固亦所不辭也, 奈何? 公事埤
益, 不得久陪清歡, 多恨多恨。一別萬里, 再晤無期, 思之, 令人悽然。
時猶春寒, 歸程途遠, 萬惟爲國自愛。

(南玉)

重荷臨話, 今日則頗得從容奉展, 實深感幸。但暝色已迫, 別愁又生。此世更覿良儀, 渺然無期, 令人有黯然銷魂之悲。菲果至蒙携歸, 尤感。

(成大中)

竟夕之穩, 曾是不意縞紵之歡, 古人重之, 況萬里異域之外, 得此奇緣乎? 僕輩西歸, 當與戊辰槎上諸公, 口之不置。但良夜纔卜, 驪駒旋唱, 此別當隔山海, 悵黯之懷, 殆不自定。只望勉修學業以副區區。

(金仁謙)

三接芝宇, 不能通一言, 只以筆舌傳意, 旣能罄胸中之所懷。今爲崦嵫之色所催, 遽將分携, 而後會無期, 悵黯之心, 不可以一筆盡言。惟祈侍彩對時, 佳勝以副此望。

(祭酒書記 山岸藏)

自違淸範, 僅旬日, 鄙吝之心忽生。今叨以林祭酒書記, 再接高風, 何幸加之意。公等行囊, 富佳什, 不吝瓊投, 則敢將圖瓜報。

(南玉等)

再奉丰儀, 欣幸之深。和章草草, 搆上他詩, 滾汩無所得, 實無奉示之章, 多愧。

(祕書書記 久保泰亨)

僕輩元得再見, 爲幸多。是以向日已敍別, 不意今日又得代人以來接。僕於諸君, 何等前緣? 欣喜殊甚。

(<u>南玉</u>等)

萬里論交, 一別便千年矣。頃日分違迨今, 耿結不能已。賴有餘緣,
復接淸範, 何等慰幸。

(<u>久保泰亨</u>)

今夕分携, 會面無緣, 離恨蘊結, 何能爲情? 前程萬里, 天長海闊, 萬
惟順時珍攝。

(<u>南玉</u>等)

夜色將至, 別意黯然。惟望攻學益茂以副遠心。

≪寄學士<u>南君</u>≫　　　　　　　　　　　　　　　　　林信言

車騎悠悠慶尙潯, 扶桑待得客槎臨。曾聞時習到賢聖, 已憶日新同古
今。<u>顔子</u>巷中稱篤學, <u>董生</u>帷下耐潛心。元知雪案工夫熟, 聘禮旣成交
義深。

≪重酬<u>林鳳谷</u>≫　　　　　　　　　　　　　　　　　　南玉

春晚歸槎滯海潯, 奎星重傍客星臨。忘形劇是新如故, 係感還應後視
今。畫漏甁花詞翰手, 暮鐘煙屮別離心。君家世世韓桑錄, 添載今宵燭
影深。

≪再用前韻 寄學士<u>南君</u>≫　　　　　　　　　　　　　林信言

新開賓館墨河潯, 喜見箕邦高客臨。經籍欲論賢與聖, 才名難比古兼
今。披文可辨智愚理, 講學已究天地心。雅宴乘間唱酬處, 交情如舊興
逾深。

《疊酬鳳谷祭酒》 南玉

江沫春沙漲綠潯，仲宣樓上罷登臨。潮微詎易通南北，花老須看異昨今。片月長懸新識面，虛舟遙繫故園心。歸人可樂猶回首，汀草青青院柳深。

《寄成察訪》 林信言

萬里雲程風旆開，山川澤水日崔嵬。雅筵何恨語言異，心事好於詩賦裁。

《又》 林信言

松是成榮栢是堅，知君才節若斯然。幾人俯仰羽旄色，兩好相通渤海天。

《謹和林祭酒》 成大中

湖上淵源楚望開，一門文學獨嵬嵬。舍人世掌鸞臺選，彩筆長于氣象裁。

《又》 成大中

祕閣藏書似孟堅，東京詞賦更森然。禪扉再接同文會，未恨衣裳是別天。

《再用前韻 寄成察訪》 林信言

夏玉鏗金才最開，恰如山勢碧崔嵬。詩懷俊逸賓筵上，明月清風取次裁。

《又》　　　　　　　　　　　　　　　　　　林信言

書記由來志節堅，異邦爲客意悠然。卽今不計風騷興，詩賦交歡三
月天。

《重酬林鳳谷》　　　　　　　　　　　　　　成大中

雨歇江城烟霧開，芙蓉峰色出崔嵬。歸心只逐長天鴈，万里風程不
自裁。

《又》　　　　　　　　　　　　　　　　　　成大中

記曾賓席坐能堅，及到離時思悄然。湖海逢迎還一夢，落花啼鳥滿
春天。

《寄元奉事》　　　　　　　　　　　　　　　林信言

楚國多才亦在韓，詩裁美錦映衣冠。親交不訝兩邦隔，四海一家今
日看。

《又》　　　　　　　　　　　　　　　　　　林信言

淑景彩霞次第生，春風滿樹動吟聲。詩盟千歲長無負，好是座間燕
許情。

《和林鳳谷》　　　　　　　　　　　　　　　元重擧

嘉樹春陰對季韓，飛花點點撲烏冠。他年南北相思夢，應入禪樓小
榻看。

《又》　　　　　　　　　　　　　　　　　　　　　　　　元重擧

富士山前春艸生，琵琶湖上早鴻聲。東風不向重溟隔，花發年年志
遠情。

《再用前韻　寄元奉事》　　　　　　　　　　　　　　　林信言

文章原識勝於韓，桑域今逢八卦冠。記室才名誰得似，如君豪氣可
難看。

《又》　　　　　　　　　　　　　　　　　　　　　　　　林信言

桑域一儒縫掖生，偏聞新曲發金聲。從來高致裁詩賦，賓宴幾回將
寄情。

《用見贈韻　留別鳳谷》　　　　　　　　　　　　　　　元重擧

原道文章博士韓，朝端鵠立折烏冠。百年不盡花成子，會向瓊林枝
上看。

《又》　　　　　　　　　　　　　　　　　　　　　　　　元重擧

遊絲百丈水前生，萬樹濃花自烏聲。春色不隨行處盡，驛亭留寄遠
人情。

《寄金進士》　　　　　　　　　　　　　　　　　　　　林信言

玉壺氷冷客心清，投我瓊瑤敲有聲。共入詞壇佳興劇，百年交會寄
騷情。

≪又≫　　　　　　　　　　　　　　　林信言

東邦文化日將催，不愧晉時陶謝才。況復今逢韓國客，幾場詞翰自相開。

≪再和林祭酒韻≫　　　　　　　　　　金仁謙

早識君家世德清，万人推服舊詩聲。東西一別參商隔，渭樹江雲奈此情。

≪又≫　　　　　　　　　　　　　　　金仁謙

日短情長去莫催，喜君喬梓摠奇才。旦將毫墨懸燈話，未盡開懷欲盡開。

≪再用前韻　寄金進士≫　　　　　　　林信言

敏捷詩成調轉清，盛唐才子發芳聲。今君西海一時傑，筆底詞源無限情。

≪又≫　　　　　　　　　　　　　　　林信言

料識客臺歸思催，朝鮮記室有英才。季詩韓筆尤風雅，譽望今臨日域開。

≪和林祭酒二絶≫　　　　　　　　　　金仁謙

三月江城日氣清，蕭蕭班馬北歸聲。蘭臺咫尺難重見，留別何如送別情。

《又》　　　　　　　　　　　　　　　　　　金仁謙

纏遂識荊別意催，日東初見似君才。燈前怊悵愁無夢，此夜離懷鬱
未開。

《寄秋月南君》　　　　　　　　　　　　　　林信愛

三韓使者此東來，相遇高臺春色催。君自風流文學士，詩篇[122]今日
見英才。

《和林龍潭》　　　　　　　　　　　　　　　南玉

燃藜再罷挍書來，街柳烟沈暝翼催。歸對辰年前度客，爲言蘭觀小
班才。

《用前韻 寄秋月》　　　　　　　　　　　　林信愛

飛盖翩翩海上來，大邦恩遇壯遊催。更知高第聲名盛，吾輩裁詩愧
不才。

《疊和林龍潭》　　　　　　　　　　　　　　南玉

花開花謝雨頻來，歌罷驪駒四牡催。聚德星光長在望，老成風味妙
年才。

《寄龍淵成君》　　　　　　　　　　　　　　林信愛

万里山川豈厭勞，風烟到處便揮毫。喜君更有瓊瑤贈，還愧丹心在
木桃。

122　원문에는 '蔦'으로 되어 있으나 '篇'의 오기(誤記)인 듯함.

≪和林龍潭≫   成大中

再到賓筵履舃勞, 芝眉交暎放光毫。梅花半落浮山杜, 更喜春光醉
碧桃。

≪用前韻 寄龍淵≫   林信愛

逢迎賓舘更相勞, 燦爛文章見彩毫。自有風流仙子興, 歸時可熟海
東桃。

≪疊和林龍潭≫   成大中

江南別曲恨勞勞, 詩落仙郎醉裡毫。折得瑤枝分手遠, 白雲消息渺
蟠桃。

≪寄玄川元君≫   林信愛

賓館論交意氣新, 由來詩賦兩情親。況觀彩筆雲烟動, 記得風流專
對人。

≪和林龍潭≫   元重擧

金樓梅竹紫衣新, 劍珮聲中笑更親。那堪北斗明星下, 回憶南箕玉
雪人。

≪用前韻 寄玄川≫   林信愛

遠客詩篇[123]氣象新, 逢場把手共相親。惟今何問雷陳事, 蘊藉欲知
如玉人。

---

123 원문에는 '蒿'으로 되어 있으나 '篇'의 오기(誤記)인 듯함.

《疊和林龍潭》 元重擧

交情如舊復如新, 難把離懷說得親。最是登山臨水處, 黯然回憶意中人。

《寄退石金君》 林信愛

錦纜牙檣万里情, 樓船風靜海潮平。相逢誰說新知好, 千古詩篇[124]留美名。

《和林龍潭》 金仁謙

滄溟爭似別君情, 相送禪門意不平。舊業詩書須益勉, 他時竹帛永垂名。

《用前韻 寄退石》 林信愛

綺席賦詩通兩情, 已看君子我心平。不妨万里乘槎客, 共說當年博望名。

《疊和林龍潭》 金仁謙

驪歌怊悵奈離情, 歸路風濤万里平。聚散悠悠渾似夢, 他時倘記退翁名。

《用杜韻 奉寄鳳谷祭酒》 南玉

花重禪簷濕不飛, 荀香三日在人衣。雙龍劍會同天遠, 五鳳池家自古稀。白水青山分客路, 紫薇紅藥動僊輝。離愁錯與鄉心半, 芳艸連空獨鳥歸。

---

124 원문에는 '蒿'으로 되어 있으나 '篇'의 오기(誤記)인 듯함.

≪和南學士見寄韻≫　　　　　　　　　　　　　林信言

艶陽三月彩霞飛, 況是春風拂客衣。文苑新知談笑切, 詩壇良友贈酬稀。無雙豊劍才名發, 第一驪珠道義輝。低首相思離別近, 星槎遙入海雲歸。

≪奉寄林鳳谷 用唐人韻≫　　　　　　　　　　　成大中

清明時節靄輕陰, 花氣朦朧海上林。澤國天長催去雁, 江城春晚變鳴禽。芹宮講侶聯裾近, 芸閣書香到席深。先輩風流猶可繼, 月中禪榻待重尋。

≪和成書記見寄韻≫　　　　　　　　　　　　　林信言

咸陽詞客會山陰, 三月煙花滿祇[125]林。曲水開筵長畫漏, 惠風入坐囀春禽。情知管鮑舊時夢, 交論蘭金今日深。正是王家修禊夕, 獨憐千歲俊才尋。

≪奉呈鳳谷 用盧綸韻≫　　　　　　　　　　　元重擧

銀繩珠牒秘蓬山, 晚閉重門水竹閑。兒抱芸書三面接, 翁隨蓮燭五更還。芝蘭氣合春風裏, 縞紵交論夕雨間。遙海一颿留不住, 獨敎明月照箱關。

≪和元書記見寄韻≫　　　　　　　　　　　　　林信言

樓船遙渡十洲山, 莫嗟他鄕白髮閑。珠履聲臨金殿轉, 錦帆影擁綵雲還。羈情忽動滄溟外, 詩興猶多嶽雪間。更羨翩翩書記室, 幾回載筆入

---

125 원문에는 '祇'로 되어 있으나 '祇'의 오기(誤記)임.

燕關。

《三接清範　一未從頌　行將別矣　兹以一律　呈于林鳳谷　聊申悵惘
之意》　　　　　　　　　　　　　　　　　　　　　　　金仁謙

文墨三朝會，和韓一榻同。孤山愁別鶴，衡浦怨歸鴻。侈橐驪宮月，
餘香鳳閣風。清遊難再卜，涯角渺西東。

《和金書記見寄韻》　　　　　　　　　　　　　　　　　　林信言

香臺相值處，翰墨好俱同。紫靄迎旌旆，青雲送雁鴻。千帆掛夜月，
万馬嘶春風。惟恨西歸後，仙槎隔日東。

《用少陵韻　奉贈龍潭秘書》　　　　　　　　　　　　　　南玉

笑睫人稠裡，襟情語罷時。飛花投幔細，歸燭下樓遲。麈尾傳承業，
詞頭遠大期。乾坤成楚隔，生別古來悲。

《和南秋月》　　　　　　　　　　　　　　　　　　　　林信愛

客舘江城北，新知分手時。詩傷離別速，情恨相逢遲。高調留千首，
清游無再期。銷魂東閣雨，蕭瑟不堪悲。

《用杜韻　寄林龍潭　仍敍別懷》　　　　　　　　　　　　成大中

童烏與玄草，雛鳳賁丹輝。秉筆才無忝，傳經道不違。重逢春日永，
一別瞑烟微。渭樹縈新恨，天涯客帆歸。

《和成龍淵》　　　　　　　　　　　　　　　　　　　　林信愛

樓中相值日，彩筆發明輝。把手歡無極，論交情豈違。浮雲君思遠，

蕭雨我心微。別來如有問, 爲傳北雁歸。

《奉呈龍潭》　　　　　　　　　　　　　　　　元重擧

蓬岑春日色, 環珮曉仙羣。閣上逢劉向, 江東見陸雲。西垣留寶樹,
南斗宿瑤文。萍水分難合, 華筵每惜曛。

《和元玄川》　　　　　　　　　　　　　　　　林信愛

一別天涯隔, 客心逐雁群。函關通紫氣, 富岳簇春雲。共說千年遇,
永傳五色文。歸帆東海上, 遙望落暉曛。

《留別林龍潭》　　　　　　　　　　　　　　　金仁謙

魯駒元逸足, 謝鳳有奇毛。天閣與玄早, 芸臺秉筆高。看花三日會,
遺客一詩豪。春晚離愁動, 歸帆万里濤。

《和金退石》　　　　　　　　　　　　　　　　林信愛

一自隨鸞嘯, 還慙比鳳毛。語言雖我異, 意氣識君高。風送長程夢,
詩推大家豪。歸來枚叔筆, 應賦廣陵濤。

《奉呈製述官南公》　　　　　　　　　　　　　山岊藏

相逢談笑思何群, 臺上賦成凌曙雲。不讓當年司馬氏, 梁園此日盛
名聞。

《和文淵》　　　　　　　　　　　　　　　　　南玉

孔翠飛來鳳作群, 重看彩翮下晴雲。迢迢碧海三千里, 一別清音不
可聞。

≪再用前韻　呈秋月≫　　　　　　　　　　　　　　山岾藏

鷄鶴縱令難作群，今日相逢問浮雲。天涯別後論交地，黃鳥一聲不
忍聞。

≪疊和文淵≫　　　　　　　　　　　　　　　　　　南玉

一南一北斷鴻群，乍合乍離滄海雲。明日品川江館夜，雨聲蕭颯幾
人聞。

≪呈察訪成君≫　　　　　　　　　　　　　　　　　山岾藏

桃李西園花落時，翩翩才子賦新詩。還疑一路江山氣，忽入毫端字
字奇。

≪和文淵≫　　　　　　　　　　　　　　　　　　　成大中

寂寂藤扉客到時，鳥聲花意盡催詩。蕭踈眉眼知前度，分外淸譚更
覺奇。

≪再用前韻　呈龍淵≫　　　　　　　　　　　　　　山岾藏

正是山陰修禊時，憐君揮筆賦新詩。茂林脩竹渾異域，此會千年不
亦奇。

≪疊和文淵≫　　　　　　　　　　　　　　　　　　成大中

孤寺踈燈聽雁時，雨中忽寄贈行詩。品川舘裡應相訪，交道殊方儘
一奇。

《呈奉事元君》　　　　　　　　　　　　　　　　　　　　　山岾藏

清談風月一時情，況又雲烟從筆生。元識登<u>龍門</u>下客，千年高士不
虛名。

《和文淵》　　　　　　　　　　　　　　　　　　　　　　　元重擧

脉脉毫端不盡情，半庭花落澹烟生。聯章屢續非繁稹[126]，隔海相思只
是名。

《再用前韻　呈<u>玄川</u>》　　　　　　　　　　　　　　　　　山岾藏

万里風烟動旅情，交歡幸有話平生。縱橫健筆元無敵，已識詞場獨
擅名。

《疊和<u>文淵</u>書記》　　　　　　　　　　　　　　　　　　　元重擧

毫中難盡意中情，只許相看笑色生。三入賓筵言莫接，起來惟誦<u>崖
君</u>名。

《呈進士<u>金君</u>》　　　　　　　　　　　　　　　　　　　　山岾藏

瓊筵再會<u>梵王</u>城，塵尾玄談遺世情。萍水相逢<u>蓮社</u>裡，誰圖此日結
詩盟。

《和<u>文淵</u>》　　　　　　　　　　　　　　　　　　　　　　金仁謙

十日星軺滯<u>武城</u>，殘燈客榻憶君情。明朝一別雖堪悵，其奈<u>西湖</u>白
馬盟。

---

126 원문에는 '稹'으로 되어 있으나 '積'의 오기(誤記)인 듯함.

《再用前韻 呈退石》　　　　　　　　　　　　　山岾藏

揮筆彩霞起赤城, 仙才詩賦見交情。本是翩翩書記室, 藝苑憐君獨
主盟。

《疊和文淵記室》　　　　　　　　　　　　　　金仁謙

行人欲別武州城, 春雨連宵苦未晴。海寺幽期須莫負, 文壇更欲共
修盟。

《二月廿一日》

某姓林, 名信言, 字子恭, 號鳳谷。敍朝散大夫, 任國子祭酒。戊辰之
會, 稱秘書監。今以官事, 與君等接遇, 多幸多幸。本欲煩諸君筆墨, 今
以公事繁擾, 不敢事竣。請一揮耳。

寫字官 洪聖源, 字 景魯, 號 正正齋
寫字官 李彦佑, 字 公弼, 號 梅窩
畵員 金有聲, 字 仲玉, 號 西巖

《示寫字官洪、李二氏》

戊辰之會, 紫峰、東岩, 以寫字官, 馳雲烟之譽。時予亦稱秘書監, 邂
逅雅筵。二君今猶無恙否? 頃日以官事, 見君等揮毫之玅, 爲幸已甚。
且所賜之數張, 永以爲珍。拙詩二篇[127], 聊寓謝意, 他日見和答, 幸甚。

---

127 원문에는 '蒿'으로 되어 있으나 '篇'의 오기(誤記)인 듯함.

≪二白≫

我國所製筆墨, 各一箇。輕薄有愧, 聊具玩弄耳。

≪見寫字官<u>正正齋洪氏</u>運筆之妙 賦此爲寄≫　　　　　<u>林信言</u>

休論<u>晋</u>代右軍流, 鐵畫銀鉤爲自由。恍見雲烟生紙上, 相逢共喜作
遨遊。

≪見寫字官<u>梅窩李氏</u>揮筆之妙 賦此爲寄≫　　　　　<u>林信言</u>

曾識<u>韓</u>邦寫字官, 只今奇遇坐騷壇。秋蛇春蚓行行健, 疑是鬼神傍
筆端。

≪復祭酒林公≫　　　　　　　　　　　　　　　　　　　<u>洪聖源</u>

冠紳傳家, 仰高譽於北斗, 文章經國, 表大風於東溟, 顧邁<u>李</u>、<u>韓</u>技
遜<u>歐</u>、<u>柳</u>。席上之淸芬猶在, 奚消三日。篋中之佳貺遽來, 可適十朋。
肆走薄蹄, 敢入高眼。山腴海錯, 庶不遺於大庖。道骨仙風, 永有思於
閬苑。

≪示畫員<u>西巖</u>≫

戊辰之歲, <u>蘇齋</u>君以畫官來, 予亦因公事, 得與見丹靑之玅。敢問無
恙否? 今又以官事, 觀足下之揮洒, 可謂一時之奇遇也。且所惠之數幅,
珍玩不措。拙詩一章及我國所製之扇墨二品, 聊攄謝意耳。

≪寄畫員<u>西巖金氏</u>≫　　　　　　　　　　　　　　　　<u>林信言</u>

<u>韓</u>國曾稱畫絶名, 古今精玅筆頭生。丹靑馳譽通神手, 水石江山隨意成。

《奉謝林祭酒公惠詩》　　　　　　　　　　　　　　　金有聲

丹青愧乏逼眞名，那有雲烟筆下生。東來万里探奇勝，更喜賓筵好
會成。

扇墨之貺，尤用感謝。蘇齋君，尙無恙矣。

《謝述齋卞氏惠畵》　　　　　　　　　　　　　　　林信言

席上畵成松竹梅，堪看春色紙中來。忽驚偏逞丹青妙，奪得天工筆
下開。

《示述齋》

松竹梅畵，多謝多謝。前日寄謝章達否?

昨承瓊什，豁然心目。姑未和成，當數日內和呈矣。

某姓林，名信愛，字子節，號龍潭。敍朝散大夫，任秘書監。父則國子
祭酒信言也。今因官事，與君等會集，幸甚幸甚。待公事畢而願諸君揮
灑也。

《見寫字官洪僉使運筆　有此寄》　　　　　　　　　　林信愛

座上揮毫勢有餘，知君名譽不曾虛。誰言呂向傳神妙，今日已看連
錦書。

《見寫字官李護軍臨池技　有此寄》　　　　　　　　林信愛

草聖之名舊更聞，初看字字動烟雲。風霜猶拂池頭色，鳳集龍騰是
出群。

≪與寫字官≫　　　　　　　　　　　　　　　　　林信愛

自相見殆十餘日, 起居珍迪, 可賀可賀。唯是春雨暝暝, 客懷如何?
頃間運筆之勞, 不知所謝, 復又托大浦氏以煩二君。雖似狎曠, 姑請明
恕, 幸見相惠, 則捧掌上喜心頭, 不減雙璧之貺也。不腆雜物, 聊示微
忱, 笑納是幸。

≪復秘書林公≫　　　　　　　　　　　　　　　　　洪聖源

五色之鳳可觀者文, 一角之麟所尙者德。蘭臺、石室, 平步以登, 二
酉三蒼一覽, 則記幸切接席, 愧深臨池。華翰繼來, 錦彰珠爛, 珍貺[128]
備至。筆精墨香, 日下雲間, 高標長仰, 天涯海角, 遠別攸分。

≪寄畫員金僉使≫　　　　　　　　　　　　　　　　林信愛

絹素拂來色色分, 忽看五彩細成文。天眞傳妙誰相競, 心匠通神獨自
聞。手澤尤超周防輩, 筆精應拔子華群。揮毫舊得丹靑理, 初識良工更
屬君。

≪奉酬林秘監公惠詩≫　　　　　　　　　　　　　　金有聲

万里東西海陸分, 尙同車軌與書文。瀛洲物色皆新面, 富岳盤踞愜舊
聞。袞袞諸公臺閣彦, 翩翩遊士俊逸群。自慚薄技非龍眠, 珍問華褒感
荷君。

戊辰之年, 聞良醫趙活菴之名, 而不接其面, 以爲恨。所贈一律, 幸
有和什。今聞足下有醫國譽。官事無暇, 未得一見。鄙詩一章, 以代面

晤。他時捐和章，爲幸。

《寄良醫李慕菴》　　　　　　　　　　　　　　林信言

　濟世陰功最絶倫，回生起死姓名新。庭流橘井四時水，家領杏林三月春。良劑能傳華氏術，秘方已得葛公眞。不稱醫國活人妙，却識靑囊藥有神。

《和祭酒鳳谷》　　　　　　　　　　　　　　　李佐國

　建幟騷壇超衆倫，一邦負笈講知新。香名幾把芸臺筆，鬢髮長靑籙閣春。靈藥刀圭休乞惠，仙鄕羽化欲尋眞。晴窓縱閱華扁術，醫國嗟無妙入神。

《寄良醫李聖甫》　　　　　　　　　　　　　　林信愛

　曾聞能比巫咸賢，學得神方名更傳。三世高才誰不羨，四家美譽君應全。細論疾疢多蘇死，遠涉波濤渾擬仙。千樹杏花故園夢，春風吹送日東邊。

《和秘書監林子節》　　　　　　　　　　　　　李佐國

　畫樓高處簇群賢，和靖芳名滿耳傳。各整衣冠團一會，交孚誠信勉雙全。眉端道氣兼詩士，稷下文風且水仙。壽世良方非素志，煙霞頻入浪唫邊。

한관창화 권3

韓館唱和　卷之三

한관창화 권3

국자좨주(國子祭酒) 임신언(林信言) 장서(藏書)

삼대관사께서 주신 물건에 받들어 사례하다
奉謝三大官使惠産物

국자좨주(國子祭酒) 임신언(林信言)

귀방의 명품들 제각기 장인 있는데	貴邦名種各良工
보내 주심에 마음이 통함을 곧 알았네	寄贈卽知情意通
대부분 문방의 고상한 물건이니	多是文房風雅器
남몰래 간직하며 끝없는 기쁨 사례하기 어렵네	秘藏難謝喜無窮

조선국 삼대관사께서 주신 물건에 받들어 사례하다
奉謝朝鮮國三大官使見惠産物

비서감(秘書監) 임신애(林信愛)

희고도 흰 것 부쳐주시니 서리와 눈처럼 맑고	皎皎寄來霜雪淸
부용처럼 정밀히 만들어 그 빛 가장 선명하네	芙蓉精製最鮮明
두루마리 펼침에 은근한 뜻 세세히 적혀있으니	卷舒細寫慇懃意
어찌 당시 호저[1]의 정보다 못하리오	豈讓當年縞紵情

위는 종이

아름다운 선물은 미인으로부터 오는 법 　　　　佳貺本知從美人

화려한 집에서 휘둘러 풍진을 쓸어낸다 　　　　華堂揮處拂風塵

붓을 주셨으니 강엄의 꿈[2]은 아니라서 　　　　投來不是江淹夢

오래도록 문장을 나날이 새롭게 하리라 　　　　長使文章日日新

위는 붓

넘실넘실 송연[3]이 못에 떠가니 　　　　汋汋松烟池上浮

용연[4]이 가늘게 떨어져 기이한 향기 흐르네 　　　　龍涎細滴異香流

이제 양공이 증정해 주시니 　　　　今時卽有梁公贈

어느 곳에서 갈공[5]의 마음 보답하지 않으랴 　　　　何處葛龔心不酬

위는 먹

은근히 사귐의 정 접하니 문득 기쁜데 　　　　慇懃忽喜接交情

알알이 푸른 열매 맛이 더욱 맑구나 　　　　翠實離離味更清

---

1 호저(縞紵) : 친구 사이에 주고받는 선물. 옛적에 오(吳)의 계찰(季札)이 정(鄭)의 자산 (子産)에게 흰 비단 띠[縞帶]를 보내니, 자산이 또한 계찰에게 모시옷[紵衣]을 보낸 고사 에서 유래하였다.

2 강엄의 꿈 : 양(梁)나라 때 문장가인 강엄(江淹)이 한번은 야정(冶亭)에서 잠을 자다가 꿈을 꾸었는데, 곽박(郭璞)이라고 하는 노인이 와서 "내 붓이 그대에게 가 있은 지 여러 해이니, 이제는 나에게 돌려다오." 하였다. 이에 자기 품속에서 오색필(五色筆)을 꺼내어 그에게 돌려주고 꿈에서 깨었다. 그 후로는 좋은 시문을 전혀 짓지 못했다고 한다.

3 송연(松烟) : 소나무를 태운 그을음. 먹의 원료로 쓰인다.

4 용연(龍涎) : 고래의 병든 위장에서 나오는 일종의 결석(結石)으로 가장 유명하고 진 귀한 향료로 꼽힌다.

5 갈공(葛龔) : 후한(後漢) 양국(梁國) 영릉(寧陵) 사람. 자는 원보(元甫). 안제(安帝) 때 에 태관승(太官丞)이 되었고 뒤에는 탕음(蕩陰)과 임분(臨汾)의 현령을 지냈는데 모두 치적을 올렸다. 문부(文賦) 등 12편을 저술하였다.

남산과 나란히 오래 강녕한 것이 아니라면[6]   不是南山齊永寧
신선이 옛날부터 장생한 줄 누가 알리오   誰知仙子舊長生
위는 잣

명월을 주시니 흥취가 유난히 길어   投來明月興偏長
긴 여름 그대 때문에 서늘함이 빨리 왔네   長夏依君動早凉
오직 그때의 원언백[7]만 그랬던 것 아니니   不獨當年袁彦伯
인애의 바람 이로부터 동양에 가득하겠네   仁風自是滿東陽
위는 둥근 부채

토산물에서 대방의 풍격 유독 볼 수 있으니   土宜偏見大邦風
화문석 비단 무늬 얼마나 기이한지   花席錦文奇豈窮
옛 친구 서로 만나 잔치 자리 여는 곳에   相値故人開宴處
붉은 노을에 앉았는가 취해서 더욱 의아하다   醉來更訝坐霞紅
위는 화석(花席)

흰 비단으로 만들어 더욱 보배로운데   紈素裁成尤足珍
하물며 풍진을 털어내는 가벼운 부채임에랴   況看輕篷拂風塵
예부터 석상에서 그 모습 둥글둥글하니   向來座上團團色

---

6 남산과……아니라면 : 남산(南山)처럼 장수(長壽)하기를 축원하는 말로 『시경(詩經)』
「소아(小雅)」 ‘천보(天保)’편에 ‘남산의 장수함과 같아, 이지러지지 않고 무너지지 않으며
[如南山之壽, 不騫不崩.]’라는 말이 있다. 또 조선시대 남산에는 잣나무를 많이 심었다.
7 원언백(袁彦伯) : 동진(東晉)의 문사(文士)인 원굉(袁宏)의 자(字)이다. 그가 동양 군
수(東陽郡守)로 부임할 적에, 사안(謝安)이 부채 하나를 선물로 주자, 원굉이 “인애의
바람을 불러 일으켜 저 백성들의 마음을 위로하겠다.[當奉揚仁風, 慰彼黎庶.]”라고 대답
한 고사가 전한다.

아름다운 자리 밤마다 새로워짐을 알겠네 　　須識華筵夜夜新
위는 부채

정사 조공을 받들어 전별하다
奉餞正使趙公

국자좨주 임신언

상봉은 잠시뿐 다시 머물러 두기 어려우니 　　相逢暫爾更難留
이별이 한스러워 옷 잡으며 수심 이기지 못하네 　　別恨牽衣不耐愁
이곳 떠나 조선으로 돌아간 날에도 　　此去已歸韓國日
아름다운 시로 한 때 노닐었음을 잊지 마시오 　　莫忘騷雅一時遊

임 좨주의 이별시에 다시 화답하다
再和林祭酒別詩

조엄(趙曮)

먼 곳에 사신으로 와 오래 머물러 있다가 　　天邊四牡久淹留
봄에 하량[8]에서 돌아가니 나그네 근심 풀리네 　　春返河梁破客愁
백년토록 가수[9]의 정 전하는 것 최고이리라 　　最是百年嘉樹傳

---

8 하량(河梁) : 한(漢)나라 이릉(李陵)이 소무(蘇武)에게 준 송별시에, "손을 잡고 하량에 올라간다.[攜手上河梁]"했는데, 하량은 하수(河水)의 다리[橋]이다. 물가에서 이별하기 때문에 이 시를 인용하였다.

9 가수(嘉樹) : 아름다운 나무를 말한다. 춘추시대 진(晉)나라 한 선자(韓宣子)가 노(魯)나라에 사신으로 갔는데, 소공(昭公)이 선자에게 향연을 베풀 적에 선자가 양국이 서로 화친하기를 희망하는 뜻에서 『시경』「소아(小雅)」 '각궁(角弓)'의 시를 노래했다. 이윽고 다시 계무자(季武子)의 주연에 참석해서는 정원에 서 있는 아름다운 나무를 보고 좋고

기림[10] 깊은 곳 봉지[11]에서 노닐었음을　　　　祇林深處鳳池遊

부사 이공을 받들어 전별하다
奉餞副使李公

임신언

이별할 제 절류가[12] 부르며 길게 탄식하니	離歌折柳耐長嗟
만 리 구름과 안개에 바닷길 아득하네	萬里雲烟海路賒
잠깐의 고상한 시 모임 더욱 그리운데	更憶暫時騷雅會
멀리 떨어지면 다시 노닐기 어려우리	再遊難奈隔天涯

임 좨주가 이별에 임하여 부쳐준 시에 삼가 차운하다
謹次林祭酒臨別見寄之韻

이인배(李仁培)

만 리 하교[13]의 이별 예부터 탄식하였으니　　河橋萬里古來嗟

칭찬하자, 계무자가 말하기를 "제가 감히 이 나무를 잘 길러서 '각궁'편을 노래해 주신 당신의 은혜를 깊이 새기지 않을 수 있겠습니까?[宿敢不封殖此樹, 以無忘角弓?]"라고 하였다. 여기서 아름다운 나무는 서로 친밀한 교정(交情)을 의미한다.

10 기림(祇林) : 절을 가리킨다. 중인도(中印度) 사위성(舍衛城) 남쪽에 있던 기타 태자 (祇陀太子)의 동산으로, 수달장자(須達長者)가 이 땅을 사서 절을 지어 부처님께 바쳤다.

11 봉지(鳳池) : 궁궐에 있는 봉황지(鳳凰池)로, 금중(禁中)을 말한다.

12 절류가(折柳歌) : 고대의 악부 가운데 하나인 '절양류곡(折楊柳曲)'으로, 버들가지를 꺾으면서 이별하는 마음을 노래한 것이다.

13 하교(河橋) : 이별하는 장소로 곧잘 등장하는 시어(詩語)이다. 보통 '하교양류(河橋楊柳)'로 많이 쓴다.

외로운 달은 멀고 북두성도 아득하네　　　　　孤月迢迢斗柄賒

내일 첩첩관문을 지나 꽃나무 너머로 가면　　明日重關芳樹外

바다 동쪽 끝으로 고개 돌릴 수 있겠는가　　可堪回首海東涯

종사관 김공을 받들어 전별하다
奉餞從事官金公

임신언

이별하며 누가 낙매화곡[14] 부르는가　　　　離別何人吹落梅

헤어지는 이 날 슬픔을 견디기 어렵네　　　分襟此日不堪哀

사신 수레 돌아가 조선 땅에 이르러도　　　使車歸到韓邦地

그대의 빼어난 재주를 어찌 잊으랴　　　　從是豈忘俊逸才

임 대학이 전별하며 지은 시에 받들어 화답하다
奉和林大學臚行韻

김상익(金相翊)

봄바람에 무성[15]의 매화 다 보았는데　　　春風看盡武城梅

돌아가는 기러기 헤어져 나니 초나라 물 애처롭네　　歸雁分飛楚水哀

영수 양운[16]사이로 어느 날 밤 달이 뜨면　　嶺樹洋雲他夜月

---

14 낙매화곡(落梅花曲) : 적곡(笛曲)의 이름. 진(晉)나라 때 환이(桓伊)가 적(笛)에 뛰어
　나 '낙매화곡'을 지었다고 한다.

15 무성(武城) : '동무(東武)'라고도 함. 강호막부(江戶幕府)를 이르는 말.

16 영수(嶺樹) 양운(洋雲) : 산마루의 나무와 바다의 구름으로, 원래는 '영수(嶺樹) 강운
　(江雲)'이다. 이것을 보며 벗을 간절히 그리워하는 것이다. 두보가 이백(李白)을 그리워

봉지의 재주 맑은 의표를 멀리서 생각하리　　　　清標遙憶鳳池才

○조선국 정사 통정대부 조공의 환국을 삼가 전별하는 서

비서감 임신애

소나무는 높은 바위 꼭대기에서 자라는데 높고 곧고 무성하며, 빽빽한 잎은 짙푸르러 수많은 나무 위에 영화를 드러내고, 만 길의 밖으로 자태를 뽐내니 강직한 기운을 더욱 후하게 받은 식물이라 이를 만합니다. 강직한 기운을 받은 것이 더욱 후하기에 사시(四時)가 지나도 바뀌지 않고 사시가 지나도 바뀌지 않기에 천년이 지나도 변하지 않습니다. 자고로 군자가 이를 본받음은 진실로 까닭이 있는 것입니다.

대저 조선의 정사(正使) 조공(趙公)이 명을 받들고 나라를 떠나 파도를 헤치고 왔지만 수고롭게 여기지 않고, 서리와 눈을 무릅쓰고 왔지만 고통스럽게 여기지 않았으니 제가 진실로 그 곧고 굳은 마음을 알겠습니다. 어전에서 국서를 받드는 것을 보았는데 과연 위의가 있고 조심스러워 그 기운에 강직함이 있었으니, 이는 사람 중에 강직한 기운을 많이 받은 분일 것입니다. 빈관에서 만나 글로 말을 대신하고 시를 지어 흥을 돋움에 또한 언어가 다름을 끝내 한스럽게 여기지 않았으니 즐거움을 어찌 말로 다할 수 있겠습니까? 저는 불초하지만 여러 대에 걸쳐 조정에서 직임을 맡아 자주 접대할 수 있었으니 다행이라할 만합니다. 이별함에 한 마디 말을 엮어 이와 같이 그 뜻을 폅니다.

하면서 지은 「춘일억이백(春日憶李白)」에 "위수 북쪽엔 봄 하늘에 우뚝 선 나무, 장강 동쪽엔 저문 날 구름[渭北春天樹, 江東日暮雲.]"이라 하였다.

○조선국 부사 통훈대부 이공의 환국을 삼가 전별하는 서

비서감 임신애

맹자께서 "물을 보는 데는 방법이 있으니 반드시 그 여울목을 보아야 한다."[17]라고 하셨고 "대저 용솟음치고 흘러서 밤낮을 그치지 아니하여 구덩이가 가득 찬 뒤에 나아가 두루 사해에 이른다."[18]라고 하셨습니다. 이는 근본이 있기 때문이니 성인의 덕을 옥에 비하는[19] 이유입니다. 조선 부사 이공이 국서를 받들고 일본에 와서 어전에서 빙례를 닦았습니다. 저는 유사의 반열에 끼어 멀리서 그대의 위의와 용모를 보고 근본이 있는 사람일 것이다 생각했습니다. 그 모습은 공손하고 삼가며 그 위의는 온밀(溫密)하고 간정(簡靜)하니 근본이 있는 사람은 마음에 가득차서 밖으로 드러나는 법입니다. 또한 관례상 사대(使臺)에서 공을 보았는데, 몽당붓으로 말을 대신하고 보잘것없는 문장으로 글을 씀에 다행히 비루하다 여기지 않으시고 누차 창수해 주셨습니다. 이러하니 진뢰(陳雷)의 사귐[20]과 무엇이 다르며 아교 칠을 한 견

---

17 물을……보아야 한다 : 『맹자(孟子)』「진심상(盡心上)」에 "물을 보는 데는 방법이 있으니, 반드시 그 여울목을 보아야 한다. 해와 달이 밝음이 있으니 빛을 용납하는 곳에는 반드시 비추는 것이다.[觀水有術, 必觀其瀾. 日月有明, 容光必照焉.]"라는 말이 보인다.

18 대저……이른다 : 『맹자(孟子)』「이루하(離婁下)」에 "맹자께서 말씀하셨다. '근원이 좋은 물이 용솟음쳐 흘러서 밤낮을 그치지 아니하여 구덩이가 가득 찬 뒤에 나아가 사해에 이르나니, 학문에 근본이 있는 자가 이와 같다. 이 때문에 취하신 것이다.'[孟子曰, 原泉混混, 不舍晝夜, 盈科而後進, 放乎四海. 有本者如是, 是之取爾.]"라는 말이 보인다.

19 성인의 덕을 옥에 비하는 : 공자(孔子)가 "대저 옛날에 군자는 덕을 옥에 비겼으니, 온윤하되 윤택함은 인(仁)이요[夫昔者君子, 比德於玉焉, 溫潤而澤仁也.]"라고 하였다.

20 진뢰(陳雷)의 사귐 : 후한(後漢)의 진중(陳重)과 뇌의(雷義)를 가리킨다. 우의(友誼)가 매우 두터워 향리에서 "아교와 칠을 두고 단단하다 하지만 뇌의와 진중만은 못하리라.[膠漆自謂堅, 不如雷與陳.]" 하고 일컬었다 한다.

고함이 어떻겠습니까? 돌아갈 날이 참으로 가깝고 행장이 더욱 빠르 며 게다가 이별한 후에는 결코 서로 만날 리가 없으니 이에 한 마디를 써서 은근한 마음을 폅니다. 삼가 바라건대 고향에 돌아가신 후에도 거친 말을 펼쳐서 제 비루한 마음을 살펴주신다면 매우 고맙겠습니다.

○ 조선국 종사관 통훈대부 김공의 환국을 삼가 전별하는 서

비서감 임신애

"예의 용(用)은 화(和)를 귀하게 여긴다."[21]라고 하였으니 진실하도 다, 이 말씀이여! 조선 종사관 김공은 두 사신과 함께 명을 받들고 천 리를 멀다하지 않고 우리나라를 빙문하여 금전(金殿)에서 국서를 받들 었습니다. 제가 조정에 있으면서 그 예를 행하는 것을 삼가 멀리서 바 라보니 위의와 용모가 법도에 맞았고 진퇴하고 주선함이 예절에 합당 하였으며 사기(辭氣)가 매우 성대하였고 신의를 논하는 것이 매우 지 극하였습니다. 그러니 백년의 우호를 다지는 뜻이 여기에 있을 것이 요, 천년의 교제를 두터이 하는 요령이 여기에서 충분할 것입니다. 공 이 일을 의논하고 마땅함을 계획함이 한결같이 모두 예를 따르지 않 음이 없었고, 예를 행함은 조화에 바탕을 두지 않은 적이 없었습니다. 객관(客館)에서 공을 보고는 금란(金蘭)[22]의 아름다움과 송죽(松竹) 같

---

21 예의……여긴다 : 『논어(論語)』「학이(學而)」에 보인다.
22 금란(金蘭) : 변치 않는 우정을 뜻한다. 『주역(周易)』「계사상(繫辭上)」에 "두 사람이 마음을 같이하니 그 예리함이 쇠를 끊는다. 마음을 같이하는 말은 그 향기가 난초와 같 다.[二人同心, 其利斷金, 同心之言, 其臭如蘭.]" 하였으니, 이를 '금란지교(金蘭之交)'

은 지조가 있음을 더욱 알게 되었고, 한 마음 한 뜻으로 오래도록 공경하며 더욱 친하게 되었습니다. 우아한 담론은 붓에서 생기고 돈독한 우정은 편지에서 드러났으니 천년의 기이한 만남이라 이를 만합니다. 다만 한스러운 것은 세월이 흘러가 돌아갈 날이 이미 다가왔으니 옷을 끌어당기고 고삐를 당긴들 무슨 유익이 있겠습니까? 다만 지은 글들이 불후하고 정신적인 사귐이 더욱 돈독하기만을 바라니, 이는 두 나라의 성대한 일이요 실로 우리들의 큰 행운입니다.

임 비서가 전송하는 서를 주고 또 영물시를 지어 주니 그 뜻이 매우 은근하고 정성스러워 정자 운으로 화답하여 사례하다
林秘書贈以送行序 又惠詠物詩 意甚勤摯 和情字韻以謝之

정사(正使) 조엄(趙曮)

비각[23]의 도서 차지한 땅이 맑은데	秘閣圖書占地淸
화전[24]에서 기초함도 글 솜씨 빛나네	花甎起草彩毫明
아름다운 시 지어 가는 사람 배웅하니	佳篇又送行人去
멀리 남쪽 하늘 운수[25]에 마음을 매어두네	雲樹南天遠繫情

라 한다.

23 비각(秘閣) : 임금의 서적을 비장(秘藏)하는 창고.

24 화전(花甎) : '꽃무늬 벽돌'이라는 뜻으로, 학사원(學士院)을 가리킨다. 당나라 때 학사가 근무하는 내각(內閣) 북청(北廳)의 앞 섬돌에 화전이 있었던 데에서 유래한 것이다.

25 운수(雲樹) : 벗을 그리워하는 마음을 뜻하는 말로, 두보(杜甫)의 시 「춘일억이백(春日憶李白)」에 "위수 북쪽 봄날의 나무 한 그루, 장강 동쪽 해질녘 구름이로다.[渭北春天樹 江東日暮雲]"라는 구절이 있다.

임 비서가 전별해준 글에 삼가 사례하다
謹謝林秘書贐章

부사(副使) 이인배(李仁培)

비온 뒤 동풍에 멀리 안개 떠가니　　　　　　　東風雨後遠煙浮

봄 지난 상호에 눈 녹은 물 흐르네　　　　　　春盡箱湖雪水流

양관²⁶의 한 곡조 다 끝나기도 전에　　　　　一曲陽關言不盡

이별 자리에 다시 들어와 녹명²⁷으로 화답하네　離筵更入鹿鳴酬

임 비서감의 이별의 말에 받들어 화답하다
奉酬林秘監別語

종사관(從事官) 김상익(金相翊)

빈연에서 처음 만나 정이 이미 깊으니　　　　賓筵初接已深情

사씨의 집 뜰에 옥수가 맑구나²⁸　　　　　　謝氏門庭玉樹清

늦은 봄 서쪽 교외에 방초가 푸른데　　　　　春晚西郊芳草錄

하늘 끝 저녁 구름에 먼 수심 생기네　　　　暮雲天末遠愁生

---

26 양관(陽關) : 곡조명으로 '위성곡(渭城曲)'의 별명이다. 왕유(王維)의 시 「송원이사안서 (送元二使安西)」에 "위성의 아침비는 가벼운 먼지 적시고, 객사의 버들은 푸르러 정취를 더하는구나. 권하노니 그대여 한 잔 더 드시게나, 서쪽으로 양관을 나서면 아는 친구 없으 리.[渭城朝雨浥輕塵, 客舍靑靑柳色新. 勸君更盡一杯酒, 西出陽關無故人.]"라고 하였 는데, 이 시를 악부(樂府)에 넣어 송별곡으로 삼았다.

27 녹명(鹿鳴) : 『시경』「소아(小雅)」의 편명. 손님을 초대하여 연회할 때 연주하는 음악 의 노랫말이다.

28 사씨의……맑구나 : '사씨(謝氏)'는 진(晉)나라 사안(謝安)을 말하고 '옥수(玉樹)'는 훌륭 한 자제(子弟)를 비유하는 말이다. 동진(東晉) 사람 사현(謝玄)의 숙부 사안(謝安)이, 사현 의 기량을 중하게 여겨서 "무엇을 원하느냐?"라고 물었더니, 사현은 "지란(芝蘭)·옥수(玉 樹)를 뜰에 가득히 심은 듯 사씨 집안에 훌륭한 자제가 나오는 것입니다."라고 대답하였다.

제술관 남군을 받들어 전별하다
奉餞製述官南君

임신언

공무가 많고 여가가 없어 회맹을 다지기 어려우니 그저 마음으로 간절히 사모할 뿐입니다. 그대의 우아한 법도와 아름다운 위의가 어렴풋이 눈앞에 보이는 듯하였는데 마침내 이별하게 되니 매우 유감입니다. 만 리 산하의 여정(旅程)에 자애하십시오.

진작 알았지 관산 만 리의 여정에	曾識關山萬里程
행장꾸리고 가는 사신이 재명 있음을	行裝去旆有才名
서로 만났다가 문득 일동의 땅 떠나니	相逢忽出日東地
시단에서 지은 풍소[29]가 생각나네	却憶風騷壇上盟

봉곡의 전별시에 받들어 화답하다
奉和鳳谷餞章

남옥(南玉)

물가 역참의 봄 구름이 나그네 길에 움직이니	水驛春雲動客程
천년의 주작[30]에 헛된 명예 부끄럽네	千秋朱鳥愧虛名
절간의 아름다운 나무 잊기가 어려우니	禪樓嘉樹難忘處

---

29 풍소(風騷) : 풍아(風雅)와 이소(離騷)를 가리키며, 인신하여 시부(詩賦)를 뜻하는 말로 쓰인다.

30 주작(朱雀) : 이십팔 수(二十八宿) 가운데 정(井)·괴(鬼)·유(柳)·성(星)·장(張)·익(翼)·진(軫)의 총칭으로 남방을 지키는 신(神)이다. 여기서는 남쪽에 있는 일본을 가리킨다.

우이[31]의 단 앞에서 오대 동안 맹세했구나　　　牛耳壇前五世盟

응당 다시 그대의 맑고 온화한 풍모를 받들리라 생각했는데 돌아갈 날이 얼마 남지 않았으니 다시 왕림해 주심을 바랄 수 없고, 한 번의 기쁨을 채 마치기도 전에 결국 생이별을 하게 되었으니 훌륭한 그대의 풍채를 잊기 어렵습니다. 그래서 오직 굴원의 사(辭)[32]와 강엄의 부(賦)[33]를 읊을 뿐입니다.

근자에 그대의 우아한 위의를 거듭 보고자 하였는데 이제 전별시를 받으니 아마도 답장할 수 없을 듯합니다. 저희들이 그대에게 느끼는 것은 다만 평수상봉의 즐거움뿐만이 아닙니다. 훌륭한 이름은 이미 익숙하게 들었고 우호도 돈독하여, 몇 번의 자리에서 이야기하고 즐기면서 아직 제 마음을 털어놓지 못하였지만 이 세상에서 다시 볼 수 있기를 바랄 뿐입니다. 희망이 없는 생이별의 슬픔은 옛 사람도 탄식했던 바이니 글을 씀에 더욱 암담해집니다.

---

31 우이(牛耳) : 춘추시대에 제후들이 회맹(會盟)할 때 맹주가 희생으로 잡은 소의 귀를 잡고 피를 받아 삽혈(歃血)하는 의식을 행하였다. 『춘추좌씨전(春秋左氏傳)』 「애공(哀公)」 17년 조에 "제후가 맹약하는 자리에 누가 쇠귀를 잡을 것인가?[諸侯盟, 誰執牛耳?]"라는 말이 나온다.

32 굴원의 사(辭) : 초(楚)나라의 굴원(屈原)이 조정에서 모함을 받고 축출된 뒤 상수(湘水)의 강담(江潭)을 배회하며 지은 「어부사(漁父詞)」를 말한다.

33 강엄의 부(賦) : 강엄(江淹)의 「별부(別賦)」에 '사람의 혼을 녹이는 것은 오직 이별일 뿐이다.[黯然銷魂者, 惟別而已.]'라는 말이 있다.

찰방 성씨와 이별하다
別察訪成氏

임신언

공사가 쌓여 있어, 재회하여 옛일을 한번 말할 겨를이 없으니 남은 한이 다른 때와는 다릅니다. 사신의 돌아갈 기약이 날로 가까워지니 바라건대 풍파(風波) 조심하십시오.

손잡고서 먼 이별 감당하기 어려워	執手難裁遠別離
산에 올라 바다 보며 길게 한숨짓네	登山臨水作長噫
빈관에선 돌아갈 마음 물론 간절하겠지요	館中偏識歸心切
다만 사귄 정 있어 탄식하며 시편을 부칩니다	只嘆交情寄一詩

임 좨주 전별시에 받들어 화답하다
奉和林祭酒贐章

성대중(成大中)

새로 안 즐거움 미흡한데 곧 이별이라니	新知未洽便相離
방초에 흩날리는 꽃잎이 어지러이 들어오네	芳草飛花亂入噫
양관삼첩으로 화답 마치고 떠나니	和盡陽關三疊去
푸른 구름34 어느 곳에서 다시 시를 지을까	碧雲何處更題詩

---

34 푸른 구름 : 남조(南朝) 송의 시승(詩僧)인 탕혜휴(湯惠休)의 시에 "해가 지면 푸른 구름도 서로 만나는데, 가인은 왜 이렇게 오지 않는지.[日暮碧雲合, 佳人殊未來.]"라는 구절이 있다.

혹 맑은 가르침을 다시 듣기 원했는데 인사가 끝내 어긋나 만 리의 이별을 하게 되니 마침내 이생에서는 만날 수 없겠지요. 암담한 마음을 어찌 다하겠습니까? 그저 진중자옥(珍重自玉) 하시기를 바랄 뿐입니다.

봉사 원씨와 이별하다
別奉事元氏

임신언

공무가 많아서 맹약을 다질 기약이 없고, 수창을 다 마치지 못했으니 한탄이 이래저래 모여 듭니다. 돌아갈 날이 가까우니 좋은 경치를 실컷 보심이 마땅하겠지요.

먼 길은 흰 구름 너머로 아득한데	長路漫漫隔白雲
버들 곁에 말 세우고 이별을 탄식하네	柳邊立馬嘆離群
천재일우의 기이한 만남을 잊지 마시오	莫忘千歲一奇遇
아름다운 글귀 보면 유난히 그대 생각나리	麗句佳章偏憶君

주신 운을 써서 좨주 임공과 유별하다
用見贈韻 留別祭酒林公

원중거(元重擧)

쟁쟁히 울리는 패옥 자운[35]에 둘려 있으니	環珮鏘鏘擁紫雲

---

35 자운(紫雲) : 자주색 구름으로, 상서로운 조짐이다. 전한(前漢) 두광정(杜光庭)의 「하황운표(賀黃雲表)」에 "한 선제(漢宣帝)가 감천궁(甘泉宮)에 거둥하니 자운이 궁전에 들

노성한 풍채 무리 중에서 더욱 뛰어나네   老成風彩更超群
겹겹의 바다 북쪽으로 돌아간 그때에   懸知歸日重溟北
꿈에서 분명 임 좨주 그대가 나타나리라   夢裡分明祭酒君

진사 김씨와 이별하다
別進士金氏

임신언

공무의 여가를 얻지 못하고 공연히 돌아갈 날이 되었으니, 정다운 말을 실컷 하지 못하여 매우 유감스럽습니다. 만 리 길 구름과 파도에 자애하시기를 바랍니다.

이별의 어려움 고금이 같은데   離別之難同古今
청산녹수에 지음을 사모하네   靑山綠水慕知音
어찌 생각했으랴 고상한 잔치 몇 편의 노래가   豈思雅宴數篇調
구름 파도 너머로 천리의 마음 일으킬 줄이야   已作雲波千里心

임 좨주의 송별시에 화운하다
和林祭酒送別韻

김인겸(金仁謙)

아름다운 시가 어제 오늘 계속 이어지니   瓊律聯翩昨與今
화전 반폭에 정다운 소리 부치네   華牋半幅寄情音

어왔고, 송 세조(宋世祖)가 즉위할 때 자운이 단문(端門)에 나타났습니다." 하였다.

| 누대 앞 깊이가 천 자인 푸른 바다 | 樓前碧海深千尺 |
| 나를 보내는 임 좨주의 마음과 다투는 듯 | 爭似林君送我心 |

　세 번이나 그대의 맑은 의표를 접하였지만 그때마다 차분히 이야기를 나누지 못했습니다. 이런 와중에 만 리 영원한 이별을 하게 되니 이 마음과 이 슬픔을 어찌 다 말로 하겠습니까? 기거(起居)가 시절 따라 만길(萬吉)하시기를 바랄 뿐입니다.

○조선국 제술관 남군의 귀국을 전송하는 서

비서감 임신애

　조선과 일본이 신의를 통하고 우호를 다진 지가 지금까지 백여 년이라 좋은 이웃나라로 교제하는 의례가 방책(方策)에 기록되어 있습니다. 이보다 앞서 무진년(1748년)에 귀국의 사신이 이르렀을 때 옛 좨주(祭酒)셨던 할아버지 임신충(林信充)과 좨주(祭酒)인 아버지 임신언(林信言)께서 함께 벼슬을 하며 일을 맡았었습니다. 그런데 금년 삼관사(三官使)가 신정(新政)을 축하하기 위해 오심에 다행스럽게 친히 그 융성함을 보니 두 나라의 성대한 일이요, 저희 가문이 대대로 응대하는 직책에 있었으니 전후로 사신이 되어 오신 여러 공들께서 저희 집안을 총애해주시는 것이 아니겠습니까?

　제술관 남군은 유아(儒雅)하고 온문(溫文)함이 성대하고 웅장하여 고금을 분석 종합하고 법도에 익숙하니 군자라고 할 만합니다. 그래서 저는 "도가 같지 않으면 서로 도모하지 못한다."[36]는 말을 지금에서야 비로소 믿게 되었습니다. 그대와 저는 비록 다른 나라 사람이지만 학업이 같고 도가 같으니 한 동포인 옛 친구와 다름없습니다. 빈관에 계실 때에 혹 나아가 시를 창수하기도 하고, 혹 시를 지어 주심에 필설(筆舌)로 일을 서술함이 매우 은근하여 그 정을 다하였으니 이로 인하여 그 풍범(風範)을 익숙히 알게 되었습니다. 바라건대 재주로는 직임을 맡아 잘 처리할 만하고 문장으로는 국풍을 논하고 덕을 노래할 수 있다면, 남군의 훌륭함을 반드시 요직에 추천할 자가 있겠지요. 삼관사를 따라 조정에서 예를 행함에 옹용(雍容)히 나아가고 물러남을 친히 보았는데 패옥소리가 쟁쟁하고 위의가 성대하니 군자다웠습니다. 저는 조선의 문학하는 이들을 보면 대개 천성에서 나온 것 같다고 생각하니 어찌하여 조선에 군자가 많은 것입니까? 그 선비와 대부가 질박하여 유학을 숭상하고, 통달하여 예를 좋아하니 대저 조선이 한 번 변하면 반드시 제(齊)나라 노(魯)나라가 될 것입니다.[37] 제가 매양 유풍(流風)을 듣고 갈망한 지가 오래되었는데 이제야 남군의 얼굴을 마주하여 보았습니다. 게다가 나라를 떠나 만 리 이역에 사신으로 와서 특별히 나라의 빛을 드러내셨으니 진실로 사람들이 하기 어려운 것입니다. 지혜로운 자는 그대의 도량을 칭찬하고, 근간이 있는 자는 그대의 재주를 장대히 여기고, 덕이 있는 자는 그대의 법도를 찬미하고, 통달한 자는 그대의 지식을 귀감으로 삼으니 남군의 명예가 장차 후세에 밝게 드러날 것입니다. 경술(經術)을 서로 터득하였고, 예의(禮儀)를 서로 이루었으니 또

---

36 도가……못한다 : 『논어(論語)』 「위령공(衛靈公)」에서 공자는 "도가 같지 않으면 그와 더불어 도를 도모하지 못한다.[道不同, 不相爲謀.]"고 하였다.

37 조선이……될 것입니다. : 제나라와 노나라는 도(道)가 보존되어 있는 지방을 뜻한다. 『논어』 「옹야(雍也)」에 "제나라가 한 번 변하면 노나라 경지에 이르고, 노나라가 한 번 변하면 도에 이를 것이다.[齊一變, 至於魯, 魯一變, 至於道.]"라고 하였다.

한 불후하게 전해질 성대한 일이 아니겠습니까? 사신의 예를 마치고도 교제가 끝이 없으니 비록 각궁(角弓)의 위의[38]인들 무엇으로써 여기에 더하겠습니까? 비록 그렇지만 이별할 날이 가까이에 있는지라 저의 정성스런 마음은 반드시 말이 통하지 않음을 근심하는 것은 아니요, 만날 날이 많지 않음을 근심하고 있습니다. 왜 그런가 하면 학업을 물으면 그대와 나는 학업이 같고 도를 물으면 도가 같아서이니, 비록 이역만리 떨어진 사람이지만 어찌 한 동포인 옛 친구와 다르겠습니까? 지금 공무가 바빠 소매를 잡고 회포를 풀 수 없으니 하량의 이별에 비한다면 애절한 마음이 훨씬 더할 것입니다. 이후로는 날개가 생겨 파도 위를 날아가지 않는다면 서로 볼 수 없을 것이니 제가 바라보고 고대함이 어찌 다할 때가 있겠습니까? 남군은 떠난 후에 날개를 빌려 하늘에 소식을 전해 주실 수 있겠는지요. 이것이 제가 바라는 바입니다.

용담이 전별한 글에 사례하다
謝龍潭贐章

남옥

| 서군의 걸상을 오래도록 털고[39] | 久掃徐君榻 |
| 두로의 거문고 헛되이 걸려있네 | 虛橫杜老琴 |

---

38 각궁(角弓)의 위의 : 성대하게 베푼 은혜를 말한다. '각궁'은 『시경』의 편명. 앞의 주 참조.

39 서군의……털고 : 후한(後漢) 시절 남창 태수(南昌太守) 진번(陳蕃)은 별로 손님을 접대하지 않다가도, 그 고을에서 가난하게 지내는 서치(徐穉)라는 선비가 오면 그를 위해 특별히 걸상을 꺼내어 앉게 하고, 그가 돌아가면 다시 걸상을 걸어두었다고 한다.

삼상처럼 진 땅으로 떠나 이별하게 되면　　參商秦地別

초나라에서 화조를 보는 마음이리라[40]　　花鳥楚鄉心

제자가 책을 품고 이르니　　弟子懷書至

규문[41]이 밤사이에 임했도다　　奎文隔夜臨

고운 종이와 금부채 주시니　　濃牋與金箑

각궁시를 유별시로 보답했네　　留取角弓唫

성용연을 보내다
送成龍淵

임신애

포구의 만 리 밖으로 돌아가는 배 전송하니　　海門萬里送歸舟

손잡는 잠깐 동안 나그네 수심 사라진다　　携手暫時消客愁

객관의 아름다운 만남 다시 갖기 어려운데　　佳會舘中難再遇

찰랑거리는 물은[42] 동쪽 너머로 흐르네　　盈盈一水隔東流

---

40 삼상처럼……이리라 : 진(秦)은 조선을, 초향(楚鄉)은 일본을 가리킨다.

41 규문(奎文) : 문운(文運)을 주관하는 규수(奎宿)라는 말이다. 규수는 28수(宿)의 하나로, 옛날에는 그 별자리의 모양이 문자의 형태를 이루고 있다고 해서 문치(文治)나 문운을 상징한다고 인식되었다.

42 찰랑거리는 물은 : 견우와 직녀를 읊은 고시(古詩) 중에 "찰랑찰랑 은하수 물 사이에 두고, 애틋하게 바라볼 뿐 말 한마디 못 건네네.[盈盈一水間, 脈脈不得語.]"라는 표현이 있다.(『문선(文選)』 「고시십구수(古詩十九首)」)

임 비서의 이별시에 받들어 화답하다
奉和林秘書別詩

성대중

늦은 봄 돌아가는 길 나루에 배를 띄우니	歸程春晚浪津舟
버들은 한들한들 송별의 시름 자아내네	楊柳依依送別愁
부상과 삼한의 문자 모임 넉넉히 이으려거든	剩續桑韓文字會
그저 운해 속에 몽혼이 흐르게 하소서	只教雲海夢魂流

원현천을 보내다
送元玄川

임신애

덕으로 교화되면 반드시 이웃이 있는 법	德化元知必有鄰
사귐의 정이 이향 사람이라고 얕지 않네	交情不淺異鄉人
품속에 흰 옥이 밝은 달처럼 걸려 있어	懷中白璧懸明月
응당 한양 가는 천릿길 봄을 비추리라	應照漢陽千里春

임 비서의 이별시에 받들어 화답하다
奉和林秘書別詩

원중거

풍류로 서로 만나 북쪽남쪽 이웃되니	風流相接北南隣
좋은 문장으로 금옥 같은 사람 기뻐 맞이하네	文藻欣迎金玉人
무성한 풀 위로 꽃잎이 스치듯 떨어져	來拂落花歸蹻艸
말 앞에 한 바탕 봄만 괜히 시끄럽네	馬前空鬧一番春

김퇴석을 보내다
送金退石

임신애

객관 앞에 수양버들 그림자가 들쭉날쭉	館前垂柳影參差
새로 이별하려니 수심을 묶어두기 어렵네	難縮愁心新別離
하량에서 헤어지는 소이의 마음[43]보다 더하니	不獨河梁蘇李意
동서 만 리로 멀어지면 또 언제 만나랴	東西萬里又何時

임 비서의 이별시에 받들어 화답하다
奉和林秘書別詩

김인겸

강성의 구름과 나무 푸른빛이 들쭉날쭉	江城雲樹綠參差
하늘 밖으로 가는 기러기 먼 이별이 한스럽다	天外歸鴻恨遠離
장정[44]에 말 세우니 마음이 서글픈데	立馬長亭怊悵意
이 생에서 다시 만나려 해도 그럴 수 없으리	此生重會更無時

---

43 하량에서……마음 : 소이(蘇李)는 소무와 이릉을 말한다. 한(漢)나라 때 흉노(匈奴)에게
항복한 이릉(李陵)이, 앞서 흉노에게 사신 가서 억류되었다가 19년 만에 풀려나 한 나라로
돌아가는 소무(蘇武)와 작별하면서 소무에게 준 시에, "서로 손 잡고 강 다리에 오르네.
나그네는 저문 날에 어디로 가느뇨? …… 가는 사람을 오래 만류하기 어려워, 늘 서로 생각
하자고 각기 말하네.[携手上河梁, 遊子暮何之. …… 行人難久留, 各言長相思.]"라고 했
다는 고사가 있다.

44 장정(長亭) : 먼 길 떠나는 사람을 전송하던 곳.

○제술관 남군께 드립니다

임신언

저번에 청한 회진후(會津侯)의 「조양각기(朝陽閣記)」는 빨리 받았습니다. 써내려간 글자들이 옥과 같아, 그 찬란함에 시력을 잃을 정도이니 회진후가 기뻐하리라는 것을 능히 알 수 있습니다. 이에 보잘것없는 물품으로 저에게 감사의 뜻을 전하게 하여서 지금 심부름꾼 한 사람을 보내어 납촉(蠟燭) 백 자루를 드리니 받아주시면 고맙겠습니다. 그 외에 찬(贊)을 쓰는 일도 모두 해 주시면 기쁘고 고맙겠습니다. 이에 월주지(越州紙) 열 첩으로 애오라지 감사한 마음을 표합니다.

○두 번째 아룁니다

매화와 화조도 등의 찬사(讚辭)는 한가로운 여가를 이용해 한 번 써주신다면 어떤 고마움이 이보다 더하겠습니까?

○임 좌주께 사례의 말씀 올립니다

남옥

방금 편지를 받고는 기뻐하고 위로됨을 말로 다 형용할 수 없었습니다. 보내주신 열 첩의 아름다운 종이와 회진후가 은혜롭게 주신 백 자루 납촉은 매우 많았습니다. 저의 졸법(拙法)으로는 본래 물건 하나도 가지고 오지 않고자 하여 사람들이 혹 주더라도 한결같이 사양하고 거절하였습니다. 지금 그대가 주신 것에 대해서는 불공(不恭)한 혐의가 있을까

하여 애써 웃으며 받으니 부끄러운 마음 이기지 못하겠습니다. 회진후와
는 평소에 하루의 기쁨도 받들지 못하였기에 거듭 감사하는 것이 더욱
마땅하지만, 또한 족하께서 소개해준 수고가 있어서 감히 저의 뜻을 이
루지 못하니 실로 당신 때문에 그것을 받는 것입니다. 매화와 화조 등의
그림은 말씀하신 내용과 같으니 감히 저의 졸렬한 능력을 다하지 않겠습
니까? 객을 마주하여 대략 말씀드립니다. 공경함을 갖추지 못합니다.

○제술관 남군께 사례합니다

임신언

떠나신다는 소식을 들은 뒤에 그대의 문장을 보니 이별의 슬픔이
오늘보다 절절하였습니다. 또 좋은 글을 보내 주시니 깊은 뜻에 감사드
립니다. 저는 대개 공무가 많아 오직 고상한 담론이 적음을 탄식하기만
했는데, 만 리의 생이별에 그대의 맑은 모습을 접하기 어렵게 되었습니
다. 요전에 주신 아름다운 시편들은 길이 풍소(風騷)의 벗으로 삼겠습
니다. 이별의 한을 다 말하지 못하고 암연(黯然)히 붓을 내려놓습니다.

○용연 성군께 사례합니다

임신언

일전에 있었던 우연한 만남은 천년토록 어찌 잊겠습니까? 하지만
공무에 겨를이 없어 청담(淸談)을 자주 하기 어려운 것이 한스러울 뿐
인데, 또한 성대한 은혜를 입으니 간절한 마음에 감사드립니다. 생이
별의 슬픔은 어느 때나 그칠 수 있을까요? 취허(翠虛)[45]와 소헌(嘯軒)[46]

두 분은 봉강(鳳岡)⁴⁷·쾌당(快堂)⁴⁸과 옛 인연이 있었는데 하물며 지금 그대와 나는 몇 편의 시를 주고받아 길이 저의 가문과 알게 됨에 있어 서이겠습니까? 남은 생각은 다 말씀드리지 못합니다. 돌아가시는 길 자애하십시오.

○ 두 번째 아룁니다.

현천 퇴석 두 분께서 은혜로이 주시고 정성으로 대우해 주신 것이 깊으니 감사한 마음 어떻게 감당할 수 있겠습니까? 하지만 공무가 번잡하여 따로 말씀드리지 못하고 이에 당신을 통해 감사한 뜻을 폅니다. 이만 줄입니다.

○ 남추월이 이별할 때에 주신 몇 작품에 사례합니다
임신애

그대를 만난 후로 벌써 십여 일이 지났는데, 갑자기 다른 세상 사람이 되어 천리나 떨어져서 고아한 모습을 뵐 수 없게 되니 유감입니다. 출발

---

45 취허(翠虛) : 이름은 성완(成琬, 1639~미상). 본관은 창녕(昌寧). 자는 백규(伯圭), 호는 취허(翠虛). 1719년 일본 사행 때의 제술관.

46 소헌(嘯軒) : 이름은 성몽량(成夢良). 1719년 일본 사행 때의 서기.

47 봉강(鳳岡) : 강호시대 전·중기의 유학자. 이름은 임신독(林信篤) 호는 봉강(鳳岡). 나산(羅山)의 손자이고 홍문학사(弘文學士) 아봉(鵞峯)의 아들이다.

48 쾌당(快堂) : 임신충(林信充)으로 자는 사희(士僖), 호는 쾌당(快堂)으로 아버지는 좨주(祭酒) 신독(信篤)이다.

에 임해서 주신 아름다운 작품을 삼가 절하고 받았으니 남금(南金)⁴⁹을 주신 것 못지않습니다. 이별 후에 서글픈 마음은 너그럽게 포용해 주십시오. 그대의 풍류가 눈앞에 어른거려 겨우 한 마디 말을 씁니다. 귀국하시는 날에 오히려 생각해 주신다면 감사하겠습니다. 이만 줄입니다.

○ 세 서기께 사례합니다

임신애

봄비가 부슬부슬 내리니 객의 마음에 조그만 수심이 생기겠지요. 재회한 이후로 날마다 공무 중에 있었지만 그대의 안색과 웃음소리가 가까운 듯하였습니다. 문득 돌아갈 기한이 이르니 비록 객관으로 가서 행장을 뵈어도 마주하고 소매를 잡고서 이별의 회포를 풀 수 없으니, 마침내 삼성(參星)과 상성(商星)처럼 떨어지게 된다면⁵⁰ 유감이 적지 않겠지요. 다만 천릿길 편안하시고 주금(晝錦)⁵¹의 영화가 빛나기를 바랄 뿐입니다. 보내주신 아름다운 작품을 삼가 받았으니 후의에 매우 감사하나 어떻게 사례해야 할 지 모르겠습니다. 할 말은 많지만 그대들이 출발하려고 하니 세세하게 긴 말씀은 드리지 않겠습니다. 대

---

49 남금(南金) : 남방에서 생산되는 황금으로 값이 일반 황금의 두 배이다. 옛날 회이(淮夷)가 노 희공(魯僖公)에게 남금을 조공(朝貢)으로 바친 일이 있다. 『시경』「노송(魯頌)」'반수(泮水)'편에 "은혜를 깨달은 오랑캐들이 남방의 좋은 황금을 조공으로 많이 바쳤다." 하였다.

50 삼성과……떨어지게 된다면 : 서로 멀리 떨어져 있는 것을 뜻하는 말이다. 삼성(參星)은 동쪽 하늘에 있고 상성(商星)은 서쪽 하늘에 있어서, 각각 뜨고 지는 시각이 다르기 때문에 영원히 서로 만날 수가 없는 데에서 유래하였다.

51 주금(晝錦) : 낮에 비단옷을 입는다는 뜻으로, 출세하여 고향에 돌아가는 것을 말한다. 금의환향(錦衣還鄕)과 같은 말이다.

략 적습니다. 이만 줄입니다.

　3월 3일에 객관에 이르러 상상관(上上官)[52]과 공무에 대해 이야기를
마치고 필담하였다.

좨주(祭酒)

　무진년(武辰年) 빙례에 오신 상상관 세 분은 지금도 아무 탈 없이 잘
계십니까?

상상관(上上官)

　무진년에 오신 상상관 세 분은 모두 잘 계십니다. 그 중에 계심(季深)
현동지(玄同知)[53]는 지금 지사랑(知事郎)이 되셨고, 저의 삼방숙(三方叔)
입니다.

비서(秘書)

　귀국은 자고로 나이가 많은 분이 계십니까? 그 향년이 얼마입니까?

상상관

　저희 나라 사람들은 향년 70~80인 분이 파다합니다. 간혹 110여 세
도 있지만 이러한 경우는 거의 없고 몇몇 있을 뿐입니다.

---

52 상상관(上上官) : 당상역관(堂上譯官)을 가리킨다.
53 현동지(玄同知) : 현덕연(玄德淵)으로 당시 사행에 역관으로 참여하였다.

3월 4일 회화를 감독하는 일로 객관에 이르렀는데, 조선인 두 분이 그 자리에 와서 필담하였다.

조화산(趙花山)

그대의 호(號)와 관(官)은 무엇입니까?

용담(龍潭)

비서감 임신애입니다. 자는 자절(子節)이고 호는 용담(龍潭)입니다. 국자좨주 임신언의 적자(嫡子)입니다.

용담

그대는 호가 무엇이고 관이 무엇입니까? 감히 묻습니다. 이때에 조화 산이 다른 일만 말하고 감히 말해주지 않길래, 몇 번 채근하였다.

화산

반드시 애써 물으신다면 또한 어찌 굳이 숨기겠습니까? 정사(正使) 의 족질(族姪)로 따라왔는데 사람들이 화산자(花山子)라고 부릅니다. 명색이나 관·호는 없으니 이는 사실입니다.

화산

임씨는 높은 문벌이라 들었는데 훌륭합니다. 대대로 한원(翰苑)⁵⁴에 있으면서 가문의 명성을 실추시키지 않았으니 매우 가상합니다.

---

54 한원(翰苑) : 예문관(藝文館)의 별칭인 한림원(翰林院)을 줄여서 부르는 말이다.

용담

추켜 세워주시니 부끄럽고 감사합니다.

용담

당신께서 쓰고 있는 것은 팔괘관(八卦冠)입니까? 입고 있는 것은 도포(道袍)입니까?

화산

('팔괘관' 글자를 가리키며) 이런 이름은 없으니 고사관(高士冠)이라고 해서도 안 됩니다. ('도포'의 글자를 가리키며) 맞습니다.

화산

귀국에는 과거로 선비를 선발하는 법이 없는데, 인재를 등용할 때는 어떤 식으로 합니까?

용담

저희 나라는 본래 과거제도가 없지만 인재를 등용하는 방법은 매우 신중하여 혹 그릇이 될 만한 사람을 고르거나 혹 문벌을 통하여 천거합니다. 정해진 법은 없습니다.

유달원(柳達源)

비록 만나 이야기하지 못했지만 많은 사람 가운데 안면이 있고 훌륭한 명성을 익히 들었는데 오늘 뵙게 되니 정말 생각지 못했던 것입니다. 기쁘고 다행입니다.

용담

성대한 뜻에 감사합니다. 저도 간혹 그대를 볼 수 있었지만 만나서 이야기하지 못하여 오래도록 한스럽게 여겼는데, 지금 다행히 합석하여 얼굴을 뵈니, 천년의 기이한 만남입니다. 저는 아직 그대의 존호와 성명을 알지 못하니 보여 주신 후에 이야기를 나누었으면 합니다. 그러나 저는 오늘 공무로 일찍 가봐야 해서 후일을 기약하고 싶은데 어떠신지요?

유달원

성은 유(柳)이고 이름은 달원(達源)이며 일찍이 이부태수(二府太守)를 지냈습니다.

유달원

공께서 비서감을 맡고 있다는 것은 일찍이 들어서 알고 있습니다. 나이가 몇이십니까?

용담

갑자생(甲子生)[55]으로 올해 스물 한 살입니다.

화산

공무로 수레를 재촉하느라 정다운 대화를 마치지 못했으니 한스럽습니다. 후일에 다시 만나기를 몹시 바랍니다. 멀리 떠나온 나그네라서 사례할 길이 없으니 용서해 주십시오.

---

55 갑자생(甲子生) : 1744년.

용담

삼가 알겠습니다.

찬어
贊語

국색이 그림에 있으니	國色在墨
어쩌면 그리도 맑은가	胡然而淸
밝은 달이 문에 들어오니	明月入戶
마땅히 그대로 두어야 하리라	宜爾置之
생기가 붓에 있으니	生氣在毫
어쩌면 그리도 고결한가	胡然而高
흐르는 물이 언덕을 두르니	流水繞岸
객관에 아름답게 비껴 있네	斜好之館

조선의 구헌이 봉곡(鳳谷)을 위하여 본원사에서 쓰다

북쪽 땅에 매화 적지만	北地梅少
그림 속 매화 진짜 매화만 못하고	墨梅不如眞梅
남쪽 나라에 매화 많지만	南國梅多
진짜 매화 그림 속 매화만 못하네	眞梅不如墨梅
물건은 드물어야 귀한 법이니	物以希爲貴
또 어찌 검고 누런 수컷 암컷[56] 분별하리오	又何辨乎驪黃牝牡

---

56 검고……암컷 : 구방고(九方皐)가 백락(伯樂)의 추천을 받고서 진 목공(秦穆公)을 위하

이 반 그루 비낀 가지   惟此半樹橫枝

바라보며 임씨의 벗인 줄 안다네   望而知爲林氏之友

갑신년 청명(淸明)에 추월 쓰다

장자방 찬
張子房贊

멀리서 바라봄에   遠而望之

관옥의 벗[57]이요   冠玉之友

정신으로 회합함에   神而會之

조황의 늙은이[58]라   釣璜之叟

창해의 장대한 기운과   滄海壯氣

적송자의 높은 풍모를   赤松高風

여 천리마를 찾아낸 다음 '색깔이 노란 수컷[牝而黃]'이라고 하였는데, 정작 목공이 보니 '색깔이 까만 암컷[牝而驪]'이었으므로 의심을 하면서 백락을 책망하였다. 이에 백락이 "그는 말의 안에 들어 있는 본질적인 능력만을 볼 뿐, 바깥에 드러나 있는 모양이나 색깔은 보지 않기 때문에 그렇게 된 것이다."라고 하며 탄식하였다. (『열자(列子)』 「설부(說符)」)

57 관옥(冠玉)의 벗 : 미남자를 말한다. 관옥(冠玉)은 모자를 장식한 아름다운 옥인데, 미남으로 소문났던 한(漢)나라 진평(陳平)에 대해서 주발(周勃)과 관영(灌嬰) 등이 "진평이 비록 외모는 잘 생겨서 관을 장식한 옥과 같다고 할 수 있지만, 속마음까지 꼭 그렇다고 할 수는 없다.[平雖美丈夫, 如冠玉耳, 其中未必有也.]"라고 평한 기록이 보인다. (『사기(史記)』 권56 「진승상세가(陳丞相世家)」)

58 조황(釣璜)의 늙은이 : 강태공(姜太公)을 말한다. 강태공은 위수(渭水) 가에서 낚시하며 은둔하다가 문왕(文王)에게 등용되었고 뒤에 무왕(武王)을 도와서 천하를 차지하도록 하였다. 조황은 강태공이 낚시질하면서 얻은 옥이다. 그 옥에 "주나라가 천명을 받는다.[周受命]"는 글이 적혀 있었다고 한다.

공경하여 없는 듯하나　　　　　　　　　　　　　欽之若無

호랑이와 용을 길들인다네　　　　　　　　　　　調虎馴龍

조선 추월정(秋月亭) 주인이 일본의 임봉곡을 위해 유후(留侯)의 진영
(眞影)에 쓰다

차군정[59]이 소장한 왕자유[60]의 그림에 학사와 세 서기로 하여금
찬사를 지어줄 것을 청하니 인하여 다음과 같이 기록한다
此君亭所藏王子猷圖 請學士三書記贊詞 因記左

소리는 바람에 있고　　　　　　　　　　　　　　聲則在風

그림자는 달을 따르네　　　　　　　　　　　　　影則從月

달이 없고 바람 없으면　　　　　　　　　　　　　無月無風

소리와 그림자 어떻게 생기랴　　　　　　　　　　聲影何設

자유가 사랑한 것은　　　　　　　　　　　　　　子猷之愛

살아있는 대나무 뿌리와 줄기요　　　　　　　　　生竹根莖

자절이 사랑한 것은　　　　　　　　　　　　　　子節之愛

그림 속 대나무의 정신이라네　　　　　　　　　　墨竹神情

조선 추월이 임자절을 위해 쓰다

왕씨의 여러 자제들 중에　　　　　　　　　　　　王氏群子弟

---

59 차군정 : 차군(此君)은 대나무의 이칭(異稱)이다. 진(晉)나라 왕휘지(王徽之)가 대나무
　를 사랑하여 "하루라도 차군이 없어서는 안 된다."고 한 데서 유래한다. 임신애의 별호가
　'차군정'이다.

60 왕자유 : '자유(子猷)'는 왕휘지(王徽之)의 자.

자유만 홀로 대나무를 사랑하였네　　　　　　子猷獨愛竹
그 성품이 대나무와 비슷해서이니　　　　　　盖其性似之
차군헌의 주인도　　　　　　　　　　　　　　此君軒主人
이곳에 잘 어울리도다　　　　　　　　　　　　宜其有此
용연 쓰다

전신은 자유요　　　　　　　　　　　　　　　前身子猷
후신은 장강[61]이라　　　　　　　　　　　　　後身長康
정신으로 회합하고　　　　　　　　　　　　　神以會之
어둠 속에서 계합하네　　　　　　　　　　　　冥以契之
펼치면 생생한 그림 병풍이 되니　　　　散之爲淋漓之墨障
받아서 즐기는 자　　　　　　　　　　　　　領而樂之者
남국의 비서랑이라　　　　　　　　　　　　南國之秘書郞
현천 쓰다

속은 비고 겉은 곧으니　　　　　　　　　　　心虛外直
자유의 지조요　　　　　　　　　　　　　　　子猷之操
옥같이 서고 서리같이 맑으니　　　　　　　　玉立霜淸
차군의 오만함이라　　　　　　　　　　　　　此君之傲
사람이 없으면 외롭고　　　　　　　　　　　　無人則孤
대나무가 없으면 속되니　　　　　　　　　　　無竹則俗
자유의 시가 아니면　　　　　　　　　　　　　非子猷之韻
대나무의 참의미를 누가 알리　　　　　　　孰知竹之爲竹

---

61 장강(長康) : 진(晉)나라 고개지(顧愷之)의 자(字)로, 당시에 재절(才絶), 화절(畫絶),
치절(癡絶)의 3절로 일컬어졌다.

퇴석 쓰다

조선 사신의 일을 마치자 어전에서 명을 받아 하사해 주심에
감사하고 이를 읊어 기쁨을 서술하다
韓使竣役　御床蒙命拜賜　賦此抒喜

국자좨주 임신언

사해가 태평함은 고금이 같은데	四海太平同古今
성자가 계림을 떠나오니 더욱 기쁘네	更歡姓字發雞林
수교의 위의 이루어져 은혜를 받고	修交儀就領恩賜
통신의 전례 이루어져 덕음에 절하였네	通信典成拜德音
오대 동안 유신은 명함 주고받으며	五世儒臣投刺札
두 나라의 문화 시를 주고받으며 읊네	二邦文化贈詩吟
양조에서 명을 받고 조선 사신 대접하니	兩朝奉命接韓使
국서의 회답 내 마음에 달려 있네	回復國書任我心

조선 사신이 이미 돌아가고 난 뒤 계춘 보름에 아버지를 어전에
명하여 부르셔서 친히 위로해주시고 어의를 하사하셨다. 조정
에서 물러나 시를 지어 나에게 보여주시니 곧 그 시에 받들어
화운하다
韓使已還　季春之望　命召家君於御前　親勞之　賜御衣　退朝之後　賦詩見
示　仍奉和其韻

비서감 임신애

선린의 보배로운 의식 예나 지금이나 같은데	善鄰寶典古猶今

성은을 어찌 글로 다 표현할 수 있으랴	恩遇何窮翰墨林
어전에 조회하고 임금의 말씀 받드니	御座朝來承聖語
옥렴의 풍도 소음[62]인가 놀라네	玉簾風度訝韶音
미천한 신하의 갓과 패옥 잔치 자리에 비치고	微臣冠佩當筵映
위대한 손님의 시편 책에 남겨두어 읊노라	大客詩篇留卷吟
위정의 광휘가 문무를 겸했으니	爲政光輝文與武
천하가 임금 받드는 마음을 기쁘게 보노라	喜看四海奉君心

조선 사신의 일을 마치자 적자인 비서감 신애가 어전에서 명을 받아 하사해 주심에 절하니 이에 축하하다
韓使竣役 嫡嗣秘書監 御床蒙命拜賜 因賀

국자좨주 임신언

기자의 나라 빙례를 닦는 일로	箕邦修聘事
누대에 걸쳐 예의를 보존 했네	歷世禮儀存
명함을 주고받으며 문원에서 노닐고	投刺遊文苑
재주 다투며 학문의 근원을 마주했네	競才對學源
직명으로 은총을 입었고	職名蒙寵賜
관업으로 은혜로운 말씀에 절하였네	官業拜恩言
다만 기쁜 것은 비서감이	但喜秘書監
지금 우리 가문을 빛낸 것이라네	卽今輝我門

---

62 소음(韶音) : 순(舜)의 음악(音樂). 『서경(書經)』에 '소소를 아홉 번 연주하니, 봉황이 와서 춤을 추네.[簫韶九成, 鳳凰來儀.]'라고 하였다.

가군이 시를 지어 옷을 하사받음을 축하하자 이로 인해 삼가 화답하다
家君有詩賀賜衣 因奉和高韻

비서감 임신애

삼월에 계림의 사신이	三月雞林使
맹약 다져 옛 전례 보존했네	尋盟舊典存
문명이 해외까지 빛나니	文明輝海外
학문의 갈래 연원이 있네	學派有淵源
붓과 혀는 원래 도가 같으니	筆舌元同道
객의 마음도 다른 말 없으리라	客心無異言
알겠도다 맡은 일 잘 처리하여	可知能職事
은총이 유문에 으뜸임을	恩寵冠儒門

조선 사신이 이미 돌아가고 3월 보름에 어전에서 명을 받고 직접 위로해 주시며 시복을 하사하시니 물러나 시를 짓다
韓使旣還 三月望日 御床蒙命 面勞賜時服 退以有賦

비서감 임신애

조선 사신 뗏목 타고 빙례 온 해에	韓使乘槎奉聘年
우렵[63]을 변방에 크게 자랑할 필요는 없지	不須羽獵大誇邊
수레 멈추고 밤에 홍려관에서 투숙하니	留軺夜宿鴻臚館
진헌한 말이 봄날 대궐의 하늘에서 우네	獻馬春嘶鳳闕天

---

63 우렵(羽獵) : 사냥할 때에 엽사(獵士)들이 날개 꽂힌 화살[羽箭]을 등에 지고 사냥하므로 우렵(羽獵)이라 한다. 한(漢)나라 양웅(揚雄)이 임금을 따라 장양궁(長揚宮)에 가서 사냥하는 것을 보고 「우렵부(羽獵賦)」를 지어 바쳤다.

먼 손님 원래 중역[64]으로 이르렀고	遠客元知重譯至
미천한 신하는 또 은혜 받고 기뻐서 돌아가네	微臣且喜承恩旋
사이가 조회 온 태평한 날이니	四夷來王昇平日
응당 당시의 서치편[65]을 읊으리라	應頌當時瑞雉篇

비서감이 조선 사신의 업무를 마치고 명을 받아 하사해 주심을 받고서 기쁨을 서술하여 지은 것에 화답하다

和秘書監竣韓使役蒙命擁賜抒喜之作

국자좨주 임신언

좋은 이웃 만년토록 화목을 다지니	芳鄰修睦萬斯年
이제 어전에서 은혜로운 말씀에 절하네	今拜恩言御座邊
벼슬길에서는 선조의 은혜 특별히 생각하고	官業偏思先祖惠
위엄 있는 풍모로 역대 임금을 앙모하였네	威風已仰歷朝天
여러 빈객들 엄숙하게 의관 갖춰 늘어서고	諸賓肅肅衣冠列
세 사신은 검과 패옥소리 울리며 돌아갔네	三相鏘鏘劍珮旋
기쁘구나 네가 처음 조선 사신을 맞아	喜汝初逢韓使役

---

64 중역(重譯) : 먼 지방에서 여러 나라를 거쳐 오기 때문에 통역(通譯)을 여러 번 거친다는 뜻이다.

65 서치편(瑞雉篇) : 성군(聖君)이 지금 덕정(德政)을 펴고 있는 것을 읊은 노래. 주(周)나라 성왕(成王) 때에 주공(周公)이 섭정하여 천하가 태평해지자, 월상씨(越裳氏)가 와서 주공에게 '흰 꿩[白雉]'을 바치며 "우리나라 노인들이 말하기를 '하늘에 풍우가 거세지 않고 바다에 해일이 일지 않은 지 지금 3년이 되었다. 아마도 중국에 성인이 계신 듯한데, 어찌하여 가서 조회하지 않는가?[天之不迅風疾雨也, 海不波溢也, 三年於玆矣. 意者中國殆有聖人, 盍往朝之?]'라고 하기에 조공을 바치러 왔다."라고 하였다는 말이 『한시외전』권5에 실려 있다. 월상씨는 교지(交趾)의 남쪽에 있던 옛 나라의 이름이다.

약간의 시편들 지어 창수한 것이 唱酬裁得若干篇

가군께서 조선 사신의 일에 참여하였기에 은혜로운 말씀으로
시복을 하사받으심을 받들어 축하하다 2수
奉賀家君以預韓使之事恩言賜時服 二首

비서감 임신애

태평성대 덕의 광휘 돌아옴을 알고자　　　　欲知盛際德輝廻
천리 옛 삼한에서 빙례 닦으러 왔도다　　　　千里古韓修聘來
공은 두 조정에서 이미 명을 받들었으니　　　公自兩朝旣奉命
높은 누대 알현함에 은혜의 말씀 얕지 않네　恩言不淺謁高臺

두 번째
二

산 넘고 바다 건너 사신이 왕래하니　　　　　梯山航海使星通
옥백으로 조회 와서 일동에 이르렀네　　　　　玉帛朝來到日東
나도 또한 함께 은혜를 받았으니　　　　　　　亦以不肖同拜賜
가문의 영예라 선조의 공덕 온전히 우러르네　家榮全仰祖先功

내가 조선 사신의 일을 마치고 명을 받아 은혜를 입은 것을 비서감이 축하하여 지은 시에 화답하다

和秘書監賀余竣韓使役拜命領賜之作

국자좨주 임신언

조선의 사신 바다를 건너 돌아가니	韓國星槎凌海廻
궁전에 국서 받들고 온 것을 이미 보았네	已看金殿奉書來
이역의 세 사신과 교유를 맺고	結交異域三官相
관영66의 옛 모습으로 사신 누대에 올랐지	寬永舊儀登使臺

두 번째
二

기자의 나라 열 조정을 거쳐 빙례를 닦고	箕邦修聘十朝通
사신 깃발 구름처럼 다 동으로 향하네	使旆如雲皆向東
우리 부자 두터운 은혜 입었으니	父子忝蒙恩賜厚
기해 무진년67의 공을 잘 알겠네	偏知己亥戊辰功

---

66 관영(寬永) : 일본 후수미(後水尾)·명정(明正)·후광명(後光明) 천황 때의 연호(1624~1645). 원화(元和) 이후 정보(正保) 이전의 연호였으며, 이때 강호막부(江戶幕府)의 쇼군(將軍)은 덕천가광(德川家光, 도쿠가와 이에미츠)이었다.

67 기해(己亥) 무진년(戊辰年) : 1719년과 1748년. 제9차·제10차 통신사행이 이루어졌던 때이다.

韓館唱和 卷之三

國子祭酒 林信言 藏書

≪奉謝三大官使惠産物≫　　　　　　　　國子祭酒 林信言

　貴邦名種各良工，寄贈卽知情意通。多是文房風雅器，秘藏難謝喜
無窮。

≪奉謝朝鮮國三大官使見惠産物≫　　　　　　秘書監 林信愛

　皎皎寄來霜雪淸，芙蓉精製最鮮明。卷舒細寫慇懃意，豈讓當年縞
紵情。

　右紙

　佳覎本知從美人，華堂揮處拂風塵。投來不是江淹夢，長使文章日
日新。

　右筆

　汋汋松烟池上浮，龍涎細滴異香流。今時卽有梁公贈，何處葛
龔心不酬。

　右墨

愍懃忽喜接交情，翠實離離味更清。不是<u>南山</u>齊永寧，誰知仙子舊
長生。
右栢子

投來明月興偏長，長夏依君動早涼。不獨當年<u>袁彦伯</u>，仁風自是滿
東陽。
右尾扇

土宜偏見大邦風，花席錦文奇豈窮。相值故人開宴處，醉來更訝坐
霞紅。
右花席

紈素裁成尤足珍，況看輕箑拂風塵。向來座上團團色，須識華筵夜
夜新。
右扇

《奉餞正使<u>趙公</u>》　　　　　　　　　　　　　國子祭酒　林信言
相逢暫爾更難留，別恨牽衣不耐愁。此去已歸<u>韓國</u>日，莫忘騷雅一
時遊。

《再和<u>林祭酒別詩</u>》　　　　　　　　　　　　　　　　　趙曦
天邊四牡久淹留，春返河梁破客愁。最是百年嘉樹傳，<u>祇林</u>[68]深處鳳
池遊。

---

68 원문에는 '祇'로 되어 있으나 '祇'의 오기(誤記)인 듯함.

《奉餞副使李公》   林信言

離歌折柳耐長嗟, 万里雲烟海路賒。更憶暫時騷雅會, 再遊難奈隔
天涯。

《謹次林祭酒臨別見寄之韻》   李仁培

河橋万里古來嗟, 孤月迢迢斗柄賒。明日重關芳樹外, 可堪回首海
東涯。

《奉餞從事官金公》   林信言

離別何人吹落梅, 分襟此日不堪哀。使車歸到韓邦地, 從是豈忘俊
逸才。

《奉和林大學贐行韻》   金相翊

春風看盡武城梅, 歸雁分飛楚水哀。嶺樹洋雲他夜月, 清標遙憶鳳
池才。

《奉餞朝鮮國正使通政大夫趙公還國序》   秘書監 林信愛

松之生於巉巖之嶺, 高直盛茂, 密葉青蔥, 抽榮於羣木之上, 挺姿於
萬仞之表, 可謂稟剛直之氣尤厚者矣。稟剛直之氣尤厚, 故貫四時而不
改, 貫四時而不改, 故亘千祀而不變, 自古君子儀之者, 良有以也。夫
朝鮮正使趙公承命去國, 凌波濤而不爲勞, 冒霜雪而不爲病, 信愛固已
知其執貞勁之心。見捧書于殿下, 果濟濟翼翼, 以有剛直其氣, 是其於
人稟之尤多者耶? 迨接賓館, 以筆代言, 賦詩催興, 亦果不恨言語之異,
欣歡何盡焉? 信愛不肖, 以奕世有職于朝, 得屢恭接遇, 可謂幸矣。臨
別綴一言, 而以伸其志如斯。

《奉餞朝鮮國副使通訓大夫李公還國序》　　　　　秘書監　林信愛

孟子曰: "觀水有術, 必觀其瀾。" "夫混混, 不捨晝夜, 盈科而行, 遍放
四海。" 則以其有本也, 聖人之比德以是耶。朝鮮副使李公捧國書於日
本, 修聘禮於殿前。信愛列于有司之後, 獲望見儀容, 竊思有其本者耶。
其狀恭謹愿愨, 其儀溫密簡靜, 卽人之所爲本, 則充于中發于外者也。
信愛亦以例獲見公于使臺, 禿筆代言, 鄙章抒情, 幸蒙不鄙屢忝唱酬, 爰
有陳雷之交何異, 膠漆之堅如何? 歸期正近, 行裝愈速, 加之分手之後,
決無相見之理。茲敍一語, 以展慇懃。伏望歸鄕之後, 披俚語而察鄙衷,
爲幸寔大焉。

《奉餞朝鮮國從事官通訓大夫金公還國序》　　　　　秘書監　林信愛

"禮之用和爲貴" 信哉, 言也! 朝鮮從事官金公, 與二使君受命, 不遠
千里, 而聘吾邦, 捧國書於金殿。信愛在朝, 敬望見其行禮, 威儀容貌
以中度, 進退周旋以當節, 辭氣甚盛, 講信最至, 百年修睦之義, 於是乎
在矣, 千載厚交之要, 於是乎足矣。公之議事計宜, 壹是皆無不因禮也,
禮之行, 未嘗不資和也。得見公于客舘也, 益知有金蘭之美、松竹之操,
同心合志, 久敬益親也。雅談之生於筆札, 情好之著於簡牘, 可謂千載
之奇遇矣。只恨日月不止, 歸期已至, 牽衣摠轡, 亦猶何益? 只願翰墨
之不朽, 神交之益睦也。二邦之盛事, 實是我輩之大幸也。

《林秘書贈以送行序　又惠詠物詩　意甚勤摯　和情字韻以謝之》

　　　　　　　　　　　　　　　　　　　　　　　　正使　趙曬

秘閣圖書占地淸, 花甎起草彩毫明。佳篇[69]又送行人去, 雲樹南天遠

---

69 원문에는 '蔦'으로 되어 있으나 '篇'의 오기(誤記)인 듯함.

繫情。

≪謹謝林秘書贐章≫　　　　　　　　　　　副使 李仁培

東風雨後遠煙浮, 春盡箱湖雪水流。一曲陽關言不盡, 離筵更入鹿鳴酬。

≪奉酬林秘監別語≫　　　　　　　　　　　從事官 金相翊

賓筵初接已深情, 謝氏門庭玉樹清。春晚西郊芳草綠, 暮雲天末遠愁生。

≪奉餞製述官南君≫　　　　　　　　　　　　　林信言

官事紛擾, 不得餘暇, 會盟難尋, 徒切神馳。雅度丰儀, 恍恍在目, 遂及離別, 遺憾不少。万里山河, 旅況自愛。

曾識關山万里程, 行裝去斾有才名。相逢忽出日東地, 却憶風騷壇上盟。

≪奉和鳳谷餞章≫　　　　　　　　　　　　　　　南玉

水驛春雲動客程, 千秋朱鳥愧虛名。禪樓嘉樹難忘處, 牛耳壇前五世盟。

謂當復奉清穩, 歸日隔無多, 再枉不可望, 一懽未旣, 遂成此生之別, 丰彩森森, 令人難忘, 惟詠屈辭江賦而已。

近日猶冀重奉雅儀, 今承餞章, 殆不可復矣。僕輩於足下, 非直萍會之懽而已。盛名已熟, 舊好是敦, 數筵談讌, 未云傾倒而此世重覯已矣。無望生別之悲, 昔人所嘆, 臨紙只增黯慘。

≪別察訪成氏≫　　　　　　　　　　　　　　　　　　林信言

公事蝟集, 未遑再會一言談古, 遺恨異他。旋旆日逼, 希愼風波。
執手難裁遠別離, 登山臨水作長噫。館中偏識歸心切, 只嘆交情寄一詩。

≪奉和林祭酒贐章≫　　　　　　　　　　　　　　　　成大中

新知未洽便相離, 芳草飛花亂入噫。和盡陽關三疊去, 碧雲何處更
題詩。

意或再奉清誨, 人事竟爾相違, 萬里之別, 遂斷此生, 黯然之懷, 如何
可盡? 只祝珍重自玉。

≪別奉事元氏≫　　　　　　　　　　　　　　　　　　林信言

官務多多, 尋盟無期, 贈酬未罄, 恨歎交集。歸日在近, 宜厭烟嵐。
長路漫漫隔白雲, 柳邊立馬嘆離群。莫忘千歲一奇遇, 麗句佳章偏
憶君。

≪用見贈韻 留別祭酒林公≫　　　　　　　　　　　　元重舉

環珮鏘鏘擁紫雲, 老成風彩更超群。懸知歸日重溟北, 夢裡分明祭
酒君。

≪別進士金氏≫　　　　　　　　　　　　　　　　　　林信言

不得官暇, 空及歸期, 未慊晤語, 爲憾良深。雲濤万里, 自愛是祈。
離別之難同古今, 青山綠水慕知音。豈思雅宴數篇[70]調, 已作雲波千
里心。

---

70 원문에는 '蓇'으로 되어 있으나 '篇'의 오기(誤記)인 듯함.

≪和林祭酒送別韻≫　　　　　　　　　　　　　金仁謙

瓊律聯翩昨與今, 華牋半幅寄情音。樓前碧海深千尺, 爭似林君送
我心。

三接淸儀, 俱未從頌, 因作万里永世之別, 此情此恨, 如何盡喩? 惟
冀興居對時万吉。

≪送朝鮮國製述官南君歸國序≫　　　　　　　秘書監 林信愛

朝鮮之於日本, 通信脩睦, 百有餘年于今矣, 善隣交際之儀, 布在方策。
先是, 戊辰貴國使至, 則余王父故祭酒信充與父祭酒信言, 同承乏執事,
今年三官使至賀新政, 則幸得親觀其盛, 二邦盛事, 而鄙族世世居應對
之職, 非前後所使諸公爲之寵乎? 製述官南君儒雅溫文, 彬彬翼翼, 條綜
今古, 嫺習典常, 可謂君子人也。余謂道不同不相爲謀, 於今始信之。君
與余, 雖異域之人, 同業而同道, 則同胞之一故舊耳。在其館中也, 或就
而唱酬, 或賦而投贈, 筆舌述事, 殷殷勤勤, 其情至悉, 因得熟其風範。
願才可以任職用事, 文可以論風歌德, 則南君之美, 必當有撰擧之于當
路者矣。從三官使, 行禮於朝延, 亦得親觀其雍容進退也, 珮玉鏘鏘, 威
儀濟濟, 君子人乎哉! 余以爲朝鮮於文學者, 盖出其天性乎, 何其君子多
耶? 其士人大夫, 朴而崇儒, 達而好禮, 夫以朝鮮一變爲齊、魯必矣。余
每聞其流風, 而渴望日久矣, 今也面於南君覘之。況絶國万里, 使於殊
方, 特揚國華者, 固人之所難也。智者稱其量, 幹者壯其才, 德者美其度,
達者監其識, 則南君之譽, 將焜燿於後來矣。經術相得, 禮儀相成, 又非
不朽盛事乎? 使事禮畢, 交際無疆, 雖角弓之儀, 何以加之乎? 雖然, 別
離在近, 繾綣之情, 未必憂語言不通, 而憂接遇無多日也。是何則問業
而同業也, 問道而同道也, 雖殊方萬里之人, 何異于同胞之一故舊乎? 今
時務鞅掌, 不能把袂敍懷, 比之河梁, 情爲過焉。自此以往, 非生羽翮凌

風濤, 不可相見, 則余瞻視企望, 寧有極已之時哉? 南君去後, 能借羽翰, 以寄聲於寥廓耶? 是余之所望。

《謝龍潭贐章》 南玉

久掃徐君榻, 虛橫杜老琴。參商秦地別, 花鳥楚鄉心。弟子懷書至, 奎文隔夜臨。濃牋與金箋, 留取角弓唫。

《送成龍淵》 林信愛

海門萬里送歸舟, 携手暫時消客愁。佳會舘中難再遇, 盈盈一水隔東流。

《奉和林秘祕書別詩》 成大[71]中

歸程春晚浪津舟, 楊柳依依送別愁。剩續桑韓文字會, 只敎雲海夢魂流。

《送元玄川》 林信愛

德化元知必有鄰, 交情不淺異鄉人。懷中白璧懸明月, 應照漢陽千里春。

《奉和林秘書別詩》 元重擧

風流相接北南隣, 文藻欣迎金玉人。來拂落花歸蹻艸, 馬前空鬧一番春。

---

71 원문에는 '太'로 되어 있으나 '大'의 오기(誤記)임.

《送金退石》   林信愛

館前垂柳影參差, 難縮愁心新別離。不獨河梁蘇李意, 東西万里又
何時。

《奉和林秘書別詩》   金仁謙

江城雲樹綠參差, 天外歸鴻恨遠離。立馬長亭怊悵意, 此生重會更
無時。

《呈製述官南君》   林信言

曩所請會津侯朝陽閣記亟承。述成字字琅玕, 璨奪人目, 侯之喜也可
知矣。將以薄品, 令予伸謝意, 乃今遣一介, 使呈蠟燭百鋌, 笒留幸甚。
其他之書贊, 亦盡成欣幸多多。仍以越州紙十帖, 聊表謝儀耳。

《二白》

梅花及花鳥圖等贊辭, 願以委蛇之暇, 得一揮, 則何幸過焉。

《謝奉林祭酒案下》[72]

卽拜辱告, 欣慰難狀。盛貺十帖佳楮, 及會津侯所惠百鋌蠟燭, 物其
多矣。拙法本不欲以一物自隨, 人或見遺, 一例辭拒。今於足下之賜,
有不恭之嫌, 强顏領留, 不勝慚赧。會津素未奉一日之懽, 尤宜申謝,
而亦以足下有紹介之勞, 不敢遂志, 實爲足下受之也。梅花花鳥等圖如
投示, 敢不更效愚拙, 對客略謝, 不備敬。

---

72 이 글의 작자는 기재되어 있지 않지만 '南玉'으로 추정됨.

≪謝製述官南君≫   林信言

報別而後, 得見瓊章, 離別之悲, 切于今日。且荷佳貺, 以感深志。蓋
以官事之多, 唯歎雅談之少, 生別万里, 難接清範。頃日所賜瓊什, 永
以爲風騷之友。別恨未盡, 黯然閣筆而已。

≪謝龍淵成君≫   林信言

頃日萍會, 千歲豈忘? 唯恨官事無暇, 而淸談難屢, 且蒙盛貺, 以感懇
意。生別之悲, 何時可歇? 惟是翠虛、嘯軒二君之於鳳岡、快堂, 舊因緣
也, 況今君之於余, 以唱和數篇[73], 永爲余家之舊知識? 餘懷不盡, 歸路
自愛。

≪二白≫

玄川、退石二君, 亦有惠賜懇遇之深, 感謝何任? 官事紛冗而不別啓,
乃因足下以攄謝意, 不備。

≪謝南秋月臨別見惠數品≫   林信愛

識荊以來, 已涉十餘日, 忽爲各天人, 千里奉違高雅, 以爲遺恨也。
已臨發途, 見惠佳品, 謹拜恩賚, 不減南金貺矣。別後黯然, 只是溫藉。
風流在目睫, 僅僅敍一語耳。歸國之日, 尙以爲思, 幸甚。不備。

≪謝三書記≫   林信愛

春雨蕭蕭, 客懷添一段之愁。自再會以來, 日在公務中, 似親色笑也。
忽至歸期, 雖就館中, 奉見行裝, 而不能面把袂, 述別懷也, 竟如參與商,

---

73 원문에는 '蒿'으로 되어 있으나 '篇'의 오기(誤記)인 듯함.

殘憾不少矣。只願期千里安穩, 輝畫錦之榮耳。爰辱佳貺謹領, 厚意感
佩有餘, 不知所謝。雖情緖長, 君等在發途, 故縷縷不長語。艸艸不備。

三月三日, 赴客舘, 與上上官, 談公事畢而筆語。

<u>祭酒</u>
戊辰之聘, 上上官三君, 於今無恙否?

<u>上上官</u>
戊辰上上官三人皆好在, 而其中<u>季深玄同知</u>, 今爲知事郞, 僕之三方
叔也。

<u>秘書</u>
貴國自古有高年者乎? 其享壽幾何?

<u>上上官</u>
弊邦之人, 壽七十八十享年者, 頗多, 間有一百十餘歲享壽, 此則絶
無而僅有。

三月四日, 以<u>董</u>繪畫之事, 至於客舘, <u>韓</u>客二人來其席筆語。

<u>趙花山</u>
君何號何官?

龍潭

秘書監林信愛, 字子節, 號龍潭, 國子祭酒信言之嫡子也。

龍潭

足下何號何官? 敢問。此時, 花山語他事, 敢不告, 數責問。

花山

必欲强問, 則亦何必隱也? 以正使族姪隨來, 人稱花山子者, 無名色
　　官號, 此是實語也。

花山

林氏華閥聞之, 雅矣。世掌翰苑, 不墜家聲, 深可嘉尙也。

龍潭

忝推賞, 愧謝愧謝。

龍潭

足下所戴者, 八卦冠耶? 所着者, 道袍耶?

花山

(点八卦冠字曰) 此名亦無, 不可謂之高士冠, (点道袍字曰) 然。

花山

貴國無科學取士之法, 用人以何路乎?

龍潭

我國固無科擧之法, 然用人之道至重, 或擇其器, 或因門閥而擧之, 未有定法。

柳達源

雖不接話, 有稱中之面分, 飽聞聲華, 今日識荊, 實是意未, 欣幸欣幸。

龍潭

忝盛意。僕亦得間見足下, 而未接話, 長以爲恨。今幸合席接面, 千載奇遇也。僕未知足下之尊號及姓字, 願示之而後通語, 然僕今日以公事早去, 願期後日, 如何如何?

柳達源

姓柳, 名達源, 曾經二府太守。

柳達源

公帶職秘書監, 曾所聞知。貴庚幾何?

龍潭

以甲子生, 今歲二十一。

花山

公事促駕, 未竟良晤, 可恨。後日更奉深企, 而遠客無就謝之路, 亦恕。

龍潭
謹諾謹諾。

《贊語》
國色在墨，胡然而清。明月入戶，宜爾置之。生氣在毫，胡然而高。
流水繞岸，斜好之館。
小華矩軒，爲鳳谷，題于本願寺。

北地梅少，墨梅不如眞梅。南國梅多，眞梅不如墨梅。物以希爲貴，
又何辨乎驪黃牝牡。惟此半樹橫枝，望而知爲林氏之友。
甲申清明，秋月題。

《張子房贊》
遠而望之，冠玉之友。神而會之，釣璜之叟。滄海壯氣，赤松高風。
欽之若無，調虎馴龍。
朝鮮秋月亭主人，爲日東林鳳谷，題留侯眞。

此君亭所藏王子猷圖，請學士三書記贊詞，因記左。
聲則在風，影則從月。無月無風，聲影何設。子猷之愛，生竹根莖。
子節之愛，墨竹神情。
小華秋月，爲林子節題。

王氏群子弟，子猷獨愛竹。盖其性似之，此君軒主人，宜其有此。
龍淵題

前身子猷, 後身長康。神以會之, 冥以契之。散之爲淋漓之墨障, 領
而樂之者, 南國之秘書郎。

　玄川題

心虛外直, 子猷之操。玉立霜淸, 此君之傲。無人則孤, 無竹則俗。
非子猷之韻, 孰知竹之爲竹。

　退石題

≪韓使竣役 御床蒙命拜賜 賦此抒喜≫　　　　　國子祭酒 林信言
四海太平同古今, 更歡姓字發雞林。修交儀就領恩賜, 通信典成拜德
音。五世儒臣投刺札, 二邦文化贈詩吟。兩朝奉命接韓使, 回復國書任
我心。

≪韓使已還 季春之望 命召家君於御前 親勞之 賜御衣 退朝之後 賦
詩見示 仍奉和其韻≫　　　　　　　　　　　秘書監 林信愛
善鄰寶典古猶今, 恩遇何窮翰墨林。御座朝來承聖語, 玉簾風度誃韶
音。微臣冠佩當筵映, 大客詩篇留卷吟。爲政光輝文與武, 喜看四海奉
君心。

≪韓使竣役 嫡嗣秘書監 御床蒙命拜賜 因賀≫　國子祭酒 林信言
箕邦修聘事, 歷世禮儀存。投刺遊文苑, 競才對學源。職名蒙寵賜,
官業拜恩言。但喜秘書監, 卽今輝我門。

≪家君有詩 賀賜衣 因奉和高韻≫　　　　　　　秘書監 林信愛
三月雞林使, 尋盟舊典存。文明輝海外, 學派有淵源。筆舌元同道,

客心無異言。可知能職事, 恩寵冠儒門。

《韓使既還 三月望日 御床蒙命 面勞賜時服 退以有賦》
秘書監　林信愛

韓使乘槎奉聘年, 不須羽獵大誇邊, 留軺夜宿鴻臚館, 獻馬春嘶鳳闕天。遠客元知重譯至, 微臣且喜承恩旋。四夷來王昇平日, 應頌當時瑞雉篇。

《和秘書監竣韓使役蒙命擁賜抒喜之作》　　國子祭酒　林信言

芳鄰修睦萬斯年, 今拜恩言御座邊。官業偏思先祖惠, 威風已仰歷朝天。諸賓肅肅衣冠列, 三相鏘鏘劍珮旋。喜汝初逢韓使役, 唱酬裁得若干篇。

《奉賀家君以預韓使之事恩言賜時服 二首》　　秘書監　林信愛

欲知盛際德輝迴, 千里古韓修聘來。公自兩朝既奉命, 恩言不淺謁高臺。

《二》

梯山航海使星通, 玉帛朝來到日東。亦以不肯同拜賜, 家榮全仰祖先功。

《和秘書監賀余竣韓使役拜命領賜之作》　　國子祭酒　林信言

韓國星槎凌海迴, 已看金殿奉書來。結交異域三官相, 寬永舊儀登使臺。

≪二≫

箕邦修聘十朝通，使旆如雲皆向東。父子忝蒙恩賜厚，偏知己亥戊
辰功。

【영인자료】

韓館唱和

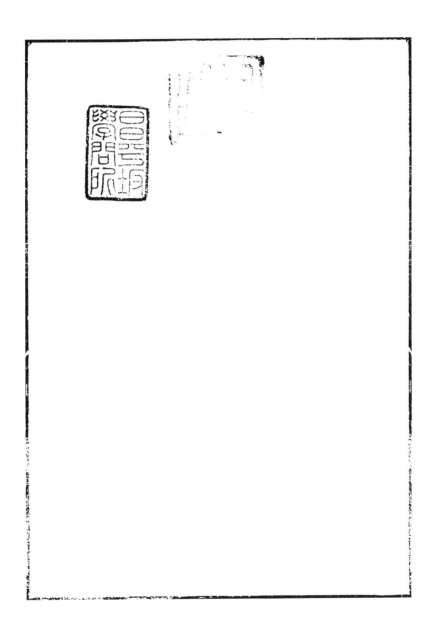

箕邦修聘　十朝通使旆如雲皆向
東父子忝蒙　恩賜厚偏知已亥戊
辰功

先功

和秘書監賀余燄韓使役拜　命

領　賜之作
　　　　　國子祭酒林信言

韓国星槎凌海廻已看　　金殿奉書

来結交異域三官相寛永旧儀登使

臺
二

奉賀家君以 預韓使之事 恩言

賜時服二首 秘書監林信愛

欲知盛際 德輝逈千里古韓修聘

来公自 兩朝既奉 命 恩言不

淺謁 高臺

二

梯山航海使星通玉帛朝来到日

東亦以不肖同拜 賜家栄全仰祖

和秘書監竣韓使役蒙　命擁
賜挧喜之作

國子祭酒林信言

芳鄰修睦萬斯年今拜　恩言　御
座邊官業偏思先祖惠　威風已仰
歷朝天諸賓肅～衣冠列三相鏘
鏘劍珮旋喜汝初逢韓使役唱酬裁
得若干篇

韓使既還三月望日　御床蒙

命　面勞賜時服退以有賦

　　　　　　　秘書監林信愛

韓使來槎奉聘年不須羽獵大誇邊

留軺夜宿鴻臚館獻馬春嘶　鳳闕

天遠容元知重譯至微臣旦喜承

恩旋四夷來王昇平日應頌當時瑞

雄篇

儒

業拜
恩言但喜秘書監即今輝我
門
家君有詩賀賜　衣因奉和高韻

秘書監林信愛

三月雞林使尋盟旧典存文明輝海
外学派有溯源筆舌元同道客心無
異言可知能職事　恩罷冠儒門

留卷吟為　政光輝文與武喜看四

海奉

君心

韓使竣役嫡嗣秘書監　御床蒙

命拜　賜因賀

國子祭酒林信言

箕邦修聘事歷世禮儀存投刺遊文

苑競才對學源職名蒙　寵賜官

韓使已還季春之望　命召家君
於
御前親勞之賜　御衣退　朝之後賦
詩見示仍奉和其韻

　　　　　　　　秘書監林信愛

善鄰寶典古猶今　恩遇何窮翰墨
林　御座朝來承　聖語玉簾風度
詩詔音微臣冠佩當庭映大容詩篇

韓使竣役　御床蒙　命拜　賜

賦此抒喜

　　　　国子祭酒林信言

四海太平同古今更歡姓字發雞林

修交儀就領　恩賜通信典成拜

德音五世儒臣投刺札二邦文化贈

詩吟　兩朝奉　命接韓使囬復

国書任我心

退石題

此君軒主人宜其有此　龍淵題

前身子猷後身長康神以會之冥以契之

散之為淋漓之墨障領而樂之者南國之

秘書卽

心虛外直子猷之操玉立霜清此君之傲骨

人則孤無竹則俗非子猷之韻孰知竹之為竹

玄川題

此君亭所藏王子猷圖請學士三書記

贊詞因記左

墨竹神情

何設子猷之愛生竹根莖子節之愛

聲則在風影則從月無月無風聲影

小葦秋月為 林子節題

王氏群子弟子猷獨愛竹盖其性似之

為林氏之友
甲申清明秋月題

張子房贊
遠而望之列王之友神而會之釣璜
之叟滄海壯氣赤松高風欽之若無
調虎馴龍
朝鮮秋月亭主人為
日東林鳳谷題留俟真

贅語

国色在墨胡然而清明月入戸宜爾

置之生氣在毫胡然而高流水続岸

斜好之館

小華矩軒爲鳳谷題于本顛寺

北地梅少墨梅不如真梅南國梅多

真梅不如墨梅物以希爲貴又何辨

予驪黄牝牡惟此半樹横枝望而知

音源
謹諾〻

僕未知足下之尊号及姓字願示之

而後通語然僕今日以 公亥早去

願期後日如何〃〃

姓柳名達源曽経二府太守

公帶職秘書監曽所聞知貴庚幾何

以甲子生今歲二十一

公亥促駕未竟良晤可恨後日更奉

深企而遠客無就謝之路亦恕

52

乎
龍淵 我国固無科挙之法然用人之道至重
或擇其器或因門閥而挙之未有定
法
析芝 雖不接話有摘中之面分飽聞声華
今日識荊實是意未欣幸〻〻
龍淵 忝盛意僕亦得間見足下而未接話長
以為恨今幸合席接面千載奇遇也

此是實語也

林氏華閣聞之雅矣世掌翰苑不墜

家声深可嘉尚也

忝推賞愧謝

足下所戴者八卦冠耶所着者道袍耶

点八卦冠字曰此名亦無不可謂之

高士冠点道袍字曰然

貴国無科舉取士之法用人以何路

三月四日以董繪画之支至於客

館韓客二人来其席筆語

君何号何官

秘書監林信愛字子節号龍潭国子

祭酒信言之嫡子也

足下何号何官敢問此時花山語他事敢不苦数責問

必欲強問則亦何必隠也以正使族

姪隨来人稱花山子者無名色官号

僅有

三月三日赴客館與上〻官談

公亥畢而筆語

<ruby>祭酒<rt></rt></ruby>戊辰之聘上〻官三君於今無恙否

<ruby>上官<rt></rt></ruby>戊辰上〻官三人皆好在而其中李深

玄同知今爲知事郎儻之三方叔也

<ruby>秘書<rt></rt></ruby>貴国自古有高年者予其享壽幾何

<ruby>上官<rt></rt></ruby>樊邦之人壽七十八十享年者頗多

間有一百十餘歲享壽此則絶無而

47

縷不長語艸〻不備

謝三書記　　　　　　　林信愛

春雨蕭〻客懷添一段之愁自再會
以来日在公務中似親色笑也忽至
帰期雖就館中奉見行裝而不能面
把袂述別懷也竟如参與商殘憾不
少矣只願期千里安穏輝畫錦之栄
耳爰辱佳貺謹領厚意感佩有餘不
知所謝錐惜緒長君等在發途故縷

謝南秋月臨別見惠数品　　　　林信愛

識荆以来已涉十餘日忽為各天人
千里奉違高雅以為遺恨也已臨發
途見惠佳品謹拜恩資不減南金覬
矣別後黯然只是温藉風流在目睫
僅々叙一語耳帰国之日尚以為思
幸甚不備

43

知識餘懷不盡歸路自愛

二白

玄川退石二君亦有惠賜懇遇之深

感謝何任官事紛冗而不別啓乃因

足下以攄謝意不備.

한관창화 권3 韓館唱和 卷之三　303

清範頃日所賜瓊什永以為風騷之

友別恨未盡黯然閣筆而已

　　　　　　謝龍淵成君

頃日萍會千歲豈忘唯恨官事無暇

而清談難屢且蒙盛貺以感戀意生

別之悲何時可歇惟是翠虛嘯軒二

君之於鳳岡快堂曰因緣也況今君

之於余以唱和數篇永為余家之舊

一日之懽尤冝申謝而亦以足下有
紹介之勞不敢遂志實爲足下受之
也梅花花鳥等圖如投示敢不更效
愚拙對客畧謝不偹敬

　　謝製述官南君

　　　　　　　　　　林信言

報別而後得見瓊章離別之悲切于
今日旦荷佳貺以感深志蓋以官事
之多唯歎雅談之少生列万里難接

梅花及花鳥圖等贄辭願以委蛇之

暇得一揮則何辜過為

謝奉林祭酒案下

即拜辱告依慰難狀盛貺十帖佳楷

及會津處而惠百鋌蠟燭物其多矣

拙法本不欲以一物自隨人或見遺

一例辭拒今於足下之賜有不恭之

嫌強顏領畣不勝慚赧會津素未辜

呈製述官南君　　　　　　　　　　　　抹信言

曩所請會津侯朝陽閣記丞承述戍

字々琅玕璨奪人目侯之喜也可知

矣將以薄品令予伸謝意乃今遣一

介使呈蠟燭百鋋筵當幸甚其他之

書贄亦畫成欣幸多々仍以越州紙

十帖聊表謝儀耳

二白

送金退石　林信愛

館前垂柳影參差難館愁心新別離
不獨河梁蘇李意東西万里又何時

奉和林祕書別詩　金仁謙

江城雲樹綠參差天外歸鴻恨遠離
立馬長亭怕帳意此生重會更無時

帰程春晩浪津舟揚柳依々送別愁

剩續桑韓文字會只教雲海夢魂流

送元玄川　　　林信愛

懷中白璧懸明月應照漢陽千里春

德化元知必有鄰交情不淺異鄉人

奉和林秘書別詩　　元重舉

風流相接北南隣文藻欣迎金玉人

来拂落花歸驕牛馬前空開一番春

35

謝龍潭貺章　　南玉

久掃徐君楊虚橫杜老琴參商泰地
別花鳥楚鄉心弟子懷書至奎文屬
夜臨濃歲與金箋留取角弓唫

送成龍澗　　林信愛

海門萬里送歸舟攜手暫時消客愁
佳會館中難再遇盈盈一水隔東流
奉和林秘書別詩　　成太中

通而憂接遇無多日也是何則問業
而同業也問道而同道也雖殊方萬
里之人何異于同胞之一故旧于今
時務鞅掌不能把袂敘懷比之河梁
情為過焉自此以往非生羽翮凌風
濤不可相見則余瞻視企望寧有極
已之時裁南君杏後能借羽翰以寄
声於棠廓耶是余之所望

別雖在近遣綣之情未必憂語言不
無疆雖角弓之儀何以加之予雖然
成又非不朽盛事予使事禮畢交際
將煜燿於後来矣経術相得禮儀相
者美其度達者監其識則南君之譽
所難也智者称其量幹者壯其才德
万里使於殊方特揚囯莘者固人之
日久矣今也面於南君視之況絶囯

職用事文可以論風歌德則南君之
美必當有撰舉之于當路者矣從三
官使行禮扵朝廷亦得親觀其雍容
進退也珮玉瑯瑯威儀濟濟君子人
子哉余以為朝鮮扵文学者盖出其
天性子何其君子多耶其士人大夫
朴而崇儒達而好禮夫以朝鮮一變
為齊魯必矣余每聞其流風而渴望

職非前後所使諸公為之罷乎製述
官南君儒雅溫文彬彬翼翼條綜今
古嫺習典常可謂君子人也余謂道
不同不相為謀於今始信之君與余
雖異域之人同業而同道則同胞之
一故旦耳在其館中也或就而唱酬
或賦而投贈華舌述事殷殷勤勤其
情至悉曰得熟其風範頗才可以任

送朝鮮国製述官南君帰国序　秘書監林信愛

朝鮮之於日本通信脩睦百有餘年
于今矣善隣交際之儀布在方策先
是戊辰貴國使至則余王父故祭酒
信充與父祭酒信言同承之執事今
年三官使至賀新政則幸得親觀其
盛二邦盛事而鄰族世々居應對之

29

三接清儀俱未從頌因作万里
永世之別此情此悵如何盡喻
惟冀興居對時万吉

別進士金氏　　　　　林信言

不得官暇空及帰期未憮晤語
為憾良深雲濤万里自愛是祈

　　　　　　　　　　　金仁謙

離別之難同古今青山緑水慕知音
豈思雅宴數篇調已作雲波千里心
和林祭酒送別韻
瓊律聯翩昨與今華歲半幅寄情音
楼前碧海深千尺爭似林君送我心

官務多ゝ尋盟無期贈酬未罄
恨歎交集帰日在近宜厭烟嵐
長路漫ゝ隔白雲柳邊立馬嘆離群
莫忘千歳一奇遇盧句佳章偏憶君
用見贈韻曲別祭酒林公

環珮鏘ゝ擁紫雲老成風彩更超群
懸知帰日重滇北夢裡分明祭酒君

元重舉

館中偏識歸心切只嘆交情寄一詩

奉和林祭酒贐章　成大中

新知未洽便相離芳草飛花亂入噫

和盡陽關三叠太碧雲何處更題詩

意或再奉清誨人事竟爾相違

萬里之別遂斷此生黯然之懷

如何可盡只祝珍重自王

別奉事元氏

林信言

24

萍會之懽而已盛名已熟舊好
是敷数莚諺誼未云傾倒而此
世重觀已矣無望生別之悲昔
人所嘆臨紙只增黲惨

林信言

別察訪成氏
公事帽集未皇再會一言諗古
遺恨異他旋旆日逼希慎風波
執手難裁遠別離登山臨水作長噎

23

水驛春雲動客程　千秋朱鳥愧虛名
禪樓嘉村難忘處　牛耳壇前五世盟

謂當復奉清穩歸日隔無多再
枉不可望一悵未旣遂成此生
之別羊彩森々令人難忘惟詠
屈蘗江賦而已
近日猶冀重奉雅儀今承餞章
殆不可復矣僕輩於足下非直

奉餞製述官南君　　林信言

官事紛擾不得餘暇會盟難尋
徒切神馳雅度半儀怳々在目
遂及離別遺憾不少万里山河
旅況自愛

曾識關山万里程行裝去飾有才名
相逢忽出日東地却憶風騷壇上盟

奉和鳳谷餞章　　　　　　南　玉

21

奉酬林秘監別語

　副使李仁培

東風雨後遠煙浮　春畫箱湖雪水流
一曲陽關言不盡　離莚更入鹿鳴酬

　從事官金相頊

賓莚初接已深情　謝氏門庭玉樹清
春晚西郊芳草綠　暮雲天末遠愁生

20

顧翰墨之不朽神交之盆睦也二邦
之盛事實是我輩之大幸也
林秘書贈以送行序又惠詠物詩
意甚勤摯和情字韻以謝之
　　　　　　　正使趙曮
秘閣甬書台地清花艶起草彩毫明
佳篇又送行人去雲樹南天遠繫情
謹謝林秘書贈章

年修睦之義於是乎在矣千載厚交
之要於是乎足矣公之議事計豈壹
是皆無不曰禮也禮之行未嘗不資
和也得見公于客館也益知有金蘭
之美松竹之揉同心合志久敬益親
也雅談之生於筆札情好之著於簡
牘可謂千載之奇遇矣只恨日月不
止帰期已至牽衣惣彎亦猶何益只

語而察鄒衰為幸寔大焉

奉餞朝鮮国従事官通訓大夫金

公還国序　　　秘書監林信愛

禮之用和為貴信哉言必朝鮮従事

官金公與二使君受命不遠千里而

聘吾邦捧国書於金殿信愛在朝敬

望見其行禮威儀容貌以中度進退

周旋以當節辭気甚盛講信最至百

容竊思有其本者耶其狀恭謹愿懇
其儀溫密簡靜郎人之所爲本則克
于中發于外者也信愛亦以例獲見
公于使臺禿筆代言鄙章抒情幸蒙
不鄙屢忝唱酬爰有陳雷之交何異
膠漆之堅如何歸期正近行裝愈速
加之分手之後快無相見之理茲叙
一語以展戀戀伏望歸鄕之後披俚

志如斯

奉餞朝鮮国副使通訓大夫李公

還国序

秘書監林信愛

孟子曰觀水有術必觀其瀾夫混々

不捨晝夜盈科而行偏放四海則以

其有本也聖人之比德以是耶朝鮮

副使李公捧国書於日本修聘禮於

殿前信愛列于有司之後獲望見儀

趙公承命去國凌波濤而不為勞昌
霜雪而不為病信愛固已知其執貞
勁之心見捧書于殿下果濟濟翼翼
以有劉直其气是其於人稟之尤多
者耶迨接賓館以筆代言賦詩催興
亦果不恨言語之異欣歡何盡寫信
愛不肖以奕世有職于朝得屢恭接
遇可謂幸矣臨別綴一言而以伸其

14

奉餞朝鮮國正使通政大夫趙公

還国序

　　　　　秘書監林信愛

松之生於嶄巖之嶺高直盛茂密葉

青葱抽栄於羣木之上挺姿於萬仭

之表可謂稟剛直之気尤厚者兵稟

剛直之気尤厚故賁四時而不改貫

四時而不改故亘千祀而不變自古

君子儀之者良有以也夫朝鮮正使

使車帰到韓邦地 従是豈忘俊逸才

奉和林大学雖行韻 金相翊

春風看盡武城梅帰雁分飛楚水哀

嶺樹洋雲他夜月清標遙憶鳳池才

離歌折柳耐長嗟 万里雲烟海路賖
更憶暫時驪雅會 再遊難奈隔天涯

謹次林祭酒臨別見寄之韻

李仁培

河橋万里未嗟孤月迢々斗柄賖
明日重關芳村外可堪回首海東涯

奉餞從事官金公

林信言

離別何人吹落梅分襟此日不堪哀

奉餞正使趙公　国子祭酒林信言

相逢暫爾更難留別恨牽衣不耐愁

此去已帰韓国日莫忘驪雅一時遊

再和林祭酒別詩　趙曦

天邊四壮久淹留春返河梁破客愁

最是百年嘉樹傳祇抹深處鳳池遊

奉餞副使李公　　　　林信言

土宜偏見大邦風花席錦文奇豈窮
相值故人開宴處醉來更訝坐霞紅
　　右花席

紈素裁成尤足珍況看輕篦拂風塵
向來座上團〻色滇識莘筵夜〻新
　　右扇

右尾扇

汋汋松烟池上浮龍涎細滴異香流
今時即有梁公贈何處萱薰心不酬

右墨

懇懇忽喜接交情翠實離離味更清
不是南山齊永寧誰知仙子舊長生

右栢子

投来明月興偏長長夏依君動早凉
不獨當年袁彦伯仁風自是滿東陽

奉謝朝鮮国三大官使見惠產物

秘書監林信愛

皎〻寄来霜雪清芙蓉精製最鮮明

卷舒細寫慇懃意豈讓當年縞紵情

右紙

佳睨本知從義人華堂揮處拂風塵

投来不是江淹夢長使文章日〻新

右筆

韓館唱和卷之㦸

奉謝㺊

國子祭酒林信言藏書

大官使惠産物

国子祭酒林信言

貴邦名種各良工寄贈即知情意通

多是文房風雅罟秘藏難謝喜無窮

1

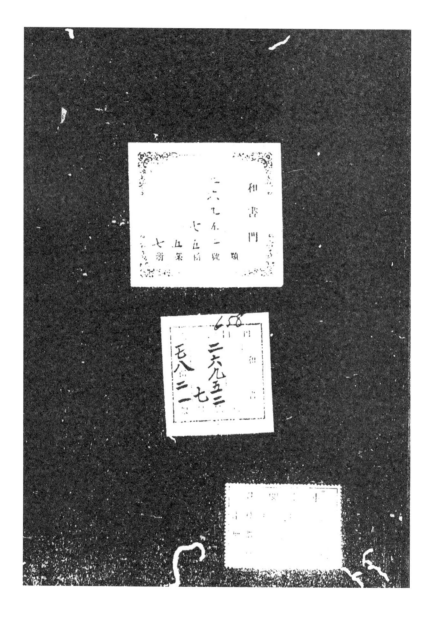

韓館唱和序

韓使之聘我邦也尚矣寬永
以来余家典
國辭命旦接遇三使及製述官
書記是亦例也今兹二月至
三月唱和筆語不尠矣乃編輯
以藏於家也蓋此編錐不切精

深至然於陳彼我之情頗鳴
國家之盛則未必無可観者是
為序
寶曆甲申暮春下浣
　國子祭酒林信言子恭識

韓館唱和後序

寶曆十四年甲申二月朔

鮮國王李昑賀我

大君之新政正使通政大

夫吏曹參議知製教趙曮

副使通訓大夫行弘文館

典翰知製教兼經筵侍讀

官春秋館編修友李仁培
從事官通訓大夫行弘文
餀校理知製教兼經筵侍
讀友春秋餀記注官金相
翊等三百餘入奉幣物而
行禮可謂善鄰矣賜宴則
脹幛清新金玉甚設就舍

則皴伴鑞鑻山泋悉旦矣

我輩亦以例頹之公務

之卧卦吝皴與三官使搭

话又與孝士錯埤大守南

玉書记记渎索访生大中

长興库奉事元仲舉成均

進士坌仁谦号唱殊孫日

継以燭筆舌聲歡未嘗借
家晉言乃能見志予話跬
寓旦子文書佐所諸文世
之一大快事也旦父子嘗
命使寫字友臨淄僉使
洪聖源上護軍李彥秋等
畫字又命画貞文埴僉

使筆有參船物下璞考心
畫眆禁它人入席下士人
花山子軍友柘達源共末
諸筆話予謂遠人不可束
以文話盡引与古乾坐彼
輩大記不畫史之筆徔復
循環以来其共的化日古

矣三月三日密余父子
执与上〻官三人筆话尚
此时三友使遣小臺奴人
赀上已依镶自有聘使以
末未苦有之乎公去忘而
去也使左归园之後集乞
文章筆诸记之名曰韓館披

9

唱和因叙其大略云尔

寶曆甲申三月

朝散大夫秘書監兼程

逶諫友林信言晝子節識

韓館唱和卷之一

　國子祭酒林信言藏書

寶曆十四年甲申二月廿五日大學
頭林信言圖書頭林信愛赴淺草本
願寺初見三官使筆語後寄詩先是
廿二日與南學士成察訪元奉事金
進士等贈酬數章

大學頭
名刺

僕姓林名信言字士雅一字子恭彌
鳳谷別彌松風亭林羅山之玄孫弘
文學士鶩峯之曾孫國子祭酒信篤
之孫而父即國子祭酒信充也以辛
丑年生世掌國史今叨朝散大夫國
子祭酒戊辰之年接　貴國聘使登
時稱秘書監者我也今與諸公周旋
復　七　祭可　口之

圖書頭
名刺

僕姓林名信愛字子節號龍潭別號
此君亭林羅山之六世孫弘文學士
鷲峯之玄孫國子祭酒信篤之曾孫
國子祭酒信充之孫而今祭酒信言
之遠子也以申子年生庚辰舉經筵
講官士午之冬忝蒙　爵命叙朝散
大夫任秘書監今歲二十一初接

貴國信使逢盛世儀典何幸加焉

與三使筆語

其高祖羅山　國初起家職在文書
爾来鴬峰鳳岡快堂父子世〻相續
貴國聘使至則必羨警咳蒙其不
棄某何人斯緝其遺緒亦比前仕男
信愛己幹家竟別有名刺公等須知
自尊為旦匡〻

15

連掌國史業已播聞於隣國前後

信使之行輒多稱道今接清儀可

驗其世濟其美旣蒙枉問又荷

書示多謝眷意僕自以不才猥膺上

似間關道路敢言其勞得達貴都

公私為幸

僕忝以副使末姓名想已俯悉兹不^{副使}

贅告而曾於先輩槎錄中稔挹羅

山鶯峰以後奕世華閣今日幸接

清範淂續　兩國舊好又見蘭玉在

傍不任欣聳

樊邦人之未使　貴國者必称林

氏世掌文衡聲譽克著今幸合席魚

觀蘭玉之美實惬雅願僕年四十四

今行以従夏未兵

戊辰之聘尋陵見詹裔竹裡蘭谷三

公所惠產物所賜和章韞櫃珎藏時
〻展玩如見其人敢問三公安寧否

_{正使}瀋窩蘭谷尚今無恙南竹裏昨年已
捐舘矣

_{正使}奉玩　瓊什不仕欽歎客倈使叓之
完竣日當和呈　瓊什

_{副使}瓊什之投尤荷　繾眷之盛意奉玩
不已而顧令　使命未竣義難唱酬

18

當於歸時奉和矣

<small>從事官</small>
既屈　高駕又投　瓊韻感荷良深

固欲即席攀和而使事未竣義難唱

酬姑俟日後幸甚

禀三公萬里之遠經年之久勞懃

何限伏視雍容閒雅丰姿英羨所謂

錯身於波流不敢用私者歟謹賀

正使
得蒙尊大人枉顧又荷足下之

跋後感戢良深儻木疎仕重未服以

道路為愁

副使
曾在樊邦已聞高門奕世之盛而

妙年鳳池之選尤不勝聲賀之至

20

荷此鄭重之顧感幸實深

過辱推奬愧謝 ^{秘書}

僕之姓名想亦聞知玆不復贅而 ^{從事官}

今年為四十四庚午登進己卯文科

今行以從事官未兵獲接 清範深

幸

學士三書記名刺

僕姓南名玉字時韞號秋月亭丕宰
人也今以製述官隨聘使来壬寅生
癸酉献賦殿庭登丙科曾任結城太
守今叨槐院校檢之職

僕姓成名大中字士執號龍淵冨宰
人壬子生癸酉司馬丙子對策登第

昌

曾経銀溪督郵今以正使書記末

22

僕姓元名重舉字子才號玄川以副

使書記來生于已亥今年四十有六

庚午司馬笠仕任長興即曾因戊辰

諸文士之言獲聞高名多矣何幸今

日得奉芝宇

僕姓金名仁謙字士安號退石以成

均進士今為從事書記而來幸挹清

芬欽幸昌極

與学士三書記筆語

某 高祖羅山　國初奉職已徃鷲峯

鳳岡快堂續家業掌國史以至其

歷事十世今幸蒙　恩命逢盛際

旦喜雅席奇遇贈酬諸君實天借使

也何幸如之

羅山公文章懿蹟俱載通橋録中至

今赫〻然在人耳目繼以鳳岡快堂

24

咸趾歟美世掌鳳詎獎邦行人之来

輙有萍水之歡不佞輩餉聞久矣足

下又於戊辰之邅從先大夫隅坐而

叙賓礼每因澹窩洪公及詞客諸君

淂旦下之儀朱令幸獲荷臨顧又有

賢胤陪左貴門實與弊邦人士有累

世之好欣聳之極真如宿昔

金仁謙
僕年五十有八矣飽聞德門世掌絲綸

25

文章經學冠晁日下業欲一承謦欬

奈重溟萬里未由遂意今幸附驥而

未得接座下古人所謂見面勝於聞

名榮幸極矣

僕家世有隨槎之行曾於先從曾祖
　戌大中

翠虛公先從祖嘯軒公東槎集中厭

飫尊世德久矣今日復親盛儀慰幸

何極

昔聞翠虛嘯軒與僕祖先有傾蓋之

奮足下已是其屬令又得奉清儀實余酒

是通家之好天假緣不苟也欣喜殊

深

既蒙光賁仍惠瓊韻感喜交摯況詞南玉等

致清遠陳義甚高一歎一愧不知攸

謝巫欲席上折和而恐妨雅話以孤

勤臨之意萬里論交共日可惜酬詩

之礼猶輕而勝讀之語為重徐步来

韵先鍫一歡未知以為如何

猥奉燕詞嘉奬過當慚汗々　小詩

唱酬何妨佳話如不慳瓊瑤之報一

投為幸

謹領盛意

累世之好在一國猶難況異域之人

千僕家與高門誠非少囙縁也惠詩

佘酒祕書

南玉

成大中

辭意鄭重句法清圓真得風雅酬和
之義甚盛：敢不步和仰塞盛教
此〔今酒〕張子房像及冨峰画伏請加賛語
梅花画幅已有朴君所題賛令又加
賛辭多幸
會津侯芝濵別業有称朝陽閣者園〔余酒〕
中有十二景敢請其記見諾當呈其
圖也

見索画賛及閣記重孤勤命謹撝強

拙圖本投示則當乗間周旋耳

画賛閣記即此見凡感甚〻画幅

三枚今呈閣圖明日托朝岡其送致

曾聞門下士多至六七十濟〻有楽

育之盛今在門者幾人秘書之外蘭

玉又有幾何

今及門者七八十人仕在于諸侯國

30

者難枚舉兵息男信愛一人而已

戊辰之會矩軒朴君及濟菴醉雪海

皐三記室接遇数回唱和不少加之

留別数章至今吟誦不措今日幸又

與諸彦周旋不知前度四君安否如

何

朴矩軒令作僕前經之結城大守濟

菴其後陞督郎太守歿雪正督書令

老矣海臯其後登第今任保寧太守

並幸無恙此四君皆盛道足下華名

僕輩亦稔聞之耳

我邦有海松者葉生五鬣其子與貴

邦栢子同盖同物也栢子葉形狀如

何

弊邦栢子葉或五粒或三四粒有穗

有實東海邊有松五粒山僧輩指此

謂服葉輕身之物亦未知信否但松

實細柏實大恐非一物^{南土}

三大人與足下相接自是舊例僕輩

今日之會宜在其後而正使大人遣

有調候姑未可迎接日間若差復當

有以仰報其時僕等亦可以再望清

範　僉潤秘書　正使趙公微恙不日當愈此承僕輩

33

見三官使之日君等亦陪其座相接

清儀較於前例則加一幸〻

金仁謙
僕有河魚之疾久坐風軒宿疾信覩

日已暮吳吏俟異重接芝宇請退

粲溟祇書
謹領異日又来從容罄歡

南玉等
僕輩隨三大人東来舎繪出都已閱

七箇月而歲又易吳家國之思固已

難抑而復　命之酱遲尤切惶悶真

是度日如年足下堂　國釋命倘能
諒此渴急之狀俾得遄歸囬程則何
幸如之不知何日可得西歸幸詳示
其期仍許周旋以為速發之地深祈
祈望
時易裘葛路阻山海諸君客懷無聊
既已極知矣抑使聘之夏壹是執政
之任非僕輩所與知也

固知為執政之傳而至於　回答國

書則足下任也亦豈無周旋於執政

之道子幸另念極圖之

草創
（蔡涵）
　　　國辭命僕固其任也至　回

答曰期是執政之所議僕實不知與

既承盛教僕輩力之所及豈敢不盡
（蔡溫議書）
今日之會實千歲奇遇且卜夜以續

歡也以　官事紛擾日已薄暮敢此

告辭異日又當未鼇餘懷

南玉分寸
盛名久已雷灌今日幸得聳會且欣

且荷只恨此日之短跡阻門外無縁

躬謝斬屏倘蒙再顧則可續未了之

惟惟是企仰覽此後仍下示賢殥公

如何

林祭酒書記
祭酒書記松村写美
使者至也曾渇坐于四賢令以

林祭酒書記得承于芝眉為栄

誠影僕姓松本名為美字子由
弊西湖陸奥人林祭酒門人會
津族儒臣
寒瞳時易山海路阻天佑兩邦
秘書書記人保泰字
嚮聞信使之東也伏承高風日
舟車無恙各位動止清宰敢賀
切景念今攝林秘書書記幸得
接雅範鳳觀之願茲遂欣躍昌

38

任僕姓久保名泰亨字仲通號

盅齋讚岐人林祭酒門人教育

在昌平國學

風聞祭酒門下多名士今幸接〔南宮寺〕

林公父子仍得奉二君清範慰

幸良深僕輩名字已告林公玆

不贅及

二君玩無官事之餘卍口卒十〔南宮寺〕
紫

訪于舘次則可續餘歡恨坐遠

未罄懷聊此奉問

蒙此盛意感荷〻 再賭之期
一書記

為美以明日泰亨則當以後二

日未維我二人有此未了之緣

天幸為多

謹贈朝鮮國正使通政大夫濟谷
趙公　　　國子祭酒林信言

奉書官使有餘榮交際方今聘禮成
韓國文華千載盛日東武備十朝明
曾知漢代衣冠美已聽唐家劍珮聲
玉帛應稱兩邦厚宏才偉氣發高名

謹贈朝鮮國副使通訓大夫迎溪

李公

林信言

使旆方今凌海波賓筵更賦鹿鳴歌

已慚桑域豪雄火曾識箕邦俊傑多

岐島月明輝玉節廣陵潮勢逐星槎

休言萬里雲山苦全盛禮成心似何

謹贈朝鮮國從事官通訓大夫弦

袁金八

使車不失舊時風講信交情豈可空

齊仰韓邦文物美今稱日域武威隆

已看漢水城中傑曾發春秋館裡功

千載接歡修聘禮儀容制度至無窮

三月十日夜三使和篇自淺州本

願寺至乃記之于左

奉和林祭酒韻

林信言

蘭臺掌史早稱榮　鳳沼波瀾更老成

奕世簪纓天閣貴　大家文采日邦明

皇華延上常傳好　寶樹庭前久繼聲

三百周詩曾未誦　筆床多愧使乎名

　　奉和林祭酒韻

　　　　　通信正使趙曮

　　　　　　通信副使李仁培

毎於客二起夕皮東風綠草動驪駅

沼光耀日魚吹細花氣薰人燕語多
五世文儒推左海百年華藻記東槎
浮萍一合離蓬接撩動新愁奈雁何

謹次林祭酒韻

通信從事金相翊

久識高名喜接風將雛一鳳下晴空
孤山梅鶴家聲遠汾水詩書世業隆
笙瑟初筵花雨内衣裳舊會海雲中

微才猥忝乘槎役　経歲尋河路始窮

奉寄朝鮮國正使通政大夫濟谷

趙公閣下三首　　秘書監 林信愛

長雲漢：

海門通箕子流風今古同

地接中州多焦士天連員嶠似仙宮

周時典籍文無恙漢代衣冠各不空

喜是山河千里外兩情相和興何窮

又

華盖如林出大韓旌閃日下五雲端

腰間劍氣天邊動賦裡明珠掌上寒

歸馬但愁風瑟瑟乘槎豈厭水漫漫

詞場相遇交情厚萬里何論行路難

又

皇華一曲入新題使者東來道不迷

玉帛天遙懸日月朱旗風繞動虹霓

欲知兩國隣交厚頻是千年敦七齊

吏部官名傳美譽文章今豈愧昌黎

奉寄朝鮮國副使通訓大夫迥溪

李公閣下三首

　　　　　　　　　林信愛

萬里扶桑日出天樓舩逢下海東邉

翩翩仙氣白雲動爛爛國華臨座懸

䤜紛杆情懷李子乘槎奉使擬張騫

遺風尚識千年事記得周書洪範篇

又

軒車擁節氣愈豪　無道山河跋涉勞

雄劍千年輝北斗　斯文萬古在東曹

猶傳制度周家舊　共識詞才漢代高

曾聽腰間誇兩綬　令看殊有鳳皇毛

又

傾蓋風流如舊未　況依並楊見雄才

尊官元識咸儀盛　文雅相隹上國才

彩毫更假雲煙起佳句應隨月影開

請君欲問心交切秉興不關鐘漏催

奉寄朝鮮國従事官通訓大夫法

菴金公閣下三首

　　　　　　　　林信愛

大使朝轝漾水濱錦帆暮至海東津

驛中征馬誰相問館裡清茶此共親

談話忽歡同志者心交豈恨異郷人

52

二邦猶見文章盛　校理能名自有神

又

欲識揮毫凌海嶠春秋館裡業風飄

兼輶遠下三韓通列艦遙浮萬里潮

身上功名推博望心中英氣擬嫖姚

椎寸為有経綸思忽訝鳳皇降紫霄

又

別来萬里海天長空憶佳人水一方

金氏千秋冠帶盛今公三日席邊香

去舟風送江陵路歸使星搖河漢章

避近暫時分手後春雲幾處照行裝

三月十日夜三使和篇自淺艸本

顧寺至乃記之于左

奉和林秘書韻

　　　　　通信正使趙曮

潘岳家風舊好通鳳雛新曲鹿歌同

宮

傳経世掌芸香閣聞禮晨趨國子官

出谷禽聲亳古合繞圍花影篆炯空

不才愧忝乗槎役祇幸扶桑壯觀窮

謹次林秘書韻　　通信副使李仁培

奕世英聲南斗天　妙年詞藻鳳池邊

驊騮九陌高雲步　魚蠧三更短燭懸

浸海波濤方浩蕩　排風羽翮欲騰騫

寰中一面随縁浔嘉樹情深小雅篇

謹次林秘書韻　　　　從事官金相翊

鵬程萬里水雲長玉節悠々自北方

鰲背山河煙月好林門喬梓姓名香

十年桑域修盟信六世芝臺典献章

来日江城分手去芙蓉峰色満帰裝

贈朝鮮國製述官秋月南君

　　　　　　　國子祭酒林信言

韓國名公到日東相逢唱和興何空

能修隨月競辰業即作囊螢映雪功

賦就章〻本超絶吟来句　最豪雄

今年何幸得佳會遠大無窮学士風

席上奉酬祭酒鳳谷林公

　　　　　　　　南玉

58

西湖家世冠天東絳帳高開席不空
詩禮鯉庭承奕業文章鳳沼繼前功
芹宮辭印今榮典祿閣編書古向雄
歌鹿莚中如宿好山河不隔馬牛風

再和前韻奉寄製述官學士南君
　　　　　　　林信言

文學久開桑域東箕邦典籍業何空
昔年曾識螢窓苦今日偏稱虎觀功

聘

八斗陳王知敏捷百篇李氏共英雄

鑾鑣詩就揮珠玉又見開元天寶風

再和奉林鳳谷詞案　南玉

奎壁星輝耀海東初筵春敞佛樓空

詩書壁水培莪術辭命鑾坡視艸功

鄭老門前多儁秀馬監庭下盛才雄

百年盟聘皇華席重見箕裘不盡風

贈察訪成君

書記高名發四方　知君彩筆待延香
高吟遊意月花宴　美譽成功翰墨塲
驪雅驚心如錦綉　琢磨駭目似冰霜
相逢此日多佳興　別後交情不可忘
席上奉酬祭酒鳳谷林公
　　　　　成大中
雅道清譽振一方　褰衣長濕鳳池香
馬班史學曾傳世　燕許詞華早壇塲

歌鹿筵中携玉雪問槎編裡閱星霜

論交不以山河異恐尺形骸已両忘

再和一章呈成察訪　林信言

曾識聲名動萬方翩翩書記筆花香

雄吟可賣王楊苑珍玩無窮李杜塲

已感篇々輝月露令看字々挾風霜

壯遊自是饒行卷唱和詩章何日忘

疊和鳳谷祭酒　成大中

僑羊交契便無方風雅相將翰墨香

海國晴雲聯儐席佛樓斜日闢詩塲

眉山門學傳蘭玉博堅仙槎過雪霜

三世兩家酬唱在角弓遺意詎能忘

　　贈奉事元君　　　　　林信言

翩〻遠出釜山濱桑域方期箕國賓

作賦紙中觀志氣飛珠筆下顯精神

芝蘭香發篇〻逸錦繡詩成句〻新

何幸今逢驩雅客高吟此日唱酬頻

和祭酒鳳谷林公　　元重舉

生居滄海北南濱一席相看忽主賓

天外山河開氣色一堂文藻會精神

絲綸赫々金華舊風彩盈々玉樹新

共指庭前花未落同人永日過從頻

再和一章呈元奉事　　林信言

遙憶莞々渤海濱更歡此日接嘉賓

64

却驚筆力尤無敵
已識鑾鋒更有神

接席雄豪兼艷麗
吟詩俊逸興清新

公餘半日醉高談
千載壯遊佳無頻

疊和鳳谷　　元重舉

文明日闢海東濱
地久扶桑義馭賓

紅藥瑤岑丹入訣
赤城霞氣籙留神

千家樹竹春雲淨
萬戶樓臺霽景新

晏叔風流僑國會
華筵不拘禮縶頎

贈進士金君　　　　　　　　林信言

逢思韓國路無窮書記翩 ? 意自椎

佳句麗章憐美景金聲玉振動清風

吟寄李氏百篇並才與曹生七步同

休誇渺茫滄海遠唱酬多少契相通

和林祭酒見贈韻　　　　金仁謙

扶桑萬里片帆窮山到江州氣勢雄

鳳谷詞人無敵手羅山學士有遺風

東西每恨三洋隔文墨還欣一榻同

乍接清芬詩膽瀉相逢莫道語難通

再和一章呈金進士　林信言

相逢賓館興何窮仰見高名書記雄

可愛英豪千古譽堪称賢達昔時風

驚神泣鬼誰應得美景良辰相共同

傾蓋由來如故舊論文此日道將通

疊和林祭酒　金仁謙

渡盡滄溟路欲窮妙光寺外得詩雄

一床萍會近新面五世文衡見奮風

莫怪二邦冠服異元知四海軌書同

感君喬梓未相問筆下傳談意已通

寄朝鮮國製述官秋月南君詩二
首　　　　　　秘書監林信愛

容路春風落日遲仙槎輕泛海之涯

錦帆影動扶桑水玉笛聲傳楊柳詞

忽爾論交悲遠別暫時分手促歸期

西人懷問東方事月下樓臺含霧披

又

華館迎君對夕陽賓筵高唱鹿鳴章

慎言何讓南宮迪掌史應同馬子長

到處驛前傳賦筆歸時海上得仙方

殷勤更認新知樂他日交情不可忘

奉和祕書林龍潭　　南玉

倒屣樓頭起不遲皇華良謙闢天涯

家聲久識青鐔業花氣交薰白雪詞

二百年來論世好六千里外許風期

靈犀未信方音隔滿紙琅軒入手皮

又

寒食東風憶瀁陽禪樓花影照詞章
遙鵬倦翮滄溟潤雛鳳奇毛翠竹長
劉氏傳経知史學芽家奕世有丹方
角弓嘉樹前修義帰日應難此席怱

再用前韻寄南君二首

林信愛

高館邂君〻到遲只今春色遍天涯

求仙還笑秦皇使作賦都成楚客詞
来徃臨風論季子逢迎當道訪安期
清談無恨斜陽盡一座新詩明月披

又

詞客風流藻水陽遙傳舊俗八條章
論交此處情偏厚分手何人夢更長
萬里鵬雲凌北海千姝蝴蝶域問東方
喜君文史三冬業高誼終身豈可忘

疊和林秘書

萬里舟車歲月遲蕘梅時節到江涯
即看吳札論周樂多愧東僑潤鄭詞
鰈域名傳如舊識蓬洲路斷杳前期
新詩送出諧終譙疰淂頭風一讀披

又

袛林雅集武州陽起賦萃蒿茅二章
片月交情雲鶴迥三春別思塞鴻長

超宗制誥承前業惠遠樓臺接上方

記得杳花初綻日　每年相憶莫相忘

寄察訪成君　　　林信愛

交誼百年尋異方登車萬里海天長

使星曉度蒼龍闕官柳春迎白玉堂

忽見錦袍承日色兼携彩筆掃風霜

皇華舊屬東遊客一座詩名誰雁行

長口林必愛書　戊之中

羅山文學冠東方　詩禮家風兩國長

晉宕更尋嘉樹傳　劉歆早入秘書堂

丹山瑞羽長承旭　白雪新聲動挾霜

剩識芹宮多講侶　青衿八十與成行

再用前韻寄成君　　　林信愛

幸逢使節向東方　祗花開莚興更長

羣客同懷和氏璧　幾人共上李膺堂

偏飛作職春前雪　交暎臨池筆下霜

不淺風流傾蓋意別來難寄字千行

疊和林秘書　　　成大中

賓餞鄉人會一方風流上席見弘長

少年藻思登天閣奕世清郵在泮堂

白鼻楊輝荆舘夜青萍定價薛門霜

文章自有傳家妙退省奇才是文行

寄奉事元君　　　林信愛

韓使乘槎至海方龍旗舍日曙輝長

金函捧牘未臨闕　玉馬拼鞭嘶躍塘
百年會盟交情厚　依舊善鄰見國祥
禮樂渾觀周製度　衣冠金是漢文章

全

奉和林秘書

羅山末彩世東方更有賢孫趾美長
婉似朝雲凝瀲瀲清如春水影池塘
淇園正愛抽千竹丹穴將眷刷五章
坐對雲箋揮彩筆珊瑚枝上曉烟祥

元重峯

78

再用前韻寄元君　　林信愛

書記翻：出大方賓筵猶見曳裙長

春深前路花如雪月明中庭瓊作塘

幾許毫端論舊識一時席上報新章

俱逢千里同文日稍覺昇平殊有祥

疊和林秘書　　元重舉

依〻斜日下西方清話何妨卜夜長

已許微風低入席分留明月照方塘

79

東瀛不盡騰珠貝南國依眷蔚豫章
好是妙年持國史池邊還有鳳毛祥
　寄進士金君　　　　　　林信愛

中原彥會競豪華不覺高樓落日斜
簾捲風煙三島外門臨雲樹十洲涯
賓筵尙帶攜陳榻名刺投來擬郭輦
況復陽春歌已就朱絃幾拂海天霞
　奉和林秘書　　　　　　金仁謙

金龍山外駐皇華春暖禪樓燕子斜

陶却喜瓊琚堆案上可堪家國隔天涯

今朝花雨開詩畢明日鯨波返使車

韓客東來何所得滿囊收拾赤城霞

再用前韻寄金君

　　　　　　林信愛

誰識蓋簪檀國華千篇滿案影初斜

殊方仙客情難瑨同學諸生興無涯

共見清遊耽翰墨兼知博物有書車

詩懷更得江山助氣象猶搖海表霞

疊和林秘書　　　　　　金仁謙

江城日暖澹雲華桃李初開弱柳斜

錦水龍山勞夢寐詩罇藥爐作生涯

憐吾衰病凋双鬢羨子文章富五車

謝氏鳳毛成六翮一揮花筆起烟霞

奉呈制衣述官南君　　　　　　　　松本為美

使者承恩入海東翩　　旌旆度春風
相逢此日香臺裡更識登高作賦雄
　　　　　　　　　　　　南玉

贈酬西湖記室

雅集春開析木東菰蘆鄉裏盛儒風
言談已識胡門士旗皷詞壇又一雄
呈察訪成君　　　　　松本為美

翩翩彩筆映江臺坐上新詩錦字開

意氣高名誰得似風流不讓子雲才

和西湖　　　　　　　　　　　成大中

梅花蕃處敬蓮臺數子詩聲一席開

海國菁莪無限蓝菰蘆叢裏認奇才

呈奉事元君　　　　　　　松本爲美

雞林大客此相逢經術詞寸共自雄

終日紺園携手處交情更識漢臣風

和西湖　　　　　　　　　　　元重舉

不是無心萍水逢林公門下幾豪雄

相看不語看華軸袍覺詞源溯國風

呈進士金君　松本為美

春風驅馬入東州覊思堪勞萬里遊

好是江城花裡寺清詼終日賦高樓　金仁謙

和松本西湖

仙槎渺渺下藏州扶木前頭辦壯遊

春晚江城梅欲老西湖處士訪禪樓

呈朝鮮製述官南君　久保泰亨

雲帆無恙度滄瀛裘馬青春入武城

不是朝陽鍾瑞氣何緣得聽鳳皇鳴

和盉齋　　　　　　　　　　南玉

萬戶樓臺壓大瀛遼中梅蘂散江城

丹山樹裏無凡羽春和幽禽出谷鳴

呈書記成君　　　　　久保泰亨

韓土文章不乏才遠隨使節海西來

長程如有携清興　為許錦囊當席開

和盎齋
　　　　　　　　　　成大中

祭酒門屏足異于康成今逐馬融未

禪樓半日揮松麈南國奇花筆下開

呈書記元君
　　　　　　　　久保泰亨

乾坤別闢大洋東自古仙槎一路通

聞説箕邦文獻足定知殷禮百流風

和盎齋
　　　　　　　　元重舉

萃堂一席隔西東只許雲箋小軸通

朗詠清詞毫送語半庭梅樹澹微風

呈書記金君

久保泰亨

一場翰墨暫追尋擬倩春風慰客心

世上謾稱西北美因君更欲問璆琳

盍齋見贈韻

金仁謙

江都萬里遠相尋一榻論詩照兩心

鳳谷門人誰第一幕中草檄愧陳琳

89

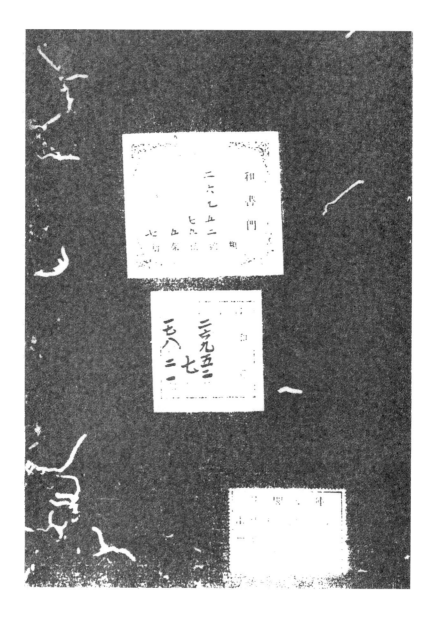

韓館唱和卷之三

淺草文庫

國子祭酒林信言藏書

甲申二月二日與學士三書記筆語

頃聘儀禮成兩國之慶也敬賀

聘儀禮成兵實兩國之慶

禮既畢實是兩國之慶欣章無涯

向日使相座後只瞻望清儀未接談

迨有耿耿即又再辱臨賁深認眷

誤未任荷謝

辱此盛教多感

成大中
足下以宿學偉望克紹先業此樓譚

筵又継百年美蹟僕輩與有幸焉

僕蒙　國恩濫續祖先之業又得與

諸君周旋于此堂有深愧薾葭倚玉

樹也

元重舉
僕輩雖初入貴境對足下輒覺惟忦

如夙昔情親盖以前人所錄自羅山

公以後華篇麗什薰染耳眼故也益
知皇華鹿鳴最關於賓主之交懽也
先人羅山自與貴國諸賢會每使聘
来僕父祖輙與此廷今又遇此盛際
得接諸君半承雖是前緣亦有天幸
僕等在本國時每仰羅山學士清德
文章今辜得拜賢喬擇清範實有大
家風彩不勝欽辜而言語既殊不能

聲帨惟以區〻筆舌傳心悵莫甚焉

東西一別之後此世此生更難相逢

古人所謂此別可悲者政為吾輩道

也未知座下亦同此懷否

愛及先人厚誼之辱多謝〻〻抑今

日一別便即隔生懷想此事能不愴

然

登城之日望見羊儀已覺欣然一

揖而罷未接晤語然此心自有傾慰
人情固然足下亦同此否
前日僅再覿矣稠人中能認得僕輩
非雅愛之深何以至此
登 城之日從稠廣中竊觀足下以
妙年清姿随長者之後進退不失其
儀僕輩所欽歎為高門代不乏賢故
耳

前日〔祕書〕　朝中遙望清儀以座遠無由

一揖僕庸劣無似辜與觀聘儀　國

恩實深

登〔元重本〕　城日瞻望芝眉笑容可掬南北

萬里後夢想尤必在于那時矣僕宿

疾近添寒熱之苦落席淨淨聞高蓋

復臨披衣顛倒而出身才入席若覺

沈痾之去體

僕亦　朝中記得雅容聞比日貴体

違和意水土不習之所致也今日之

會莫非力強而坐耶萬冀保嗇自珍

向者有負薪之憂未得參登　城之

會亦不能更抱清範深以為帳今幸

與尊喬樟得與相接多幸〻

前日有貴恙不得　朝中相見為恨

今已愈復欣慰

9

書

國書者何人章示姓字

弊邦寫字官甚多負擇其善手俾寫
成文由

國書而其姓名未詳又不在此行中

三官使前聞徐公嚴公李公再闖鄭
祭酒

公洪公而今三公實來不知五君有

何事故取諸其由

徐公嚴公李公以他事被譴罷職鄭
南京

公洪公有親病俱未可出疆故今三

公膺命而来耳

前日俯托画識閣記謹已忘拙仰副

深愧其徒涴華絹

画軸閣記輒蒙巨筆一揮感佩昌鼇

向日賓筵唱酬詩什有妨清話今者

再接芝眉此後更難奉面此日可惜

諸竟久談讅惠章以明日和送尊意

如何

11

祭酒秘書
謹當依教

南玉等
前托畫評謹強拙塗抹而彝語譜劣

秘書
殊愧〻〻

前日奉請画贊蒙四君妙染書法超

異語意優長實是雙美不易得之寶

也謹謝

南玉等
短拙之詞強塞盛意慙愧多矣今承

清教尤不任感悚

12

蔡潤秋書

四君應有望冨士佳什請一揮於壁

幅是係奉呈　公上非私望也前度

朴李三君既有例敢告

南玉等
冨士作之例呈　公上僕輩未及聞

雖有所詠拙澁可愧不堪塞盛意也

然不取其工惟欲存例則謹當如教

唐曇秘書
既然領諾唐山紙此呈上

唐曇
此紙只三幅或忘遺其一乎謹問　又一紙教

13

南玉
梅幅則朴君已題之不必贅附故不

得奉評讚之教

秋涉
曩奉呈梅幅以有朴君妙墨此承推

舜僕本欲聯芳耳故又敢乞萬望金

諾

南玉
冨峰作謹當俟暇寫上梅幅始以添

足為嬌勤教又如是謹亦領諾

元重舉
華第距此幾許遠近林壑之勝亦魚

14

有之否

弊宅去此二里許 城中之居固無
有林壑之勝 但假山剩水聊存雅趣
耳

假山剩水亦足供娛未知郊坼之中
有別業以資暇日之逍遙否

城北牛門有數畝別墅亦係官賜
矣暇日時遊野趣頗足忘俗情也

15

足下與秘書君亦或侍講於　經筵

否門下多士濟濟如林其中必有秀

拔之才願聞其名　　經筵門生高第者

僕與賤息更侍

多仕于諸侯國未易遍數姓名

俄者有數行筆果入照否惠二絕當

歸次徐徐和呈耳

已領盛意拙詩又待他日之瓊報也

16

貴邦賓筵大瓶插花有或法否
盛筵有插花別無式法耳

至朝之日三大官使及足下輩自
餘文武官員冠服名號請一、見示
三使相冠金冠服朝服東象笏佩玉
帶品帶一行有職名者皆著烏紗帽
服黑團領三品以上雙鶴肯褙三品
以下一鶴軍官縶笠服帖裏衣

17

君今日冠服如何

僕冠黑鬃巾龍淵東坡冠玄川退石

幅巾服則並是道袍

貴國先世王諱匂從日字音義未詳

章示

日　傍句字音義並同雲字

曾聞於壹岐値冬至不知行道中亦

別有其禮乎

非徂冬至朔望則有望闕禮冬至正
朝例有賀禮故向於岐州遇至日三
使相皆具金冠朝服上高丘望故國
率一行文武官員行山呼之禮赤間
關遇正朝亦如之
藤原明遠曾與戊辰詞客唱酬此行
擬復見之聞已奄忽為之驚歎能有
子孫継其家聲否

19

曠遠有子克家以非文職故不来見

于賓次

使臣等行出彊已經年矣今則聘儀已成

復命為急使旭與僕輩君親之愿慶

日如歲行期遅速惟在　迩翰此事

專係於座下幸速潤色俾得遄歸則

足下之賜公私俱頼而僕輩屢荷清

眄亦豈不與有光榮深所企祝

既辱盛意謹當盡心以副教

所惠珍果當攜歸以誇家眷感〻不我

食果南王使譯人

謝菲薄故書示云

今〻之讌不可再得秉燭至于雞鳴

固亦所不辭也奈何　公事坤益不

得久陪清歡多恨〻〻一別萬里再

晤無期思之令人悽然時猶春寒歸

程途遠萬惟為國自愛

21

皇
重荷臨話今日則頗得從容奉展實

深感幸但暛色已迫別愁又生此也

更覿良儀渺然無期令人有黯然銷

魂之悲非果至蒙攜帰尤感

成大中
竟夕之懽曾是不意縞紵之歡古人

重之況萬里異域之外得此奇緣乎

僕革西帰當與戌辰搓上諸公口之

不置佪良夜綂卜驪駒旋唱此別當

22

隔山海悵黯之懷殆不自定只望勉

修學業以副區々

<small>金仁謙</small>

三接芝宇不能通一言只以筆舌傳

意既能罄胸中之所懷今為崎嶇之

色所催遽將分攜而後會與期悵黯

之心不可以一筆盡言惟祈侍彩對

時佳勝以副此望

<small>蓁湖書記山岸藏</small>

自遼清範僅旬日鄙客之心忽

23

生今叨以抹祭酒書記再接高

風何幸加之意公等行橐富佳

什不吝穰投則敢將圖瓜報

再奉半儀欣幸之深和章草〻

搆上他詩滾汨無所得實無奉

示之章多愧

儓輩元得再見爲幸多是以向

日已叙別不意今日又得代人

以来接僕扵諸君何等前緣似
喜殊甚
萬里論交一別便千年矣頃日
分違迫今耿結不能已賴有餘
緣復接清範何等慰幸
今久分携會面無緣離恨蘊結
何能為情前程萬里天長海濶
萬惟順時珍攝

南玉等

夜色將至別意黯然惟望攻學益茂以副遠心

寄學士南君　　　　　　　林信言

車騎悠悠慶尚濤扶桑待得客槎臨
曾聞時習到賢聖已憶日新同古今
顔子卷中稱篤學董生帷下耐潛心
元知雪案工夫熟聘禮既成交義深

重酬林鳳谷　　　　　南玉

春晚歸槎漂海濤奎星重傍客星臨
忘形劇是新如故係感還應後視今

27

畫漏甄花詞翰千暮鐘煙艸別離心

君家世～韓桑錄添載今霄燭影深

再用前韻寄學士南君

　　　　　　林信言

新開賓館墨河潯喜見箕邦高容臨

經籍欲論賢與聖才名難比古兼今

披文可辨智愚理講學已宪天地心

雅宴乘間唱酬處交情如舊興逾深

疊酬鳳谷祭酒　　　南　玉

江沫春沙漲綠濤仲宣樓上罷登臨

潮微詎易通南北花老頂看異昨今

片月長懸新識面虛舟遄繫故園心

帰人可樂猶回首汀草青々院柳深

　　寄成察訪　　　　林信言

萬里雲程風旆開山川沢水日崔嵬

雅莚何恨語言異心事好於詩賦裁

又　　　　　　　　　　林信言

松是成栄栢是堅知君才節若斯然

發人俯仰羽旄色兩好相通渤海天

謹和林祭酒　　　　　　成大中

湖上淵源楚望開一門文學獨嵬崑

舍人世掌鸞臺選彩華長干氣象裁

又　　　　　　　　　　成大中

祕閣藏書似孟堅東京詞賦更虎然

禪扉再接同文會未恨衣裳是別天

再用前韻寄成察訪　林信言

憂玉鏗金才最閑恰如山勢碧嵯峩

詩懷俊逸賓筵上明月清風取次裁

林信言

又

書記由來志節堅異邦為客意悠然

即今不計風騷興詩賦交歡三月天

重酬林鳳谷

成大中

兩歇江城烟霧開芙蓉峰色出崔嵬

歸心只逐長天鴈万里風程不自裁

又　　　　　　　　　　成大中

記曾賓席坐愁堅及到離時思悄然

湖海逢迎還一夢落花啼鳥滿春天

寄元奉事　　　　　　　林信言

楚國多才亦在韓詩裁美錦映衣冠

親交不許兩邦隔四每一家今日旨

又

淑景彩霞次第生春風満樹動吟声

詩盟千歳長無頁好是座間燕許情　林信言

和林鳳谷

嘉樹春陰對季韓飛花點〻撲烏冠　元重挙

他年南北相思夢應入禅楼小榻看

又　元重挙

冨士山前春艸生琵琶湖上早鴻声

33

東風不向重溟隔花發年〻志遠情

再用前韻寄元奉事　林信言

文章原識勝於韓桑域今逢八卦冠

記室才名誰得似如君豪気可難眷

又　　　　林信言

桑域一儒縫掖生偏開新曲發金声

從来高致裁詩賦賓宴發回将寄情

男見贈韻留別凨合　元重舉

原道文章博士韓朝端鵠立折烏冠

百年不盡花成子曾向穠林枝上看

又

　　　　　　　　　　　元重舉

遊絲百尺水前生萬樹濃花自鳥声

春色不隨行處盡驛亭留寄遠人情

　　寄金進士

　　　　　　　　　林信言

玉壺氷冷客心清投我瓊瑤戞有声

共入詞壇佳興劇百年交會寄騒情

又

東邦文化日將催不愧晉時陶謝才

況復今逢韓國客幾場詞翰自相開

　　　林信言

再和林祭酒韻

　　　金仁謙

早識君家世德清万人推服舊詩声

東西一別参商隔渭樹江雲奈此情

又

　　　金仁謙

日短情長去莫崔喜君喬梓摠奇才

旦將毫墨懸燈話　未盡閑懷欲盡閑

再用前韻寄金進士　　林信言

敏捷詩成調轉清　盛唐才子發芳声

今君西海一時傑　筆底詞源無限情

又　　　　　　　　　　林信言

料識客臺帰思催　朝鮮記室有英才

李詩韓筆尤風雅　譽望今臨日域開

和林祭酒二絶　　　　金仁謙

三月江城日気清蕭〻班馬北帰声
蘭臺咫尺難重見留別何如送別情

又

金仁謙

綽遂識荆別意催日東初見似君才
燈前怊悵愁無夢此夜離懷欝未開

寄秋月南君　　　　　　　　林信愛

三韓使者此東来　相遇高臺春色催
君自風流文学士　詩篇今日見英才

和林龍潭　　　　　　　　　南玉

燃藜再罷挍書来　街柳烟沈瞑翼催
帰對辰年前度客　為言蘭觀小班才

用前韻寄秋月　　　　　　　林信愛

飛盖翩々海上来　大邦恩遇壯遊催

更知高第声名盛吾輩裁詩愧不才

疊和林龍潭　　　　　南玉

花開花謝雨頻来歌罷驪駒四壯催

聚德星光長在望老成風味妙年才

寄龍淵成君　　　　林信愛

万里山川豈厭勞風烟到處便揮毫

喜君更有璦瑤贈還愧丹心在木桃

和林龍潭　　成大中

再到賓逆履舃勞芝眉交暎放光毫

梅花半落浮山杜更喜春光醉碧桃

用前韻寄龍淵

　　　　　　　　　林信愛

逢迎賓館更相勞燦爛文章見彩毫

自有風流仙子興帰時可熟海東桃

疊和林龍潭

　　　　　　成大中

江南別曲恨勞勞詩落仙郎醉裡毫

折得瑤枝分手遠白雲消息渺蟠桃

寄玄川 元君　　　　　林信愛

賓館論交意気新曲来詩賦両情親

況觀彩筆雲烟動記得風流専對人

和林龍潭　　　　　　元重舉

金樓梅竹紫衣新劍珮声中笑更親

那堪北斗明星下回憶南箕玉雪人

用前韻寄玄川　　　　林信愛

遠客詩篇気象新逢塲把手共相覩

惟今何問雷陳事蘊藉欲知如玉人

疊和林龍潭

交情如舊復如新難把離懷說得親

最是登山臨水處黯然回憶意中人

元重舉

寄退石金君

錦纜牙檣万里情樓舩風靜海潮平

相逢誰說新知好千古詩篇留美名

林信愛

和林龍潭

金仁謙

43

滄溟爭似別君情　相送禪門意不平
舊業詩書須益勉　他時竹帛永無名

用前韻寄退石
　　　　林信愛

綺席賦詩通兩情　已看君子我心平
不妨万里乘槎客　共說當年博望名
　　　　金仁謙

疊和林龍潭

驪歌怊悵奈離情　歸路風濤万里平
聚散悠々渾似費　他時尚記艮翁名

44

用杜韻奉寄鳳谷祭酒　　南　玉

花重禪簷湿不飛蔔香三日在人衣

雙龍劍會同天遠五鳳池家自古稀

白水青山分客路紫薇紅藥動儼輝

離愁錯與卿心半芳艸連空獨鳥歸

和南学士見寄韻　　林信言

艷陽三月彩霞飛況是春風拂窘衣

文苑新知諓笑切　詩壇良友贈酬稀
與雙豐劍才名發第一驪珠道義輝
低首相思離別近星槎遙入海雲帰
奉寄林鳳谷用唐人韻

　　　　成大中

清明時節靄輕陰花気朦朧海上林
訳國天長催去厂江城春晚變鳴禽
芹宮講侶聯裾近芸閣書香到席深

先輩風流猶可繼月中禪榻待重尋

和成書記見寄韻　　林信言

咸陽詞客會山陰三月煙花滿祗林

曲水開筵長晝漏惠風入坐轉春禽

情知管鮑奮時費交論蘭金今日深

正是王家修禊夕獨憐千歲俊才尋

奉呈鳳谷用盧綸韻　　元重舉

銀繩珠牒秘蓬山晚閉重門水竹閑

児抱芸書三面接翁隨蓮燭五更還

芝蘭氣合春風裏縞紵交論夕兩間

遙海一颿留不住獨教明月照箱關

和元書記見寄韻

　　　　林信言

樓船遙渡十洲山莫嗟他卿白髮閑

珠履声臨金殿轉錦帆影擁綵雲還

覊情忽動滄溟外詩興猶多嶽雪間

更羨翩〃書記室幾囬載筆入燕關

三接清範一未從頌行將別矣茲
以一律呈于林鳳谷聊申悵惘之
意
　　　　　　　　　　金仁謙

文墨三朝會和韓一榻同孤山愁別
鶴衡浦怨帰鴻修橐驪宮月餘香鳳
閣風清遊難再卜涯角渺西東
和金書記見寄韻
　　　　　　　　　　林信言

香臺相值慶翰墨好俱同紫霧迎旌

旆青雲送厂鴻千帆掛夜月万馬嘶
春風惟恨西歸後仙楂隔日東

用少陵韻奉贈龍潭秘書

南王

笑睫人稠裡襟情語罷時飛花投幔

細歸燭下樓遲塵尾傳承業詞頭遠

大期乾坤成楚隔生別古來悲

和南秋月

林信愛

客舘江城北新知分手時詩傷離別

速情恨相逢遲高調留千首清游興

再期鎖魂東閣兩蘭瑟不堪悲

用杜韵寄林龍潭仍叙別懷　成大中

童烏与玄草雛鳳賣丹輝象筆才無

忝傳経道不違重逢春日永一列睭

烟微渭樹榮新恨天涯客帆歸

和成龍洞　林信愛

樓中相值日　彩筆發明輝把手欽無

極論交情豈違浮雲君思遠蕭雨我
心微別未如有問爲傳北厂归
　奉呈龍潭
蓬岑春日色環珮曉仙羣閣上逢劉
向江東見陸雲西垣留宝樹南斗宿
瑤文萍水分難合華蓮每惜曠
　　　　　　　　　元重举
　和元川
一刡天涯隔客心逐厂群函闗通紫
　　　　　　　林信受

気冨岳簇春雲共說千年遇永傳
五

色文歸帆東海上遙望落暉曛

留別林龍潭

魯駒元逸足謝鳳有奇毛天閣與玄

早芸臺象筆高看花三日會遺客一

詩豪春晚離愁動歸帆万里濤

金仁謙

和金退石

林信愛

一自隨鸞嘯還慙比鳳毛語言雖我

54

異意气識君高風送長程夢詩推大
家豪帰来枚叔筆應賦廣陵濤

奉呈製述官南公　　山岙藏

相逢談笑思何群臺上賦成凌曙雲
不讓當年司馬氏梁園此日盛名聞
　　　　　　　　　　南王

和文淵

孔翠飛来鳳作群重看彩翮下晴雲
迢々碧海三千里一列清音不可聞
　　再用前韻呈秋月　　山岙藏

鶏鶴縦令難作群今日相逢問浮雲

天涯別後論交地　黃鳥一声不忍聞

疊和文淵

南玉

一南一北斷鴻群　乍合乍離滄海雲
明日品川江館夜　雨声蕭颯幾人聞

呈察訪成君

山岾藏

桃李西園花落時　翩翩才子賦新詩
還疑一路江山気　忽入毫端字字奇

和文淵

成大中

寂々藤扉客到時鳥声花意盡催詩

蕭疎眉眼知前度分外清譚更覺奇

再用前韻呈龍淵

正是山陰修禊時憐君揮筆賦新詩

茂林脩竹渾異域此會千年不亦奇　山崎藏

疊和文淵　成大中

孤寺疎燈聽雁時雨中忽寄贈行詩

品川館裡應相訪交道殊方儘一奇

呈奉事元君　　　　　　　　　　　山岻藏

清談風月一時情況又雲烟從筆生

元織登龍門下客千年高士不虛名　　元重舉

和文淵

脉〱毫端不盡情半庭花落澹烟生

聯章屢續非繁禎隔海相思只是名　　山岻藏

再用前韻呈玄川

万里風烟動旅情交歡幸有話平生

60

縱橫健筆元無敵已識詞塲獨擅名

疊和文淵書記　　　　　　元重舉

毫中難盡意中情只許相看笑色生

三入賓筵言莫接起來惟誦岸君名

呈進士金君　　　　　　　山岕藏

瓊筵再會梵王城麈尾玄談遺世情

萍水相逢蓮社裡誰圖此日結詩盟

和文淵　　　　　　　　　金仁謙

十日星軺滯武城殘燈客揖憶君情

明朝一別雉堪悵其奈西湖白馬盟

再用前韻呈退石　　山岊藏

揮筆彩霞起赤城仙才詩賦見交情

本是翩翩書記室藝苑憐君獨主盟

疊和文淵記室　　金仁謙

行人欲別武州城春雨連宵苦未晴

海寺幽期須莫負文壇更欲共修盟

二月廿一日

某姓林名信言字子恭號鳳谷敘朝

散大夫任國子祭酒戊辰之會稱秘

畫監今以　官事與君等接遇多幸

多幸本欲煩諸君筆墨今以　公事

繁擾不敢事竣請一揮耳

寫字官洪聖源字景魯號正〃齋

寫字官李彥佑字公弼號梅窩

畫員金有声字仲玉号西巖

示寫字官洪李二氏

戊辰之會紫峰東岩以寫字官馳雲

烟之譽時予亦稱秘書監邂逅雅筵

二君今猶無恙否頃日以 官事見

君等揮毫之刻為幸已甚旦所賜之

数張永以為珍拙詩二篇聊寓謝意

他日見和答幸甚

二白

我國所製筆墨各一箇輕薄有愧聊

具玩弄耳

見寫字官正々齋洪氏運筆之妙

賦此為寄

　　　　　　　　　林信言

休論晋代右軍流鐵畫銀鈎為自由

恍見雲烟生紙上相逢共喜作遨遊

見寫字官梅窩李氏揮筆之妙賦

此爲寄　　　　　　　　　　　林信言

曾識韓邦寫字官只今奇遇坐騷壇

秋蛇春蚓行々健疑是鬼神傍筆端

復祭酒林公　　　　　　洪聖源

冠紳傳家仰高譽扵北斗文章經國

表大風扵東溟願邁李韓技遜歐柳

席上之清芬猶在矣消三日篋中之

佳貺邊来可適十朋肆走薄歸敢入

高眼山腰海錯廢不遺於 大庵道骨
仙風永有思於閬苑
示画員西巖
戊辰之歲蘇齋君以画官来予亦因
公車得與見丹青之玅歌問典善否
今又以 官事観足下之揮洒可謂
一時之竒遇也且所惠之數幅珍玩
不揖拙詩一章及我国所製之扇墨

二品聊櫃謝意耳

寄画員西巖金氏　　　　林信言

丹青馳譽通神手水石江山随意成

韓國曾稱画絶名古今精玅筆頭生

奉謝林祭酒公惠詩　　金有声

丹青愧乏逼真名那有雲烟筆下生

東來万里探奇勝更喜賓筵好會成

扇墨之貺尤用感謝　蘇齋君尚志焉

68

謝述齋卞氏惠畫　　　林信言

席上畫成松竹梅堪看春色紙中來

忽驚偏逞丹青妙奪得天工筆下開

示述齋

松竹梅畫多謝〻前日寄謝章達

否

昨承瓊什豁然心目姑未和成當數

日內和呈矣

其姓林名信愛字子節号龍潭叙朝
散大夫任秘書監父則國子祭酒信
言也今旦官事與君等會集幸甚〻
待公事畢而顧諸君揮灑也
見寫字官洪僉使運筆有此寄

　　　　　　　　林信愛

座上揮毫勢有餘知君名誉不曽虚
誰言呂向傳神妙今日已看連錦書

見寫字官李護軍臨池投有此寄
林信愛

草聖之名舊更聞初看字〻動炯雲

風霜猶拂池頭色鳳集龍騰是出群

與寫字官
林信愛

自相見殆十餘日起居珍迪可賀〻〻

唯是春雨暝〻客懷如何頃間運筆

之勞不知所謝復又托大浦氏以煩

二君雖似狎曠姑請明恕幸見相惠
則捧掌上喜心頭不減雙璧之觀也
不腆雜物聊示微忱笑納是幸
　復秘書林公　　　　洪聖源
五色之鳳可觀者文一角之麟所尚
者德蘭臺石室平步以登二酉三蒼
一覽則記幸刀接席愧深臨池華翰
緫來錦彰珠爛珍眎備至筆精墨香

日下雲間高標長竹天涯海角遠別

收分

寄畫員金僉使

　　　　　　林信愛

絹素拂來色〻分忽看五彩細成文

天真傳妙誰相競心匠通神獨自聞

手沢尤超周防輩筆精應接子莘群

揮毫旧得丹青理初識良工更属君

奉酬林秘監公惠詩

　　　　　　金有声

万里東西海陸分尚同車軌與書文
瀛洲物色皆新面冩岳盤踞恓旧聞
袞々諸公臺閣彦々遊士俊逸群
自慙薄技非龍眠珍問華褒感荷君

戊辰之年聞良醫趙活菴之名所不

接其面以爲恨所贈一律幸有和什

今聞足下有醫国譽官事無暇未得一

見鄙詩一章以代面晤他時招和章

爲幸

　寄良醫李慕菴

　　　　　　　林信言

濟世陰功最絶倫囘生起死姓名新

庭流播井四時水家領杏林三月春

77

良劑能傳華氏術秘方已得葛公真

不称醫國活人妙却識靑囊藥有神

和祭酒鳳谷

　　　　李佐國

建幟騷壇超衆倫一邦頁笈講知新

香名幾把芸臺筆鬢髮長靑籤閣春

靈藥刀圭休乞惠仙鄕羽化欲尋眞

晴窓縱閱華扁術醫國嗟無妙入神

78

寄良醫李聖甫　　　　　　　　　林信愛

曾聞能比巫咸賢　学淂神方名更傳

三世高才誰不羨　四家美譽君應全

細論疾疢多蘇死　遠誄波濤渾擬仙

千樹杏花故園夢　春風吹送日東邊

和秘書監林子籡　　　　李佐國

画樓高處簇群賢　和靖芳名滿耳傳

各整衣冠團一會　交孚誠信勖雙全

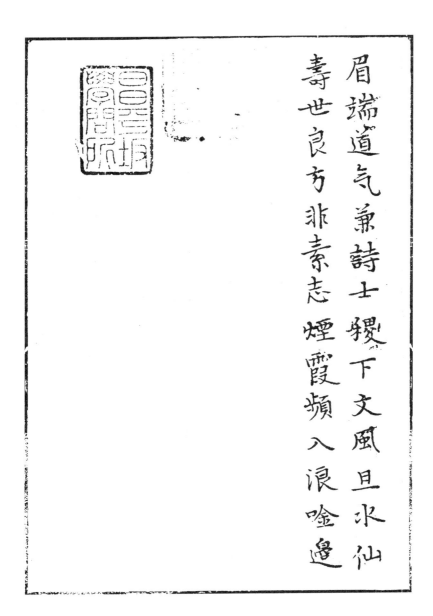

眉端道气兼詩士擾下文風旦水仙

壽世良方非素志煙霞頻入浪唫邉

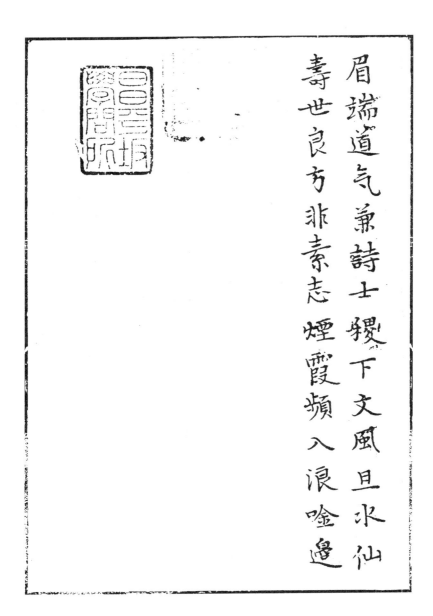

眉端道气兼詩士擾下文風旦水仙

壽世良方非素志煙霞頻入浪唫邉

韓館唱和

조선후기 통신사 필담창화집
번역총서를 간행하면서

20세기 초까지 한자(漢字)는 동아시아 사회의 공동문자였다. 국경의 벽이 높아서 사신 외에는 국제적인 교류가 불가능했지만, 문자를 통한 교류는 활발했다. 중국에서 간행된 한문 전적이 이천년 동안 계속 한국과 일본을 비롯한 주변 나라에 전파되었으며, 사신의 수행원들은 상대방 나라의 말을 못해도 상대방 문인들에게 한시(漢詩)를 창화(唱和)하여 감정을 전달하거나 필담(筆談)을 하며 의사를 소통했다.

동아시아 삼국이 얽혀 싸웠던 임진왜란이 7년 만에 끝난 뒤, 조선에 군대를 파견하였던 중국과 일본은 각기 왕조와 정권이 바뀌었다. 중국에는 이민족인 청나라가 건국되고 일본에는 도쿠가와 막부가 세워졌다. 조선과 일본은 강화회담이 결실을 맺어 포로도 쇄환하고 장군이 계승할 때마다 통신사를 파견하여 외교를 회복했지만, 청나라와 에도 막부는 끝내 외교를 회복하지 못하고 단절상태가 계속되었다. 일본은 조선을 통해서 대륙문화를 받아들일 수밖에 없었고, 그 방법 중 하나가 바로 통신사를 초청할 때 시인, 화가, 의원 등의 각 분야 전문가를 초청하는 것이었다.

오백 명 규모의 문화사절단 통신사

연암 박지원은 천재시인 이언진(李彥瑱, 1740~1766)이 11차 통신사 수행원으로 일본에 다녀온 지 2년 만에 세상을 뜨자, 이를 애석히 여겨 「우상전」을 지었다. 그 첫머리에 일본이 조선에 다양한 전문가들로 구성된 문화사절단을 파견해 달라고 요청한 사연이 실려 있다.

> 일본의 관백(關白)이 새로 정권을 잡자, 그는 저축을 늘리고 건물을 수리했으며, 선박을 손질하고 속국의 각 섬들에서 기재(奇才)·검객(劍客)·궤기(詭技)·음교(淫巧)·서화(書畵)·여러 분야의 인물들을 샅샅이 긁어내어, 서울로 모아들여 훈련시키고 계획을 갖추었다. 그런 지 몇 달 뒤에야 우리나라에 사신을 파견해 달라고 요청하였는데, 마치 상국(上國)의 조명(詔命)을 기다리는 것처럼 공손하였다.
>
> 그러자 우리 조정에서는 문신 가운데 3품 이하를 골라 뽑아서 삼사(三使)를 갖추어 보냈다. 이들을 수행하는 사람들도 모두 말 잘하고 많이 아는 자들이었다. 천문·지리·산수·점술·의술·관상·무력으로부터 통소 잘 부는 사람, 술 잘 마시는 사람, 장기나 바둑 잘 두는 사람, 말을 잘 타거나 활을 잘 쏘는 사람에 이르기까지, 한 가지 기술로 나라 안에서 이름난 사람들은 모두 함께 따라가게 되었다. 그런데 이들 가운데서도 문장과 서화를 가장 중요하게 여기지 않을 수가 없었다. 왜냐하면 그들은 조선 사람의 작품 가운데 한 글자만 얻어도 양식을 싸지 않고 천 리 길을 갈 수 있기 때문이었다.

도쿠가와 이에하루(德川家治)가 쇼군을 계승하자 일본 각 분야의 대표적인 인물들을 에도로 불러들여 조선 사절단 맞을 준비를 시킨 뒤, "마치 상국의 조서를 기다리는 것처럼 공손하게" 조선에 통신사를 요청하였다. 중국과 공식적인 외교가 단절되었으므로, 대륙문화를 받아들이기 위해 조선을 상국같이 모신 것이다. 사무라이 국가 일본에는 과거제도가 없기 때문에 한문학을 직업삼아 평생 파고든 지식인들이 적어서, 일본인들은 조선 문인의 문장과 서화를 보물같이 여겼다.

조선에서도 국위를 선양하기 위해 여러 분야의 문화 전문가들을 선발하여 파견했는데, 『계림창화집(鷄林唱和集)』이 출판된 8차 통신사(1711년) 때에는 500명을 파견했다. 당시 쓰시마에서 에도까지 왕복하는 동안 일본인들이 숙소마다 찾아와 필담을 나누거나 한시를 주고받았는데, 필담집이나 창화집은 곧바로 출판되어 널리 읽혔다. 필담 창화에 참여한 일본 지식인은 대륙의 새로운 지식을 얻었을 뿐만 아니라, 일본 사회에서 전문가로서의 위상도 획득하였다.

8차 통신사 때에 출판된 필담 창화집은 현재 9종이 확인되었으며, 필담 창화에 참여한 일본 문인은 250여 명이나 된다. 이는 7차까지 출판된 필담 창화집을 모두 합한 것보다 훨씬 많은 수인데, 통신사 파견이 100년 가까이 되자 일본에서도 한문학 지식인 계층이 두터워졌음을 알 수 있다. 8차 통신사에 참여한 일행 가운데 2명은 기행문을 남겼는데, 부사 임수간(任守幹)이 기록한 『동사록(東槎錄)』이나 역관 김현문(金顯門)이 기록한 또 하나의 『동사록』이 조선에 돌아와 남에게 보여주기 위해 일방적으로 쓴 글이라면, 필담 창화집은 일본에서 조선과 일본의 지식인들이 마주앉아 함께 기록한 글이다. 그러기에 타인의 눈을 통해 자신의 모습을 객관적으로 볼 수 있다.

16권 16책의 방대한 분량으로 다양한 주제를 정리한 『계림창화집』

에도막부 초기의 일본 지식인은 주로 승려였기에, 당연히 승려들이 통신사를 접대하고, 필담에 참여하였다. 그 다음으로 유자(儒者)들이 있었는데, 로널드 토비는 이들을 조선의 유학자와 비교해 "일본의 유학자는 국가에 이용가치를 인정받은 일종의 전문 지식인에 지나지 않았다"고 규정하였다. 그 가운데 상당수는 의원이었으므로 흔히 유의(儒醫)라고 하는데, 한문으로 된 의서를 읽다보니 유학에도 관심을 가지게 된 것이다. 이노 작스이(稲生若水)가 물고기 한 마리를 가지고 제술관 이현과 서기 홍순연 일행을 찾아가서 필담을 나눈 기록이『계림창화집』권5에 실려 있다.

> 이 현 : 이 물고기는 우리나라의 송어입니다. 조령의 동남 지방에 많이 있어, 아주 귀하지는 않습니다.
> 홍순연 : 이 물고기는 우리나라의 농어와 매우 닮았습니다. 귀국에도 농어가 있는지 모르겠지만, 이것과 같지 않습니까? 농어가 아니라면 내가 아는 물고기가 아닙니다.
> 남성중 : 이 물고기는 우리나라 송어입니다. 연어와 성질이 같으나 몸집이 작으며, 우리나라 동해에서 납니다. 7~8월 사이에 바다에서 떼를 지어 강으로 올라가는데, 몸이 바위에 갈려 비늘이 다 떨어져 나가 죽기까지 하니 그 성질을 모르겠습니다.

그는 일본산 물고기의 습성을 자세히 설명하고 조선에도 있는지 물었지만, 조선 문인들은 이 방면의 전문가들이 아니어서 이름 정도나 추정했을 뿐이다. 홍순연은 농어라고 엉뚱하게 대답하기까지 하였다.

조선 문인이라면 모든 것을 알 수 있을 것이라고 기대했기에 생긴 결과인데, 아직 의학필담으로 분화되기 이전의 형태다. 이 필담 말미에 이노 쟈스이는 이런 기록을 덧붙여 마무리했다.

『동의보감』을 살펴보니 "송어는 성질이 태평하고 맛이 달며 독이 없다. 맛이 진기하고 살지다. 색은 붉으면서 선명하다. 소나무 마디 같아서 이름이 송어이다. 동북쪽 바다에서 난다"고 하였다. 지금 남성중의 대답에 『동의보감』의 설명을 참고하니, '鮭'은 송어와 같은 것이다. 그러나 '송어'라는 이름은 조선의 방언이지, 중화에서 부르는 이름이 아니다. 『팔민통지(八閩通志)』(줄임) 『해징현지(海澄縣志)』 등의 책에 모두 송어가 실려 있으나, 모습이 이것과 매우 다르다. 다른 종류인데, 이름이 같을 뿐이다.

기록에서 보듯, 이노 쟈스이는 다수의 의견에 따라 이 물고기를 '송어'라고 추정한 후, 비교적 자세한 남성중의 대답과 『동의보감』의 기록을 비교하여 '송어'로 결론 내렸다. 그런 뒤에 조선의 '송어'가 중국의 송어와 같은 것인지 확인하기 위해 중국의 여러 지방지를 조사한 후, '송어'는 정확한 명칭이 아니라 그저 조선의 방언인 것으로 결론지었다. 양의(良醫) 기두문(奇斗文)에게는 약초를 가지고 가서 필담을 시도하였다.

稲生若水 : 이 나뭇잎은 세 개의 뾰족한 끝이 있고 겨울에 시들지 않으며, 봄에 가느다란 꽃이 핍니다. 열매의 크기는 대두만하고, 모여서 둥글게 공처럼 되며, 생길 때는 파랗고, 익으면 자흑색이 됩니다. 나무에 진액이 있어 엉기면 향이 나고, 색이 붉습니다. 이름은 선인장 나무입니다. (줄임)
기두문 : 이것이 진짜 백부자(白附子)입니다.

제술관이나 서기들이 경험에 의존해 대답한 것과 달리, 기두문은 의원이었으므로 자신의 지식을 바탕으로 확실하게 대답하였다. 구지현박사의 연구에 의하면 이노 작스이는 『서물류찬(庶物類纂)』이라는 박물지를 편찬하기 위해 방대한 자료를 수집·고증하고 있었는데, 문화 선진국 조선의 문인에게 서문을 부탁하여, 제술관 이현이 써 주었다. 1,054권이나 되는 일본 최대의 백과사전에 조선 문인이 서문을 써주어 권위를 얻게 된 것이다.

출판사 주인이 상업적인 출판을 위해 직접 필담에 참여하다

초기의 필담 창화집은 일본의 시인, 유학자, 의원 등 전문 지식인이 번주(藩主)의 명령이나 자신의 정보욕, 명예욕에 따라 필담에 나선 결과물이지만, 『계림창화집』 16권 16책은 출판사 주인이 직접 전국 각 지역에서 발생한 필담 창화 원고들을 수집하여 출판한 것이다. 따라서 필담 창화 인원도 수십 명에 이르며, 많은 자본을 들여서 출판하였다. 막부(幕府)의 어용 서적을 공급하던 게이분칸(奎文館) 주인 세오겐베이(瀬尾源兵衛, 1691~1728)가 21세 청년의 몸으로 교토지역 필담에 참여해 『계림창화집』 권6을 편집하고, 다른 지역의 필담 창화 원고까지 모두 수집해 16권 16책을 출판했을 뿐 아니라, 여기에 빠진 원고들까지 수집해 『칠가창화집(七家唱和集)』 10권 10책을 출판하였다.

『칠가창화집』은 『계림창화속집』이라고도 불렸는데, 7차 사행 때의 최대 필담 창화집인 『화한창수집(和韓唱酬集)』 4권 7책의 갑절 규모에 해당한다. 규모가 이러하니 자본 또한 막대하게 소요되어, 고소모노도

코로(御書物所)인 이즈모지 이즈미노조(出雲寺 和泉掾) 쇼하쿠도(松栢堂)
와 공동 투자하여 출판하였다. 게이분칸(奎文館)에서는 9차 사행 때에
도『상한창화훈지집(桑韓唱和塤篪集)』11권 11책을 출판하여, 세오겐베
이(瀨尾源兵衛)는 29세에 이미 대표적인 출판업자로 자리매김하게 되
었다. 그러나 안타깝게도 38세에 세상을 떠나, 더 이상의 거질 필담
창화집은 간행되지 못했다.

필담창화집 178책을 수집하여 원문을 입력하고 번역한 결과물

　나는 조선시대 한문학 연구가 조선 국경 안의 한문학만이 아니라
국경 너머를 오가며 외국인들과 주고받은 한자 기록물까지 연구해야
한다는 생각으로, 첫 번째 박사논문을 지도하면서 '통신사 필담창화
집'을 과제로 주었다. 구지현 선생은 1763년에 파견된 11차 통신사 구
성원들이 기록한 사행록 9종과 필담창화집 30종을 수집하여 분석했는
데, 박사학위를 받은 뒤에도 필담창화집을 계속 수집하여 2008년 한국
학술진흥재단의 토대연구에『조선후기 통신사 필담창수집의 수집, 번
역 및 데이터베이스 구축』이라는 과제를 신청하였다. 이 과제를 진행
하면서 우리 팀에서 수집한 필담창화집 178책의 목록과, 우리가 예상
한 작업진도 및 번역 분량은 다음과 같다.

1) 1차년도(2008. 7.~2009. 6.) : 1607년(1차 사행)에서 1711년(8차 사행)까지

연번	필담창화집 책 제목	면 수	1면 당 행수	1행 당 글자 수	예상되는 원문 글자 수
001	朝鮮筆談集	44	8	15	5,280
002	朝鮮三官使酬和	24	23	9	4,968
003	和韓唱酬集首	74	10	14	10,360
004	和韓唱酬集一	152	10	14	21,280
005	和韓唱酬集二	130	10	14	18,200
006	和韓唱酬集三	90	10	14	12,600
007	和韓唱酬集四	53	10	14	7,420
008	和韓唱酬集(결본)				
009	韓使手口錄	94	10	21	19,740
010	朝鮮人筆談幷贈答詩(國圖本)	24	10	19	4,560
011	朝鮮人筆談幷贈答詩(東京都立本)	78	10	18	14,040
012	任處士筆語	55	10	19	10,450
013	水戶公朝鮮人贈答集	65	9	20	11,700
014	西山遺事附朝鮮使書簡	48	9	16	6,912
015	木下順菴稿	59	7	10	4,130
016	鷄林唱和集1	96	9	18	15,552
017	鷄林唱和集2	102	9	18	16,524
018	鷄林唱和集3	128	9	18	20,736
019	鷄林唱和集4	122	9	18	19,764
020	鷄林唱和集5	110	9	18	17,820
021	鷄林唱和集6	115	9	18	18,630
022	鷄林唱和集7	104	9	18	16,848
023	鷄林唱和集8	129	9	18	20,898
024	觀樂筆談	49	9	16	7,056
025	廣陵問槎錄上	72	7	20	10,080
026	廣陵問槎錄下	64	7	19	8,512
027	問槎二種上	84	7	19	11,172
028	問槎二種中	50	7	19	6,650
029	問槎二種下	73	7	19	9,709
030	尾陽倡和錄	50	8	14	5,600

031	槎客通筒集	140	10	17	23,800
032	桑韓醫談	88	9	18	14,256
033	辛卯唱酬詩	26	7	11	2,002
034	辛卯韓客贈答	118	8	16	15,104
035	辛卯和韓唱酬	70	10	20	14,000
036	兩東唱和錄上	56	10	20	11,200
037	兩東唱和錄下	60	10	20	12,000
038	兩東唱和後錄	42	10	20	8,400
039	正德韓槎諭禮	16	10	18	2,880
040	朝鮮客館詩文稿(내용 중복)	0	0	0	0
041	坐間筆語附江關筆談	44	10	20	8,800
042	七家唱和集-班荊集	74	9	18	11,988
043	七家唱和集-正德和韓集	89	9	18	14,418
044	七家唱和集-支機閒談	74	9	18	11,988
045	七家唱和集-朝鮮客館詩文稿	48	9	18	7,776
046	七家唱和集-桑韓唱酬集	20	9	18	3,240
047	七家唱和集-桑韓唱和集	54	9	18	8,748
048	七家唱和集-賓館縞紵集	83	9	18	13,446
049	韓客贈答別集	222	9	19	37,962
예상 총 글자수					589,839
1차년도 예상 번역 매수 (200자원고지)					약 8,900매

2) 2차년도(2009. 7.~2010. 6.) : 1719년(9차 사행)에서 1748년(10차 사행)까지

연번	필담창화집 책 제목	면수	1면 당 행수	1행 당 글자 수	예상되는 원문 글자 수
050	客館璀璨集	50	9	18	8,100
051	蓬島遺珠	54	9	18	8,748
052	三林韓客唱和集	140	9	19	23,940
053	桑韓星槎餘響	47	9	18	7,614
054	桑韓星槎答響	106	9	18	17,172
055	桑韓唱酬集1권	43	9	20	7,740
056	桑韓唱酬集2권	38	9	20	6,840

057	桑韓唱酬集3권	46	9	20	8,280
058	桑韓唱和塤箎集1권	42	10	20	8,400
059	桑韓唱和塤箎集2권	62	10	20	12,400
060	桑韓唱和塤箎集3권	49	10	20	9,800
061	桑韓唱和塤箎集4권	42	10	20	8,400
062	桑韓唱和塤箎集5권	52	10	20	10,400
063	桑韓唱和塤箎集6권	83	10	20	16,600
064	桑韓唱和塤箎集7권	66	10	20	13,200
065	桑韓唱和塤箎集8권	52	10	20	10,400
066	桑韓唱和塤箎集9권	63	10	20	12,600
067	桑韓唱和塤箎集10권	56	10	20	11,200
068	桑韓唱和塤箎集11권	35	10	20	7,000
069	信陽山人韓館倡和稿	40	9	19	6,840
070	兩關唱和集1권	44	9	20	7,920
071	兩關唱和集2권	56	9	20	10,080
072	朝鮮人對詩集1권	160	8	19	24,320
073	朝鮮人對詩集2권	186	8	19	28,272
074	韓客唱和/浪華唱和合章	86	6	12	6,192
075	和韓唱和	100	9	20	18,000
076	來庭集	77	10	20	15,400
077	對麗筆語	34	10	20	6,800
078	鳴海驛唱和	96	7	18	12,096
079	蓬左賓館集	14	10	18	2,520
080	蓬左賓館唱和	10	10	18	1,800
081	桑韓醫問答	84	9	17	12,852
082	桑韓鏘鏗錄1권	40	10	20	8,000
083	桑韓鏘鏗錄2권	43	10	20	8,600
084	桑韓鏘鏗錄3권	36	10	20	7,200
085	桑韓萍梗錄	30	8	17	4,080
086	善隣風雅1권	80	10	20	16,000
087	善隣風雅2권	74	10	20	14,800
088	善隣風雅後篇1권	80	9	20	14,400
089	善隣風雅後篇2권	74	9	20	13,320
090	星軺餘轟	42	9	16	6,048
091	兩東筆語1권	70	9	20	12,600

092	兩東筆語2권	51	9	20	9,180
093	兩東筆語3권	49	9	20	8,820
094	延享五年韓人唱和集1권	10	10	18	1,800
095	延享五年韓人唱和集2권	10	10	18	1,800
096	延享五年韓人唱和集3권	22	10	18	3,960
097	延享韓使唱和	46	8	14	5,152
098	牛窓錄	22	10	21	4,620
099	林家韓館贈答1권	38	10	20	7,600
100	林家韓館贈答2권	32	10	20	6,400
101	長門戊辰問槎상권	50	10	20	10,000
102	長門戊辰問槎중권	51	10	20	10,200
103	長門戊辰問槎하권	20	10	20	4,000
104	丁卯酬和集	50	20	30	30,000
105	朝鮮筆談(元丈)	127	10	18	22,860
106	朝鮮筆談1권(河村春恒)	44	12	20	10,560
107	朝鮮筆談1권(河村春恒)	49	12	20	11,760
108	韓客對話贈答	44	10	16	7,040
109	韓客筆譚	91	8	18	13,104
110	韓人唱和詩	16	14	21	4,704
111	韓人唱和詩集1권	14	7	18	1,764
112	韓人唱和詩集1권	12	7	18	1,512
113	和韓文會	86	9	20	15,480
114	和韓唱和錄1권	68	9	20	12,240
115	和韓唱和錄2권	52	9	20	9,360
116	和韓唱和附錄	80	9	20	14,400
117	和韓筆談薰風編1권	78	9	20	14,040
118	和韓筆談薰風編2권	52	9	20	9,360
119	鴻臚傾蓋集	28	9	20	5,040
예상 총 글자수					723,730
2차년도 예상 번역 매수 (200자원고지)					약 10,850매

3) 3차년도(2010. 7.~ 2011. 6.) : 1763년(11차 사행)에서 1811년(12차 사행)까지

연번	필담창화집 책 제목	면수	1면당 행수	1행당 글자수	예상되는 원문 글자수
120	歌芝照乗	26	10	20	5,200
121	甲申槎客萍水集	210	9	18	34,020
122	甲申接槎錄	56	9	14	7,056
123	甲申韓人唱和歸國1권	72	8	20	11,520
124	甲申韓人唱和歸國2권	47	8	20	7,520
125	客館唱和	58	10	18	10,440
126	鷄壇嚶鳴 간본 부분	62	10	20	12,400
127	鷄壇嚶鳴 필사부분	82	8	16	10,496
128	奇事風聞	12	10	18	2,160
129	南宮先生講餘獨覽	50	9	20	9,000
130	東渡筆談	80	10	20	16,000
131	東槎餘談	104	10	21	21,840
132	東游篇	102	10	20	20,400
133	問槎餘響1권	60	9	20	10,800
134	問槎餘響2권	46	9	20	8,280
135	問佩集	54	9	20	9,720
136	賓館唱和集	42	7	13	3,822
137	三世唱和	23	15	17	5,865
138	桑韓筆語	78	11	22	18,876
139	松菴筆語	50	11	24	13,200
140	殊服同調集	62	10	20	12,400
141	快快餘響	136	8	22	23,936
142	兩東鬪語乾	59	10	20	11,800
143	兩東鬪語坤	121	10	20	24,200
144	兩好餘話상권	62	9	22	12,276
145	兩好餘話하권	50	9	22	9,900
146	倭韓醫談(刊本)	96	9	16	13,824
147	倭韓醫談(寫本)	63	12	20	15,120
148	栗齋探勝草1권	48	9	17	7,344
149	栗齋探勝草2권	50	9	17	7,650
150	長門癸甲問槎1권	66	11	22	15,972

151	長門癸甲問槎2권	62	11	22	15,004
152	長門癸甲問槎3권	80	11	22	19,360
153	長門癸甲問槎4권	54	11	22	13,068
154	萍遇錄	68	12	17	13,872
155	品川一燈	41	10	20	8,200
156	表海英華	54	10	20	10,800
157	河梁雅契	38	10	20	7,600
158	和韓醫談	60	10	20	12,000
159	韓客人相筆話	80	10	20	16,000
160	韓館應酬錄	45	10	20	9,000
161	韓館唱和1권	92	8	14	10,304
162	韓館唱和2권	78	8	14	8,736
163	韓館唱和3권	67	8	14	7,504
164	韓館唱和續集1권	180	8	14	20,160
165	韓館唱和續集2권	182	8	14	20,384
166	韓館唱和續集3권	110	8	14	12,320
167	韓館唱和別集	56	8	14	6,272
168	鴻臚摭華	112	10	12	13,440
169	鷄林情盟	63	10	20	12,600
170	對禮餘藻	90	10	20	18,000
171	對禮餘藻(明遠館叢書 57)	123	10	20	24,600
172	對禮餘藻(明遠館叢書 58)	132	10	20	26,400
173	三劉先生詩文	58	10	20	11,600
174	辛未和韓唱酬錄	80	13	19	19,760
175	接鮮瘖語(寫本)1	102	10	20	20,400
176	接鮮瘖語(寫本)2	110	11	21	25,410
177	精里筆談	17	10	20	3,400
178	中興五侯詠	42	9	20	7,560
예상 총 글자수					786,791
3차년도 예상 번역 매수 (200자원고지)					약 11,800매

1차년도에는 하우봉(전북대) 교수와 유경미(일본 나가사키국립대학) 교수를 공동연구원으로 하여 고운기, 구지현, 김형태, 허은주, 김용흠 박

사가 전임연구원으로 번역에 참여하였다. 3년 동안 기태완, 이지양, 진영미, 김유경, 김정신, 강지희 박사가 연구원으로 교체되어, 결국 35,000매나 되는 번역원고를 마무리하였다.

일본식 한문이 중국식 한문과 달라서 특히 인명이나 지명 번역이 힘들었는데, 번역문에서는 독자들이 읽기 쉽도록 한국식 한자음으로 표기하고, 첫 번째 각주에서만 일본식 한자음을 표기하였다. 원문을 표점 입력하는 방법은 고전번역원에서 채택한 방법을 권장했지만, 번역사마다 한문을 교육받고 번역해온 과정이 다르기 때문에 재량을 인정하였다. 원본 상태를 확인하려는 연구자를 위해 영인본을 뒤에 편집하였는데, 모두 국내외 소장처의 사용 승인을 받았다.

원문과 번역문을 합하여 200자원고지 5만 매 분량의『조선후기 통신사 필담창화집 번역총서』를 12,000면의 이미지와 함께 편집하고 4차에 나누어 10책씩 출판하는 과정이 복잡하고 힘들었기에, 연세대학교 정갑영 총장에게 편집비 지원을 신청하였다.『조선후기 통신사 필담창수집 번역본 30권 편집』정책연구비(2012-1-0332)를 지원해주신 정갑영 총장에게 감사드린다.

『조선후기 통신사 필담창화집 번역총서』를 편집하는 과정에 문화재청으로부터『통신사기록 조사 및 번역, 데이터베이스 구축』연구용역을 발주받게 되어, 필담창화집을 비롯한 통신사 관련 기록을 세계기록유산으로 등재하는 작업에 참여하게 된 것도 기쁜 일이다. 통신사 관련 기록들이 모두 데이터베이스로 구축되어 국내외 학자들이 한일문화교류, 나아가서는 동아시아문화교류 연구에 손쉽게 참여하게 된다면『통신사 필담창화집 번역총서』의 사명을 다하는 것이라고 생각한다.

조선후기 통신사가 동아시아 문화교류 연구에 중요한 이유는 임진

왜란 이후에 중국(청나라)과 일본의 단절된 외교를 통신사가 간접적으로 이어주었기 때문이다. 통신사 필담창화집 번역총서 60권 출판이 마무리되면 조선후기에 한국(조선)과 중국(청나라) 지식인들이 주고받은 척독집 40여 권도 데이터베이스로 구축하여, 일본에서 조선을 거쳐 청나라로 이어지는 '동아시아 문화교류의 길' 데이터베이스를 국내외 학자들에게 제공하고자 한다.

▍ 강지희(姜志喜)

1973년 서울 출생.
성균관대학교 한문학과 및 동 대학원 졸업. 문학박사.
민족문화추진회 국역연수원 수료.
현재 퇴계학연구원 전임연구원, 성균관대학교·한림대학교 강사.
논저로는『매월당 시에 있어서의 내적갈등과 현실인식』,「퇴계의 '화도집음주이십수'에 나타
난 도연명 수용 양상」,「조선시대 통신사들의 포은 정몽주 인식」,「조선시대 관료문인의 시에
나타난 이은관의 실제」 등이 있고, 역서로는『국역 당시삼백수』(공역),『조선인필담병증답시』,
『선린풍아·우창록』 등이 있다.

조선후기 통신사 필담창화집 번역총서 37

韓館唱和 一·二·三

2017년 6월 23일 초판 1쇄 펴냄

역 자 강지희
발행인 김흥국
발행처 도서출판 보고사

등록 1990년 12월 13일 제6-0429호
주소 경기도 파주시 회동길 337-15 보고사 2층
전화 031-955-9797(대표), 02-922-5120~1(편집), 02-922-2246(영업)
팩스 02-922-6990
메일 kanapub3@naver.com / bogosabooks@naver.com
http://www.bogosabooks.co.kr

ISBN 979-11-5516-682-6 94810
      979-11-5516-055-8 (세트)
ⓒ 강지희, 2017

정가 35,000원